乡村的

声音

曹向荣◎著

中国言实出版社

图书在版编目（CIP）数据

乡村的声音 / 曹向荣著 . -- 北京 : 中国言实出版
社, 2024.4

ISBN 978-7-5171-4793-0

Ⅰ . ①乡… Ⅱ . ①曹… Ⅲ . ①散文集－中国－当代
Ⅳ . ①I267

中国国家版本馆 CIP 数据核字 (2024) 第 090530 号

乡村的声音

责任编辑：王蕙子
插图摄影：台阳明
责任校对：代青霞

出版发行：中国言实出版社
　　　　　地　　址：北京市朝阳区北苑路180号加利大厦5号楼105室
　　　　　邮　　编：100101
　　　　　编辑部：北京市海淀区花园路6号院B座6层
　　　　　邮　　编：100088
　　　　　电　　话：010-64924853（总编室）　010-64924716（发行部）
　　　　　网　　址：www.zgyscbs.cn　电子邮箱：zgyscbs@263.net

经　　销：新华书店
印　　刷：北京铭传印刷有限公司
版　　次：2024年5月第1版　2024年5月第1次印刷
规　　格：880毫米×1230毫米　1/32　9.375印张
字　　数：237千字

定　　价：52.00元
书　　号：ISBN 978-7-5171-4793-0

社会变化，岁月远去，乡村一点点零落。

幼年熟悉的人老了，动物们日渐稀少。回乡下，说物是人非已属奢侈。那物被更替得变了样子，那消散和遗失了的，却只是旧物的影子。

它们被收藏起，在这里成一本独语，有那么点自说自话。

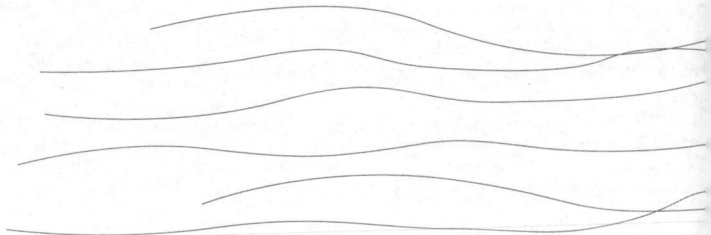

对于一个写作者来说，童年生活过的地方，有挖不完的宝藏。是幼年的记忆力太好的缘故吗？这话虽不见定论，但童年记忆的确是一个人一生的底色。

《乡村的声音》这本书收集的文章，是几十年写作的累积。有的篇目是 20 岁出头写出来的。早年散文，多千字文，是一边教书一边写作的成果。

文章开始发表，多见于《黄河晨报》《山西日报》，见于《山西青年》《山西教育》《特区教育》《风流一代》，后来在《山西文学》《中华散文》《散文》等文学期刊发表文章。30 岁那年，我将发表的文章收成一部书稿，以《消停的月儿》为书名，于 2000 年出版。

出版本书再提第一本散文集，是在说明我散文写作的源头，也是这部书的源头。事实上，自 2003 年开始发表小说以来，我的散文写作不曾停歇。2004 年中篇小说《泥哨》入选《小说选刊》，要求写一篇创作谈，那是我第一次写作"创作谈"。我硬着头皮写作了《我为宽厚、温情这两个词感动》，忐忑地交给编辑老师，却非常意外地受到褒奖。此后，我对与创作谈充满自信。你得承

认一些东西它在你的身体里沉睡。若将它唤醒，它的活腾跳跃让你惊讶欣喜。毫不夸张地说，20年的小说写作，创作谈写了好些篇。每接到杂志社交给写作创作谈的任务，我心内窃喜，抓笔就来，像要走多少年的亲戚家，熟门熟路。而这些，可以说是散文的练笔。

年轻时候写散文，想起什么写什么，遇见什么写什么，对什么感兴趣就写什么。《消停的月儿》打开目录，像个杂货铺，又像拾得一块边角地，这里种西瓜，那里种蓖麻，一地的五颜六色，满眼生气蓬勃的景象。写了多年散文后，文章不再像飞扬的沙子。这并不是刻意秩序，而是乡村的事物写多了，文章自己归了类。这样，我再写乡村，便留意地写，集中地写，积攒着写。我写犁耧耙耱，写刻字，写纺织娘……犁耧耙耱这些器具记录着传统的耕田种地。刻字是小学生年代，村里来了刻字的人，给小学生的笔杆上刻姓和名，也有画一幅小像。纺织娘是小飞虫，常常在纺车前扑腾着飞。母亲开了窗户，拍拍手引它飞出去。纺织娘与女人有一种天然的亲密。

我一边写着这些，一边想：有谁要看这些，要读这些呢？可是，每看见老物件，我的情感奔涌。家乡，沉浸在身心，欲罢不能。老实说，我是半生带着家乡游走的人。

家乡的老物件开始进博物馆。犁耧耙耱收在博物馆里，挫、笼、风箱、纺车收在博物馆里，针线盒、插屏收在博物馆里。这些是乡间的血脉，博物馆收容了它们。这些物件有的是几辈子用过的，附着古老的信息。这些带着温度的物件背后，隐藏许许多多的故事，有着独特思想和远大的精神。

博物馆收容的这些全是有形的物件。乡间更有无形的民间产物，比如：叫卖声。乡间的早晨，叫卖声如登台唱戏，这个唱完那个登台。叫卖豆腐的，王庄豆腐；叫卖桃卖杏的，破鞋换红头绳咧；小炉匠钉锅钉碗咧，谯猪煸狗咧……一片欢腾。还有各样的声音，比如乡间孩童们的游戏声、学校里的铃声、乡村的说书声、耍猴的唱腔……

乡间不只有声音，还有风俗。年和节，是乡间重大事情。乡间的吃和穿，在乡人们记忆深处打着烙印。自给自足年代，乡里人的穿是自己缝织，吃是自家种出来，用的多是自家制作：草帽是编的，炕上的芦苇席是编的，醋是自家淋出来。乡间生活忙碌而悠闲。乡间的忙碌是日日劳作，乡间的悠闲是它的慢生活。清晨，乡里的男人们夹支烟，站在巷口看远远的青山，看田野里的庄稼，看树枝头的鸟雀。乡里的女人们收拾完家，晌前晌后，拎着活计扎堆儿谈话玩笑。乡里人劳作是辛苦的，心情是放飞的。

《乡村的声音》一路写来，我觉得自己真是太热爱出生的那块土地。幼年生活过的地方，太深厚了，太奇妙，无穷大，越写越觉着要写的还有很多。

短短的几十年，乡村变化太大了。乡村不像童年热闹红火的乡村。我想：还有什么更好的方式保留它们呢？书稿虽不能挽留以往乡村的气韵和热闹，也许能给予思念乡村的人们以生存的温暖和精神的慰藉吧。

这个散文集的名字，是我出版散文集里最好听、也是我最喜

欢的书名。这本散文收集起来，原名叫《村庄》。比较来看，《村庄》显得老实而笨重。《乡村的声音》是另一样，亲切、轻灵、有质感。这个书名里"声音"一词，是延伸的、丰富的，它怎么不可以是颜色、气味呢？

　　以上是这本书的起因，也是落出来的果实。

作者

2023 年 12 月 7 日

目录

〈第一章〉

乡村器物

〈第二章〉

乡村美食

/第五章/

乡村文明

/第六章/

土地里的果实

/ 第一章 /

乡村器物

农具

犁 | 耧 | 耙 | 耱 | 锄头 | 镰 | 镢 | 斧 | 花柴钩 | 杈 | 布袋 | 石杵 | 碌碡 | 木手推 | 小平车
胶皮大车、拖拉机 | 车把式 | 石磨 | 簸箕 | 筛 | 篓 | 笼 | 篮 | 编挫 | 搓玉米板

器具

篓或罐 | 瓮 | 醋瓮 | 醋坛 | 瓷罐 | 罐 | 洋瓷器物

家具

柜 | 广播匣 | 香脂 | 插屏 | 风箱 | 灯 | 暖瓶 | 锅刷 | 擀架

纺织

棉花 | 浆秆 | 搓眼子 | 木梃 | 纺车 | 纺线 | 枣核 | 缠穗车 | 缠穗 | 拐线拐 | 染布 | 棒槌

农具

犁

犁，用来耕田。

犁，分犁拐、犁弯头、犁脚、铁铧。

犁，不是很精细，带着修理的痕迹。犁拐十字形，一半儿长一半儿短。那长点儿的半边，是犁地人手握犁拐的地方。

木犁粗糙而简陋。犁弯头到犁脚有一截木棍，它与犁拐成一个平行四边形状，对整个犁身有牵制固定作用。这样的结构，虽不说经过严密计算，却也是有些讲究。

犁弯头处有一铁环，用来系牛项绳。这个小小的铁环，让牛跟犁连结在一起。

牛拉木犁。那犁地人一手持牛鞭，一手握犁拐，一路的哒哒咧咧。牛拉木犁，直线行，一回一行。从南到北或者从东到西，几十上百个来回。牛力和着人力，慢慢前行。犁过的那一块土地或者整片土地一行一行，均匀有致，在风雨中静默，或者在太阳光下灿烂。

有了机械化，田野里牛耕地的景象渐渐退回到记忆。那奔跑着的打地机，后面拖着翻犁，与图片中的木犁完全不同，打出来的土地，真像翻犁的名称一样，将土地搅成一片，没有了牛拉犁耕的秩序，少了田间韵味。

犁从田间回到仓库闲置下来，不能被保存。木犁们与牛一样，成了人们的怀念和记忆。

自留地下放，地分了，牲口也分了。

家口不多，地亩少，长年饲养牲口，却只忙收秋打夏那几天，小家小户斟酌再三，牲口卖掉了。到了收秋种麦，这些人又想起牲口，念叨着说："唉，唉，有牲口就好了。"

没有牲口，他们拉犁种麦。沉沉的黄土泥，泛着潮，铁犁深深地插进泥土，拉犁的人们，腰弯着，双脚轮番向前，一步一步迈着，绳从肩胛深深勒下去，硕大的汗珠，从汗眼冒出来，顺腮帮子滑落。

人们的脸是绛色的，手心的肉像长着倒刺，太阳红红地升起或者西落，他们迈着发颤的脚步，什么也不想，只是从南走到北，从东走到西，一回又一回。

离他们不远的那棵柿树，像个即将分娩的女人，稀稀落落的树叶，遮不住一疙瘩一疙瘩通红的柿子，它们的脸朝下，挤在一块，笑红了脸，它们是嘲笑一个个伏行在地的人们吗？

这样一个上午或者一个下午，要回家了，即使铁打的汉子，也双腿发软，扑在水罐上饮水如牛了。

耧

耧，用来种麦，是种地器具中较为繁琐的一件农具。

耧分耧杆、耧斗、耧拐、耧腿、耧筒、耧铧。至于耧挡板、耧疙瘩两样小零碎，虽小，却很重要。

耧筒有三个。三只耧筒与三只耧腿各自相连。

耧斗所在位置，是耧的主体。耧斗，一是用来盛拌好农药的麦

种，二是下籽粒的空间和设置。耧斗中间有一挡板，叫隔板。隔板将麦种与下籽粒的空间隔开。隔板下端有一方口。种子从方口流出，经耧筒到耧腿，顺耧腿到耧脚，从耧脚戴着的铁铧落进土里。

耧虽说是农具，却好看花哨。耧斗像一个斗的形状，四面弧形，像张开的花朵。耧斗中间隔板上开一方口，方口有插板，能开能关，掌管麦种的流速。方口处有一根扁木棒，叫拨籽棒；又有一细绳系着一木疙瘩，叫耧疙瘩。

伴随耧的摇动，拨籽棒动起了，耧疙瘩左右晃得叮叮当当地响。摇动着的耧是田野里的音乐。耧有了这欢快的乐声，麦籽哗哗地均匀地分布到耧筒，沿着耧脚而下了。如果摇耧的停脚不前，不是耧斗里的麦籽完了，便是耧眼堵了或者拨籽棒不高兴。这些不起眼的小东西，关乎麦籽如何运作，关乎一年的收成。

摇耧有许多的技巧。种田人不是个个都能摇耧。那摇耧人，民间叫摇耧把式。若是要种籽下得稀些，那摇耧人的步子走得大些，或者走得碎走得急些，耧斗里的耧疙瘩打得热闹非常了。若是要种籽下得稠些个，摇耧人的脚步慢些个，双手摇得也不是很快，那耧疙瘩不急不慌，像古老的水车，一声接着一声。

没看见过摇耧种地，真是错过一个好看的风景。耧疙瘩不只是有大功用，摇耧种地，耧斗很有看头，那麦子经方口而过，那左右摇摆的耧疙瘩将流经的麦子打得四溅，那景观就像井底冒起的水花或者小喷泉或者放的小烟火。这小小的烟火，随着嗒嗒的响声，不住地开放，那喷放的麦粒似透露着无穷的欢喜。

麦籽从隔板留着的口下去，到三只耧筒。麦子进入耧筒，哗哗哗地响，如水流流过渠道，从耧筒拐入耧脚。

耧筒与耧脚，桐木做成，篓空。耧腿末梢的铁铧，小巧玲珑，如老年女人的小脚。耧铧尖头有孔，麦籽从小孔出来丢落入大地的怀抱。

耧，双拐。耧杆一边一小块铁片，用来加固耧杆。耧杆有了裂缝，打一块铁片封住木头的裂痕，像衣服破了打一块补丁的样子。铁片长条，前后各有尖头，打进木头，叫疤丁。这是农人对耧的爱惜、对匠人做耧花费心思的尊敬。

耧杆前端各有两个洞眼，里头穿着粗绳或者皮绳，用来套骡马。拉耧种麦，骡马走得快，耧下籽稀。牛慢，下籽稠。骡马拉耧，隔离前后耧斗留的方口打开着，摇耧人身子尽力往后，让耧行得慢些。如果是牛拉耧种麦，那方口只留一半，甚至一小半，那摇耧人身子前倾，尽力将耧往前推，敲打着牛快些走。

耧斗下方，耧杆上面的横木中间镶一铁环，铁环上有绳索，那是给人准备的。忙月，人忙，骡马也忙。季节不等人，种田人凑伙儿，三五个绳头搭上肩背，拉耧种麦。耧行走起来，田野里一样响起清晰的嗒嗒声。耧插进松软的土地里，有药香飘来。耧斗里正好倒够一个来回的麦籽。耧前三个或四个人，拽着绳出发了，每走一步，脚都深深地陷进去。人们以某棵小树或者某块光石头作记，知道走到哪里是一半了，走到哪里一多半了。他们好像不是种麦，只是为了这个记号来来回回地奔走。

来来往往，麦行均匀了，状如蛇行。麦行多起来了，一行行的纹路，画得一地都是。

耧疙瘩响起来，"叮叮——当"、"叮叮——当"，这是清亮而醉人的声音，唱歌一样，把人带到一个个烟雾缭绕的早晨。

玉米秆卧倒了，田野，黑沃沃平整整。"丁当"声，隐隐地，不知从哪个梁背后传来。那笔直的垄，一条又一条横着、竖着、斜插着。这里空气清新，不由你深深地呼吸。如果你有一副好嗓子，一定想高歌一曲，放出你心中跃跃欲试的百灵。

庄稼汉坐在地头望着，困乏的脸上，涌出甜蜜的笑意，这是他

们辛劳苦作的结果，是收获的开始，是希望。

耙

长方形木框，宽尺余，长一米多。上面布着耙齿。耙齿铁制，生铁，两寸许。耙齿是弯着的小勾，又像野兽头顶的小角。长边木框上可分布十二个耙齿，宽边框分布三个或者五个耙齿。

长方框中间有几个横木，横木上站人。牛拉耙，人站耙上，两手握缰绳，两脚一抬一放，对牛哒哒咧咧。

收秋种麦，地脚头放一耙。刚收的玉米地，一地的杂草。开犁前，先耙地，将地里的杂草抹一遍。

耙地，分顺耙倒耙。顺耙是耙齿面后，这样耙得快，也省力。开犁前耙地，得倒耙。倒耙地里的草会刮得更干净些。倒耙耙齿朝前，那耙齿扎进泥土里，被杂草裹着。牛马拉耙很吃力。耙地的人往往一手持缰绳，一手拄着牛屁股，似乎是要给牛加一把力气，耙地的人两条腿活动着，恨不得将自己架起来，好减轻牛拉耙的负担。这样的情景没有拍下来，世界上再好的相机也不能拍出当时的情景。那两腿晃动的动作，有一种节奏，有一样流畅，像一首歌。

耙齿从地里走过，身后的耙齿印，曲曲弯弯。

刚犁完的土地，湿润的泥土露在地面，刚干了一个尖头顶。这时候耙地，将犁出来的大块头泥土打碎，将犁出来的地垄合，将土

地高的地方撑到低处。人立耙上，经过高地，人双脚在耙上往前站，两脚用力压住耙，土便涌着走。到地低处，人的双脚往耙后部站，两脚交换着抬，那高处的土便留在低处了。耙才刚犁过的土地，

顺耙。这个时候，人立耙上，即便是个胖子，那牛拉耙也是轻飘飘，走路也少有地快起来。

耙过，犁出来一地的壕沟，抹光了，留下一地的细纹，像蛇行的小道，弯曲着，或者也能说是谱写的新曲，那曲子是要田间人唱的吗？或者是留给树林，留给天空飞翔的大雁？

耱

耱与耙一样，长方形，尺寸相似。

耱是条子编成。耱用的条子是对接木。对接木结实，编制成形的耱，是一根条子从正面弯到反面，或者从反面弯到正面。条子纵横交织，正反两面翘起来，像梳齿，又像飞扬的鱼尾巴。

同样是编织，编耱远不能与编筐编竹篮相比。编篮不只求好用，还得美观好看。耱不讲究这些，就像居家的衣服，不要排场，讲究实用。

用耱来耱地是打磨地最后一道工序。庄稼人收秋后，耙去地里的草，开犁，然后用耙打碎犁出来的大块泥土，最后用耱耱。这样，一是将耙出来的细纹路合拢，二是将耙未打碎的泥土疙瘩再拉耱一遍，那土疙瘩就由大变小，由小变无。耱过的地，平展展，像海绵一样。

耙带着耙齿，耙地的主人得讲些技术，小孩子是不能沾边的。

耱地相对安全，耱上可以坐上去一个娃娃。小孩子下学，来到地头，遇到这样的好差使，高兴而喜悦。娃娃压耱还有一个好处：娃娃体轻，刚犁耙好的土地，像一块平光光的宝石。娃娃坐上去，刚好能合了耙齿纹，遇到泥土疙瘩不至于被耱压进土里。也有在耱地时，耱上压一块石头，跟坐上去一个娃娃一样的道理。

锄头

锄头，庄稼人叫锄。

一个铁铸的锄头，装一米长的木把。

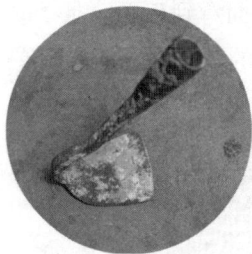

锄头，镢头，街上地摊有卖。不带把儿的锄头镢头立在地摊上。木把，可以是榆木把，或者也是杨木把。地摊边上一堆木棍子，那是锄把儿锹把儿镢把儿，人们挑好镢或者斧头，便来挑锄把儿镢把儿。

锄头有宽有窄，有长有短。铁锄把，尺把高，那弯度个个相似，却个个不同。这样的结果便会有这把锄头好使，那把锄头不好使。一个铁匠在打制锄头，那锄头的模子一定在匠人的印象里，手熟为妙。锤落的地方，恰恰好，或者比头脑里的模样还要好些。这便是手工制作的好处。制作出的好使的工具，铁匠师傅是得意的，很有几分风光。

锄头中间高，两边低下去。新买回来的锄头，黑，是铁的颜色。用过的锄头不同，锄头儿是光亮的，能照出人影儿。太阳光下，锄头儿一片白光。锄头用来锄麦地，锄玉米地，锄蓖麻地。锄头用来挖坑栽种红薯苗，用来点种豆子。锄头的光亮，是与土地磨出来的。

一把磨得光亮的锄头，不仅看着漂亮，重要的是好用。锄头还是自家的好，就像一个人的脾性，锄头的主人与一把锄头磨合了三五年，十年，相互有了一种默契。家里任何一样器具，买回家就私人化了。就像家里养的猫娃狗娃，不管跑到哪里，主人总是能认得。自家锄头不管放到哪里，锄头的式样和木把的颜色，特别是锄起来的感觉，认不错。

锄头的木把也是越用越光。锄把受到手里的汗水浸润，虽是普通的木质，却也能光润到发亮，显露着自然的纹路。

下雨了，家里人记得从院子里收回锄头。锄头的木把湿了雨会变形，雨湿锄头会生锈，坏了打磨出来的光亮。

镰

镰，割麦，有时候也用来割草。

街上的地摊摆着锄镰镢斧。

镰刀装上镰把，一块儿卖。地摊上，镰刀装好镰把，一张张排开放着。

镰刀是一个窄窄的铁器，寸把宽，三寸长短，弧形状，薄薄的，像一弯眉毛。一端用两个卯钉钉在镰把上。

镰把是枣木，或者榆木。镰把儿中间弓着，搁在地上，不论怎么安放，只有镰刀着地，镰把尾端着地，中间部分弓着。这样的弓形，或者是计算好的弧度，但那弓形个儿相似，只有弓出来的弧度有高有低。

镰把的弧度是弯出来的，不变形。粗实的木头，用火烤，弯出镰的弧形，这是木质的神奇，更是弯镰把匠人的神奇。那弯镰把的匠人，知道不同木质就火的温度与时间长短。这是木匠师傅与木头之间的交流，是人与物之间的秘密。农业化时代，民间有很多这样的能工巧匠。

镰多是用来收割麦子，麦梢黄的时候，割麦的镰收拾齐整了。

三张五张七八张预备着。很快到了割麦的日子，那熟透的麦子，金黄颜色，镰刀在麦子根部发出焦脆的声响。麦子随手握镰刀的手臂，顺势躺下来，躺成一铺一铺。

割麦的镰也随着宝贵起来。割麦的镰刀也可以用来割草，但那是用钝了的镰或者镰把使唤着不得力。

割草有专用镰。割草镰，一样寸把宽，一样弯着，比割麦镰短而厚实。割草镰前端是尖头，镰刀的一端连着一个穿镰把的"耳朵"。显然，割草的镰刀比割麦的镰刀结实耐用。割草镰的镰把也不像割麦镰把弯出一个弧度，只是直直的一根木棍。可见，割麦子的镰的精细，而割草镰的粗陋了。

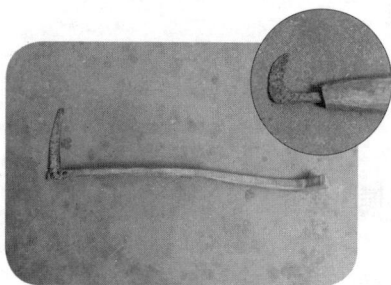

割麦镰，像一朵稀罕见天日的花朵，一年只开那么几天。麦子收割了，镰收起来，安静地等待着来年。

还有一样割菜镰，小镰刀，短的镰刀把。镰刀形似割草镰刀。小镰刀多割韭菜。这样的小镰刀，双面刃，磨得锋利。这样的小镰刀虽利于劳作，却容易伤人，不常见。

有一样防身用的镰刀。尺把长短，铁质。镰刀，月牙式样，有勾槽，鹰嘴模样。这样的镰刀多插在腰间或者藏在袖筒。有这样防身工具，遇虎狼或者碰到恶人，手里便有了武器。

镢

镢头，厚铁板，前头薄，土地与铁刃相磨，镢刃变得发亮发蓝，像响晴的天空。

镢头带一铁孔，镢把一尺多长，削好插进孔里，镢把一下一下磕在石头上，镢头与镢把便连在一起。

镢分小镢、大镢。

小镢头，半尺长短，寸半宽，前后宽窄不同，用来掘玉米、挖树坑、打土窑。

家户人家离不了镢头。

大镢头比小镢头宽而长，镢把一米左右，长短与锄把一般。大镢用来修地修渠，凡是结板的土地或者冻硬的土地，用其他铁制工具开不动，全归到大镢的名下。

镢头常常歪倒在院子的一角。它被雨水浸湿了，上面生出锈斑。但这并不妨碍它的功用，只要刃是明亮的，一样扛着下地。

镢是铁制工具里头较为粗糙的，也不讲究，扛回家随手一放，镢是歪着了，还是躺倒了，主人毫不在意。这是镢的厚实和耐用。

镢是这样不被人照料，却经得风雨。时代的进步，锄头镰刀退出历史舞台，镢头偶尔还能使用，比如上山挖药材，挖树根。客厅里的根雕，那漂亮树墩，有着镢头的功劳。

斧

斧子，短木把，铁斧头。

斧子有小斧，有板斧。

小斧头一端带有小方孔，圆木斧把一端削成方形，与铁的小斧头孔对接。板斧头，厚的铁，斧刃薄，明光闪亮。它有孔，孔像是从斧头身上长出来一只耳朵，称斧柄。斧把装进斧柄，尾端在石头上墩，斧把一点点揳进铁柄，结实牢靠。

小斧头用来修理掉树上的细枝条，用来砍柴，用来破粗木桩。

院里放着斧头，与斧头一块放着的是一个木墩。一截儿一截儿树桩放在木墩上，一破两半。在泥土房屋或者砖瓦房屋时代，用斧头从山上斫了条子回来，将斫回的条子，斩成一截一截。一截一步长，从中破开。破出的这些条子，一捆一捆码起来。来年开春，房屋破土动工，这些破好的木材，盖房屋铺顶棚。

墙头码着破好的木材，木墩上千万条砍斫的痕迹。斧头挥动在木墩上的树条子上，不时有噼啪的响声。大冬天，手冻得发木，劈柴人的额头上冒出细汗。

大斧头，也叫板斧，用来砍树。板斧在树周围砍伐，终于一棵树从半天空倾斜歪倒，放倒在地上了。

小斧头干小斧头的活，大斧头干大斧头的活，小斧头能干的活，用大斧头不灵活，该大斧头干的活，用小斧头事倍功半了。

二十世纪七八十年代，斧头在屋角或者在院里的某处，时时能看见。现在，家户屋里的院里不见有斧头了。田野里的树少了，房屋少有实木做梁，一家家住平房或者楼房了。

斧头安静地待在某一个角落，被主人遗忘了。

花柴钩

花柴，棉花树棵子。

棉花地里不见有雪白的棉花朵，天上冻了。棉花树的叶败下来，枯干了。棉花棵子在风地里瑟瑟抖动，一天天变瘦变黑。

一地的棉花树棵子。

棉花棵子能当柴火，叫花柴。

棉花地来年得种，需要拔花柴。

有一种家具，叫花柴钩，专门用来拔花柴。

一根圆木棒，中间一个铁钩。铁钩像挂钩，却又不一样。挂钩有半环的圆钩，有方钩。花柴钩贴着木棒，窄小，竖起，长长的尖头，勾口向外，弯成一个弧度。

冬天的早晨，冷风扑面。棉衣穿在身上，冷气还是入骨。男人手握花柴钩到棉花地里拔花柴。

花柴长得像一棵小树。花柴棍是结实的枣木或者榆木。花柴钩扣住花柴根，那是力的较量，花柴钩与花柴树棵子的较量，也是人与花柴树棵子较量。这时候，人与花柴钩劲使到一处，那花柴棵子不管如何地不情愿，它的根还是从地的深处掀开地皮露出地面。

冰封的土地，人与这冻着的土地较量。手冻得有些发木，在嘴边哈哈，似乎更冻得不能忍受。这是拔花柴季节的味道。

人与花柴钩合伙儿，将一地的棉花棵子拔光了。花柴棵子卧了一地，被叠起运到家里。院里多了一堆码好的柴火，空的棉花壳子张开着，那空着的花壳让人想起雪白的棉花朵。

花柴钩似乎只能用来拔花柴棵子，一年仅用一次，然后就躺觉了，直到第二年秋天过了，棉花又一次丰收，地里的棉花棵子干缩成黑颜色，花柴钩才又显身。

花柴钩用了三五年、十年，那木棒成深颜色，那铁钩贴花柴根的部分，尽管放了一年，也还是明光净亮。这是打磨的好处，工具越用越结实越灵巧，看着它也越加亲切。

杈

杈有三齿，杈齿尺把长。

一个长竿，圆柱形，手腕粗细，称杈把。

杈有木杈，有铁杈。铁杈是后来的，不像木杈容易坏掉，却沉。

杈看上去简单，制作却是工艺。特别是木杈成一整体。做木杈优选桑葚木。为了做木杈，专门种植桑葚树，修理长成杈的样式。

桑葚树长成木杈，需一二年的时间。

木杈的杈齿比手指粗些，刮得粗细匀称。那杈齿经过怎样一番打磨，才得有在太阳光下亮光闪闪？杈齿根部弯出一个弧形，是怎么弯出来的？杈齿有尖，又是怎样磨成？这些都是后来的工序，需用的是工夫和时间。

杈竖着靠在墙头或者麦秸垛上。

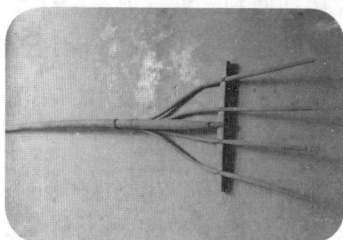

木杈在麦场用来挑麦秸草，将麦穗摊开来，将麦秸堆成垛。

木杈杈轻飘飘的麦秸，杈齿不会伤。如果杈麦秸撞上一块石头或者碰到硬物，杈齿就有绊坏的可能。那杈齿像女人留起的长指甲，稍有碰撞，杈尖头便坏掉了。如果碰到更尖锐的东西，一根杈齿会坏掉少半个，木杈便废掉了。

木杈与麦秸摩擦，杈齿上留有麦草的清香。杈把握在双手里，汗水浸在木纹里，杈把有一样滋润。喜欢看见木杈上有暗红色或者暗黑色的结疤，这或者不是好卖相，却更见木质生长的纹理，就像一个人身上长了颗明痣，它就在那里，自然地生长。

木杈用了好多年，与人有些缘分，它贴院墙头放着，闻着家户院子里好闻的人间烟火的味道。

布袋

尺余宽，五尺长，粗棉线织成。浆出来的棉线，粗而硬，摸着有些硌手。或者那不是棉线，是粗索子。布袋上的织法，如纳鞋底子一样，针脚梅花状。

也有帆布布袋，硬的布，白色，上面有蓝条纹。一样是尺把宽，五尺多长。

细棉布布袋也是有的，只用来装馒头或者细软的东西。棉布布袋比起来，要短些，是小布袋。

帆布布袋或者粗索子布袋，多用于收秋打麦，用来装麦装玉米。打麦场上，小孩子铺了布袋，在上面坐着或者躺下来。这时候，布袋成了小孩子的布垫。大人也将布袋铺着，坐在上面，看着牛一步步拉着碌碡，听着碌碡吱扭着滚动。

在搬运工具稀少的年月，布袋发挥着它的功用。装满着东西的布袋，压在男人的肩头，男人的脖子弯着，腰也弯着。但男人的心是踏实的。

日头西斜，太阳一点点落下山头，仅有的一抹红光也要散尽了，星星出现在天空，热闹了一天的打麦场静寂下来，一个小孩子坐在装满的胖鼓鼓的布袋上面，等待着他的家人。

天黑了，对面看不清人，即便是夏天也有些儿冷。这是最后一布袋粮食，一个小孩子坐在布袋上面，仰望星空。

布袋消失了，当年的小孩子五六十岁了，不变的是田间的麦子，年年生长丰收。

石杵

一块石头，青石颜色，四五寸高，说方近乎圆。就像一块可雕的木头，这块石也一定是雕出来，看不出细致，却是有一个平面，侧面坑坑洼洼，有敲打或者用力凿的痕迹。

石头中间有窠，敦实的圆木桩嵌进石窠，木桩周围扎布，使木桩与石块连接紧实，提起木桩，连带着石块同时提起，不止松动。

木桩高低有两个孔，分别穿有锨把粗的木棍，木桩四面各有把手，这石杵须四个人，一人出一只手，石杵跟着人的吆喝声抬起放下。

石杵分大石杵、小石杵。大石杵用来打房屋地基或者筑墙。小石杵打糊墼用。小石杵跟大石杵相比，小石杵的石头小些，木桩上两个手把，多于一个人劳动。

房屋地基，一人深的坑，垫一层土，用石杵打一遍。打地基的是二十出头的小伙子，四个人围着杵，一人出一手，"嗨"的一声，提起来，"咚"的一声杵落下。"嗨"的一声又提，"咚"的一声，又落。自然地下落，沉闷的回音，大地震荡。那豪迈的"嗨"声，齐凑而精神，那紧凑齐整的声音里，浑然一体，细辨却各有不同。那沉闷的落地声音，一声紧着一声，那松着的土，一点点撵过去，脚下变得光溜瓷实。小伙壮实的晒成古铜色的胳膊擦了油一般，却是滚动的汗水在太阳下闪亮。他们各自的脖子上围着一条毛巾，额头的汗擦在毛巾上，一条毛巾汗湿得能拧下水来。

筑墙头跟打地基一样地卖力气。地基是站在地平线下，一点点垫高。打墙头是站在两边上了木夹板的墙头，一点比一点高上去。"嗨"的声音清晰而又混杂，石杵落下，一样震动大地，那沉闷的响声，一村人听得见。但这样的沉闷的声音，是新生的声音，很快有房屋或者新筑的墙头在村里出现。

用久了的石杵，几个木楔打下去，木桩用铁丝环绕。石杵出了多少力气，到底有多少房屋地基经它打出来，它到底筑了多少土墙头，石杵知道，却是默默无语。

碌碡

碌碡是碾场的农具。

农家门前竖着碌碡。那碌碡泥色，石质斑驳，有碎石间在其中，也可以叫麻石。也有一样碌碡，青色，光面。那青色，如晴空万里的天蓝色。

碌碡圆椎形。两端各凿得一石窝。窝如酒盅。碌碡侧围凿出浅浅的纹，一行一行。碌碡竖栽在大门口当门墩，是来往邻人歇脚处。

一夜的雨，那竖栽着的碌碡通身湿着，那朝天的窝儿，灌满着清清的雨水。那雨水透凉，映着一小片的天，或者也能映着一两枝儿树叶。孩子们围着碌碡，惊扰了碌碡窝儿里的水了。太阳晒上碌碡，碌碡一点点变回平常的样子，连同碌碡窝儿里的那点儿水干掉了。

收麦季节，麦子上场，碌碡一个个从家门口放平，滚到打麦场，套在一个木框里，挂在牛或者驴后头。碌碡在烈日下周而复始地滚动。

那摊开的麦娃娃这里那里支棱着，淹没了牛的小腿，那牛缓缓地像是在麦的海洋里沉浮。碌碡深深地陷进了麦堆，在麦堆里头游荡颠簸，一圈又一圈。套碌碡的木套一边一个轴，那轴发出吱唔的声响。大太阳晒得牛身上出汗，晒得碌碡从温热到热得发烫。摊开的麦穗服帖了，牛走得快了一些，碌碡滚动得也快了些，吱唔的声响大些了。

碌碡就这样在收麦打场的季节，在麦场守候着，不分昼夜。晚间，天空如洗一般清亮，瓦蓝瓦蓝的，月亮挂在天上，明亮如星星眨眼。银辉下，静默的碌碡，听着啾啾的蛐声和蛙鸣享受着夜的寂静，跟月亮和星星聊天。

颗粒收仓，碌碡会重新滚回家门口，听人们聊着各家的油盐酱醋。

木手推

这是打麦场上的农具，跟木锨一个功用，只是比木锨推得多。木手推是个笨家伙。一块四方的长木板，成八字形状的两条木

棍，借用土钉将棍子与木板连在一起，加以固定。两边木棍成八字形状，其实是喇叭状。那木棍不是直的，它有弧度，便于劳作，手推推起来轻便又省力。这弧度想来是有些讲究的。

牛碾麦子，起场时候，手推便有了用场，有两个这样的手推，那一大片混在一起的麦子麦秸便收笼成一大堆。

晒麦子，手推放在手边。五六月，骤雨随风而至，晒好的麦子被雨水夹带着流走常常发生。龙口夺食，手推是很好的帮手。两手握着手推，麦子如海浪翻滚着往前。厚的麦层，两个人握一个手推。麦子很快堆成一堆。

这样的日常农具，美化装饰会减少它的实用效果。它从来都是这样的朴素，成为它本来的样子。简陋而实用的它，让人见景生情，回忆旧时光。

壳子是怎样离开颗粒的

一个石窠。那石窠大，可以装一个半大的孩子。老人们说这个石窠用来杵麦穗谷穗。他们一把一把地杵，或者手握根须，将麦穗谷穗在石窠边甩打。女人们手套着一只硬底鞋，鞋底在麦穗上谷穗上搓动。就是这样，麦壳谷壳褪去，剩净光光的麦粒儿、黄灿灿的米珠儿。

巷头的碾盘，也用来脱谷壳枺壳麦壳子。

碾盘是整块儿石头凿出来，青光的石头，石细如瓷。中间有一凹。夏雨过后，里面充盈雨水。那坑儿雨水，对着蓝天，对着碾盘上头伸着的树枝头。

巷头碾盘旁边有一棵老槐树。老槐长得葱绿茂盛。每年过了春节，槐树醒过来，枝头泛青，枝条一天天变得柔韧，有翠绿从树枝冒出来。很快，树枝上全是绿叶，满树的树叶摇晃起来。不知道这个巷头先有了碾盘还是先有了这棵老槐树。日月穿梭，一切都在模糊，这棵老槐像碾盘忠诚的哨兵。

春天，碾盘这里是热闹的，小孩子在碾盘上爬，大孩子们在碾盘周围跑着跳着。女人们坐在碾盘上做针线。这里是快乐的王国。冬天，碾盘这里会蹲着两三个老汉，他们抽着烟袋，说着往事。太阳照在碾盘上，照在槐树上，也照在老汉们身上。碾盘和老槐听着老汉们的诉说。

偌大一个石盘，上面一碌碡，碌碡上插一横杆，这个横杆，可以人扶，可以驴驮。碌碡在碾盘上滚动，吱扭吱扭地响。小燕从头上飞过，野猫出现在一个拐角。碌碡在谷穗麦穗上碾过，壳子从碾盘上纷纷飘落，风吹过，那谷壳像掀动的门帘，又像飘着的细雨。壳子带着说不出来的欢欣忧伤，在阳光下舞动。

脱离机是新生的机器。麦子平铺着，从机子一端进去，随皮带的传送，麦穗的根须从竖着的出口飞扬而出。

巷头的碾盘，闲置了，秋子麦子有脱皮机。

扇车

小平车

二十世纪六七十年代，有一样家用车——小平车。

两个车轮，上面是一步宽的车厢。车厢扶手高约一尺。车杆一左一右，粗细长短相同。这就是小平车。

小平车前后两头有挡栏。挡栏有木板的，有用条子编织的。那条子编的挡栏，弯得像张弓，插在车厢两头，运土、拉农作物，不

怕从车厢掉落了。

小平车的两条车杆中间，有一条曳绳。车厢底座装有一铁环，曳绳穿过铁环系成一个绳套。拉东西，曳绳挂上肩膀，两手握住车杆，小平车走起来。

栽红薯，用小平车拉满满的一大桶水，拉到地头去。家里没小平车的人家羡慕，说小平车拉一大桶水，顶扁担担多少回！

一个担担的人，走得飞快，肩上横着扁担，两桶水里各漂着一小块木板儿，拍拍打打，走一路，滴一路。他脑门上的汗水，珠子一样，在太阳底下闪闪发光。

小平车上，横横竖竖地插满了一小平车麦捆子。大家拉的拉，推的推，到了麦场。

小平车用来收麦子，小平车用来收玉米。收玉米，有小平车的人家，一回两回就拉完了；没小平车的人家，玉米一担一担往家里担。一根扁担，两筐玉米，玉米压弯了扁担，扁担压弯了担担子的人的腰。

玉米收回家。地里还有暴出地面来的萝卜、胡萝卜，有露出地皮的红薯。

村里的小平车，一年比一年多起来。人们用小平车拉萝卜拉胡萝卜拉红薯。

小孩子热爱小平车，喜欢跟在小平车的后头。拉麦子，他高兴，拉玉米，拉胡萝卜，拉红薯，他都高兴。小孩子等着坐空的小平车。

小平车拉粪土，小孩子也跟后头跑。

小平车空闲下来，小孩子将曳绳背书包一样挎在肩膀上，弯腰拾起车杆，拉着车前走后走，慢慢地，拉着跑起来。

很快有伙伴来了，他们围着小平车，你说你拉，他说他拉，有提议说轮着坐。这几个上去被拉着绕了一圈，那几个坐上去……他们风一样地过去了，又风一样地过来，他们愉快地跑着，跑得气喘吁吁，脸上的汗流淌下来。

小平车呼啦啦过来了，呼啦啦过去了。大人就喊他们，要他们停下来，大人说：拉坏了家里的小平车了。

老人坐上小平车去看戏。老人的腿脚不利落，儿女让老人坐上小平车，拉他的父亲去看戏，拉他的母亲去看戏。这时候的小平车又是一个样。刷洗一新的小平车，里头是一页新灿灿的芦苇席子，席上是新的被褥。老人穿崭新的衣裤，穿崭新的老婆婆鞋，崭新的老汉子鞋。老人坐在小平车上看一个个路人，路人也在看他们，看他们的儿女。路人往路旁闪一闪，给过来的小平车让路。他们看见老人的脸上，挂着幸福的笑容。

胶皮大车、拖拉机

二十世纪七八十年代，一望无际的大路，前前后后两三个行路人，七八个行路人。他们或男或女，或老人，孩子。他们步行。

一辆车过来了。它是胶皮大车。

胶皮车轮大，威武的样子。它不紧不慢地转动，发出吱吱喔喔的响声。吆车佬，双手笼在袖子里，坐在马屁股后面，腰哈着，在打盹；鞭子斜插在他背后的腰带上，红红的鞭梢随着它的主人摇着晃着。

套在中间的大白马干净又漂亮，脖子里挂的铜铃发出清脆的叮当响，蹄子"得得"地，有些趾高气扬。它两旁的两匹枣红马显得矜持、稳重。

孩子们听见马铃当了，看见不远处这胶皮大车了，向马车跑过来。他们跑得快急了，沙沙沙，像一阵急雨。两手伸向扶手，抓牢了，身子轻如飞燕，圪蹴在了木车厢尾巴上。

吆车佬惊醒了，喊着叫着，要他们下去，拔出腰窝里的鞭子，呼啸。但孩子们不怕，嘻嘻哈哈地闹腾半天，一个个跳下地，重新走他们的路。

滚动的车轮，总是那样有魔力。

村里有了拖拉机。村里人有红白喜事儿，灿亮的红色拖拉机派上了用场。送嫁的一伙孩子们，坐在拖拉机上，手里拿着镜子、香皂盒、洗脸盆……

这是浩浩荡荡的送亲队伍。"突突突"的拖拉机，载着孩子们一颠一颠地跑，跑得快，颠得也快。路两边的人，看着说着，用手指指：

——看，灿新的拖拉机！

拖拉机多起来，拖拉机辗场，拖拉机犁地……拖拉机到处奔忙。

大路上偶尔会开过一辆大汽车。它是那种舒服的绿颜色，那汽车多像一只我们天天从土堆里刨的"官牛"呀。

我与伙伴们一起从土堆里刨"官牛"，刨出来，用绳子系了它的一只腿，绳子拉在手里，然后狠狠地踏步，威胁"官牛"向前走，快走！

但"官牛"始终跑不起来，"官牛"一步一步地爬，总是慢慢地一步一步爬。

车把式

车把式吆车，指挥拉车的骡马。车把式教骡马走路，靠他手里的鞭子。

车是胶皮大车，笨重的木车厢，一走动，吱喔、吱喔响。胶皮大车不会自己走起来，车前头套有骡马。骡马需要人领路，领路人就是车把式。

吆车把式的鞭杆是一根细竹子，棕色，被汗浸得溜光。鞭节，牛皮结成，拧得很紧，麻花样的，上面有绒毛。拧成的鞭子，越到鞭梢越细，鞭梢就是鞭尾巴，荡在空中，摆来摆去。

吆车把式喜好鞭子，是弄鞭子的好手，他们在鞭梢上系一个红布条，亮亮的。如果不系一条喜庆的红布条，好像不算是吆车把式。

吆车把式离不了鞭子，这是要跟牲口作对吗？那你就想错了。

吆车把式没有不爱牲口的，特别是与他天天见面的拉车牲口。牲口是勤恳的，懂事的。饲养员和吆车把式，对牲口怀着特殊的感情。这种感情，也只有他们才懂。与车把式打交道的牲口脾气，没有一头能逃过吆车把式的眼睛。这个吆车把式顾怜这头茶色的大马，那个吆车把式看着那匹骡子很卖力。他们会偏心地让他们中意的牲口吃好的饲料，或者套在出力小一点的位置上。他们闲着，会摸摸它们的皮毛，拍打拍打它们，就像他们见了喜欢见的一个人。

吆车把式手里头的鞭子，有时候也能吓唬一下捣乱的牲口。你看，那鞭子在吆车把式的头上抡圆了，再细看，倒也看不见圆圈，只有红的一点，像一只漂亮的鸟转着飞，还尖着声"嗯哨"。巷子里，有时候，会突然"嘎"一声，不用问，那是鞭梢击在青石板上的声音，吆车把式回家吃饭了。

鞭子，是吆车把式的骄傲，也是车把式吃饭的凭据，他到哪里，鞭子到哪里。走路的吆车把式，手背着，双手在屁股后头，握着鞭杆和鞭节，威严的样子。在众多的人群中，只有他是车把式。

车把式，像乡村里的木匠、铁匠，他们是手艺人。

手艺人，人们都尊敬，特别是乡村。人们看见他们，就想到神奇的手艺。手艺的神奇，让他们在乡村人的眼里变得奇特而威严。

吆车把式家里的门背后头，有一个铁钉，挂马鞭用。吆车把式回来吃饭，进门，把马鞭往门背后一挂；出门，顺手从门背后头拿走他的马鞭。

车把式手里的马鞭，是他一生的陪伴。

石磨

一根木桩的一端，插在石磨边侧系着的皮绳里，握在手里，横在腰间，这是在推磨。

黄灿灿、硕大的玉米粒在磨盘上堆得小山一般，那尖尖的山头时有凹陷，那是磨盘中央有比牛眼还大的两个磨眼。这一粒粒玉米粒注定从这磨眼里一个个挤下去。一圈、两圈、三圈……玉米粒从那磨眼里不停地流走，碾碎的玉米顺着石磨沿往下落，掉磨盘上。从磨盘上扫回到磨顶，又从磨眼里下来。这"山头"小下去高上来，高上来凹下去，几次三番，磨盘上扑簌簌、扑簌簌落下黄色粉末，那粉末是没有风的下雪天，那雪扑扑簌簌落下来，先是薄薄的一层，渐渐地多起来、厚起来。雪白如面，这玉米粉灿黄摸着如向日葵的叶子。

太阳红红的从一个低矮的房上溜过来照在东墙上，红艳艳的，推磨人额头的汗水滴下来渗进脚下的泥土地。石磨上的玉米渐渐变成小丘，露出石磨底盘那一行行坑凹来，终于，磨眼上方光光的了。

推磨人用竹簸箕小心翼翼地收了磨盘上的面粉，再用笤帚将磨盘扫干净。又将磨杆一端做支点，扛起磨杆，尺把厚的石磨缓缓张开口，用三寸有余的磨眼塞垫着，笤帚将"磨底"全扫出来，抬高磨扇，取掉木塞，磨盘慢慢给合上了。

推磨人蹲在石磨侧，飞快地罗面，快得能跟太阳赛跑，因为这时候太阳快要下山了。推磨人将最后一箩细腻金黄的面粉倒进面袋里，长长地舒了口气，四下寻找拿出来的全部用具。

多年过去了，石磨很少被打扰了。路过石磨，常常能召来幼年的时光。

簸箕

簸箕用来簸麦子里的土或者麦壳，簸豆子壳里的豆皮儿。凡是要挑挑拣拣一类，都用簸箕来打理。

簸箕，柳条编织，与篮的编法一样。编的柳结，一排一排，菱花一般。

簸箕，三边护栏，叫簸箕帮子。簸箕两角向外张开。那模样状如手指头的簸箕纹。这是奇妙的事情。三边用竹子又像是藤条，缠绕结实。簸箕全靠边帮。双手抓牢簸箕帮子，才能将盛着麦子或者玉米颗粒的簸箕端起来，放在地上或者膝盖上，挑拣里头的石子儿小柴棒，挑拣豆类里头的豆壳子，挑拣小米里头的虫子。

簸箕可以用来扬场。拾来的麦穗用砖搓，除掉空了的麦穗麦秆儿，成一小堆。麦子与麦壳混合着，有风吹过，用簸箕趁风扬，麦壳子被风吹远了，落下来的是红胖的麦粒。

将麦子装进布袋，簸箕是最好的器具。细长的布袋，用簸箕撮了麦子或者玉米，簸箕的一角伸进布袋口，便能轻便地倒进布袋里去。编簸箕的匠人，或者早就想到这一功用，才做出如此式样吧？

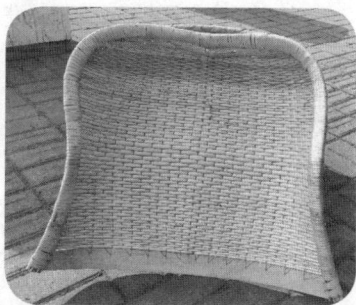

簸箕有竹筛的功用，可以将粮食里头的土簸出来，可以将粮食里的石子儿挑出来。切的馍片可以晾在簸箕上面，也可以在簸箕里头晒刚剥的绿豆，晒从棵子上新倒出来成熟的芝麻。

簸箕可以放在高高的柴堆上，可以放在摞起来炭堆上，簸箕在一个家也是见天就能摸上三两回。簸箕闲下来，朝里扣着，挂在墙头的钉子上。墙头拌着簸箕，家显得安闲，有日常的农家气息。

筛

竹编的筛子，大而圆，浅。竹筛底，编的"十"字儿稀稀疏疏，网状。筛放在太阳下，有点点金光洒照。

竹筛底与竹圈成一体，这是竹筛的妙处。想那编竹筛的匠人是有绝妙的手艺的。

麦子晒干装瓮前，麦子需过筛。过筛，和着土的麦子装在筛子里头，前摇后荡，麦子里的土从筛底网中摇下去。

这只是竹筛一个功用。夏季，一个老太婆，或者一个汉子，会担着竹筛，一个竹筛里头是熟透的桃儿，一个竹筛里头是熟透的杏儿。也可以担两竹筛熟透红软的柿子，串巷叫卖。阳光从胡同那头照过来，照在桃杏上，照在熟透的柿子上，阴凉的地方也热了起来，孩子们起着哄，他们围着卖婆子的担子，或者快跑着回家取几分钱来。

竹筛可以用来晾馍片。馍切片，放在竹筛里每天端到太阳下晾晒。娶媳妇嫁闺女，煮熟的猫耳朵从热锅里捞出来，竹筛是最好的器具。

用竹筛可以捕麻雀。午后，一个系绳的短棒撑住竹筛。筛下面洒食。拉绳到屋里，关注麻雀是不是跑进竹筛，是不是在啄食？拉倒小短棒，从竹筛底看有没有扣住麻雀。

竹筛用久了，竹子磨损，或者出了断茬，时间的推移，竹筛像一点点被蚕食，那断茬的地方成一个小窟窿，小窟窿又成一个大窟窿，这个竹筛便不能用了，有的人家会在竹筛上补一块结实的布，筛子没有了窟窿，但不是原来的筛子了。

又有了一样铁筛。铁筛是竹圈，筛子底用粗铁丝搭底，底子扭得看着像一朵花。箩底是细丝儿小方格。这

样的铁筛经久耐用，但也只做给麦子过土的粗活。

竹筛见得不多。铁筛偶尔还能看得到。至于用筛子捉麻雀的游戏，小孩子忙着做功课或者打游戏，失了与麻雀玩的性情。

篓

山条编织，编法如挫。篓有高有低。篓敞口，放在独轮车上，放在驴马背上，盛粮食蔬菜瓜果。那半人多高的条篓，想来是高脚骡子上山驮炭才用。

篓后来驮放在自行车的后座，连同篓里的疏菜瓜果。巷子里传来各样的叫卖声。

篓行走乡间田野，大街小巷，无处没有它的影子。五六十年代，七八十年代，时时能够见到。卖菜人，推着篓车，将篓靠在一堵墙头或者靠在一棵树上，抽袋烟或者跟村人拉呱。篓无声无息，静静地待着。里头的蔬菜或者瓜果静静地待着。说着话，便有人过来买。篓子活动起来，篓子里盛的东西见少了。早起，满当当的篓子是沉重的，带着吱吱呀呀的喘息。回去的时候，篓子几乎空下来，轻飘飘的，在自行车后头一跌一跌，有一种欢快，像是要唱歌。

篓子用的时间久了，显出松懈，枝条的颜色掉了成土灰颜色。那点土灰是日光烤晒，是风雨剥蚀，也是用手磨出来的。篓筐主人的手，买菜人的手，过路熟人的手。手拄在篓子上，像拄在一堵墙头，或者一张桌子。篓子没有娇贵气。它是载重之物，有着承受的耐力，或者这也是篓子能上百年甚至几百年能够留存下来，为人之用的原因。

笼

笼多是竹子编制。细细的竹子，细看像一根根挂面条，密密地编织在一起。笼袢也不像挫袢，一根山木棍。笼袢是宽竹子，薄薄的一层层相互交叠，8字形状，好看结实耐用。

笼上面有花纹，或者是编好绘画。笼细致，女人多使用。竹笼也会来到地头，那是女人提着到地头送饭。笼有的带盖。盖或圆或椭圆，也是细竹子编成，细密有致。

女人提笼去赶集，扯了布匹买了针线抄了两毛钱的雪花膏一类细小的物件，盛在竹笼里头。竹笼也可以挂在屋梁上，里面盛了晒干的馍片，或者打了两张饼子，或者买了几块点心，夏季买了几颗杏，哄小孩子。

笼与小孩子有关联。六七十年代的小孩子，或多或少都记得竹笼。那里头有他们惦记的东西。那里头是几根麻花，也或者是苹果核桃枣儿。

小孩子跟着母亲去地头，也是提着这样的竹笼。他们或者挖菜，或者用来拾麦穗，小小的身影，提了竹笼，轻飘飘地在田间转悠，或者就给弄丢了。竹笼或者就到了另外一家，被另一家所用。

现在，竹笼在日常生活中很少见。竹笼被塑料袋替代。街上不见有提竹笼的女人。街上的女人，如果提着一个细巧的竹笼，显得傻气。

一个带盖的竹笼，巴掌大小，上面绘着细小的花朵或者绘着虫草，小巧而喜人。买一个回去，放在书柜里，它的玲珑小巧有一种难忘的可爱。

篮

家户日常用具，圆筒状，带袢。篮袢与笼袢相像，却比笼袢厚实固耐。笼绊用薄竹片一层层叠编成八字儿。篮袢是宽而厚的木片，交叠。篮的分量比笼的分量重很多。篮容量大，能盛三四十斤小麦或者玉米。小篮，盛七八斤或者十斤。小篮的功用与笼接近，精致物件，挂上屋梁。

编篮用柳条，小指粗细。编织出来的篮，菱形纹，也能说梅花纹，纵横有排有行，像地头的成排成行的树林，又像女人手里一针针纳出来的鞋底子。用过的篮，带着些灰尘，纹路更清晰些，像一个个向上跑的蝌蚪。

篮，家用，放在屋里，扣在粮食瓮上，或者挂在一个不大碰得的角落。篮也闲不住。三天两头淘洗麦子玉米。盛满水的大锅小锅，或者也能是一两个瓷盆。一篮麦子分三次倒进锅里，笊篱拍打着，从泛着黄色的水里捞到另一个盛清水的锅里或者瓷盆里，反复再三，锅里或者盆里的水干净了，麦子捞到席子上晾干后，拎来擦洗过的篮，装上淘干净的麦子，去磨面。

编匠多是祖传。比如这个村编篮，那个村编篓。这些随口一说的话，带着村风家风传出来。甚者，能从中寻出历史源流。比如这个村早先有一个老人年轻时候学了编篮

的手艺，一代代传下来。或者这个村子靠着山，柳条多些。篮便成了这个村的一样特色。比如地方有个村叫柳巷，柳巷的得名不由让人生几分遐想。

编篮也不是坐下来就编，它得经多少道工序，编篮的匠人，如何地敬业也不一一表述，居说编篮多在地窖里作业，地窖潮湿，这或者是编匠在地窖作业的一个理由。由此，也能感知那一代一天天一年年以编篮为生的匠人们，在艰辛的日常生活中的勤劳智慧。

编挫

从山上割条子，成捆，背下山来。俗称山条。

新背回来的条子，即可用来编挫。条子一条一条在手里由长变短，白天渐渐向晚，仿佛时光给编织进去，挫拌是一根山木头。直直地一根山木，比锨把细些，用麦秸烟熏软和，弯成弓的样子。挫如何地打底，如何地从底编上来，然后转圈，这是编匠的手艺。条子在编匠的手里，欢腾地跳跃着，编了一半的挫在不停地转动。

编挫的可以是一位老人，是一位中年人，也可以是年轻人。编得或快或慢，是编匠的性格，是编匠的经验和熟练程度。编出来的挫，质地是不是细密，看着是不是好看，是编匠的本事了。每一只

挫，带着当时编制的温度和气息，连同编匠那天的心情。

干了的山条，水浸过，才能编。一个编匠，一天可以编挫四五只。日光在编匠的手指尖悄然流动。

挫是庄稼人见天常用工具。用来拾柴，拾红薯，带叶子的胡萝卜也可以插满满一挫。挫用来装土装粪，是

庄稼地里不可少的农具。

女人要洗衣裳也一总儿放在挫里，带到地头。

挫有大号中号小号。小号挫家用或小孩子用。干农活常用中号挫。中号挫不大不小，用来担土担粪，正好人力能及，不至于少到轻飘飘，也不至于重要挪不动。

大号挫，俗称揽挫，多用于库房。玉米穗放在里头，棉花包袱放在里头，这些大件儿的，只有用揽挫过秤计数。

揽挫条子粗些，揽挫襟足有锨把粗细。秤钩挂上揽挫。那秤的秤砣一下子往前走老大截，秤杆翘起来了。

搓玉米板

秋天，成熟的玉米穗从田野里收到院里来了，熟透的干叶子剥落，一地的玉米穗，在太阳下闪着金黄，水分被一点点挤净，扭成辫盘踞在房檐下。

这些玉米穗是要变成颗粒，然后磨成面粉。

剥玉米穗。手在玉米穗上将玉米的颗粒往下剥落。也有人拾起另外的一穗玉米，用两穗玉米摩擦着，玉米颗粒徐徐落下。

人们还是要借外力。这是一个叫锥子的铁器。尖头，末端有一手柄。手柄上缠布条，以填手心，使用起来不至于硌手。

尖端照着玉米穗的行列开下去。玉米穗一行行，挤得爆满，有的玉米颗粒不好好排队，这行跟那行不那么清晰，铁器的尖端便在挤挤攘攘的行列里歪歪扭扭。一穗玉米这样开出三行或者五行，玉米穗变得轻便好下手，拿起一穗玉米，三下五除二，只剩下玉米瓢子。

但这样的铁器握在手里，尽管铁器端头手柄缠了布条，锥得久了，手心还是顶得疼。

这样，便有了玉米搓。

玉米搓是民间木匠思想的结果。一块厚实的长方体，中间凹进去，一个长三四寸的土钉，打进木头，钉向上，弯成勾。后头有一座，座半尺。玉米搓放在地上，看着像踮起来的一只脚，或者也可以说像一只高跟鞋子。

拿过一穗玉米，头朝下，玉米穗在土钉上穿过，玉米穗的行列便被击得七零八落，跟手握铁器插在玉米行列是一个理儿，却轻省。但这样手持玉米穗在玉米搓板上搓玉米，带着点风险，搓歪了，手便会在钉子处伤到。

玉米搓风行好长时间，一直到有了脱玉米机器。但锥子这样的铁器是时间沉淀后的产物，玉米搓更是木匠的聪明才智，这些随着时代的久远，应该被记下来。它出现在它应该出现的时代，它的本身浸着那个时代的温度和气味。

器具

篓或罐

用山条子编成的篓，用来盛油，称油篓，也称油罐。篓是随意叫法。条编的器口大的称篓，器口小的，多称罐。

油罐的形状，口像酒瓶口，肚圆。口与肚相接处是优美的弧形。

用山条编织出来的篓子，用来装油。这真让人不能相信。油是宝贵的东西，用棉花籽或者菜籽经多道工序压榨而成。液体，可随意流走。那个年月，一年仅分得一小瓶油。油贵如金，怎么可以用小手指粗的山条子编成篓来装油呢？

可是，老年人坚定地说这个器物是油罐。细看这个罐口用塑料布封，虽然那塑料布时有开裂，但整体还算完好。罐外能看见干了的泥巴。那泥巴或者是全抹，年长月久，脱落得斑驳陆离，多处露出山条。

条编的罐，真正能够盛油是在罐里做了细工。山条子编成篓，里头用麻纸一层层糊裱，糊裱得很厚，干透，里头便可以放心地盛油。尽管，看着条编的罐还是怀疑，油不是要渗到麻纸里头了吗？麻纸有那么干净吗？

又见一瓮，说是纸糊成，寸把厚，结实的样子，便相信纸张的确有防漏的功能。再想当年麻纸，哪里会是现在的粗制滥造？凭着当年人们对于纸张的爱惜以致崇敬，用麻纸裱糊也是对油的一种最高贵的待遇了。

人们用天生的智慧打造器物用来度日。会条编的匠人，他们喜欢用自己编的篓或者罐来盛油。这是对手艺的依恋和自信，也是对传统的一种不舍，更是秉承简朴之风。

条编的油篓或者油罐跟着那个时代一块隐退，但隐退不是消失，更不是不曾存在，它的其中藏着丰富的信息，是从远古吹过来的一阵温暖的风。

瓮

盛粮食的器具，也盛水。盛麦，叫麦瓮；盛水，叫水瓮。

夏季，水瓮放室外，午后太阳晒在瓮肚子上，瓮里的水热起来。瓮上面的木盖半揭着，马勺挂在瓮沿，马勺把子也是温热的。家里水瓮一个。粮食瓮三两个，四五个。瓷瓮油黑，稍有亮便发光，像夜猫子窥视的双眼。

瓮是财富的象征。家里一溜摆着七个八个瓮，常常要砌一个隔墙，藏着，不外露。这也是家里人的底气，家里有几瓮粮食，说话也有劲。

一个土黄色的瓮，寸把厚，像泥糊成，内掺有麦穰。那土色的瓮缺着一豁，有用手掰过的痕迹，细瞧，是纸质。

纸也能做出寸把厚盛粮食的瓮？据说纸在水里浸湿，浸到与麦穰混合，寻一个大小合适的模子，将纸粘在模子上，一层一层这样粘上去。

要粘多少纸才能糊出一个寸把

厚的瓮呢？

在那家里只有瓦盆瓦罐的年月，买是奢侈的。这么一个盛粮食的大器具，用纸糊出来。

纸瓮看起来很结实，不知道已经多少年了，挺直的样子，是一个物很好的见证。

醋瓮

秋天收回家的柿子，大颗的齐整的柿子旋成柿饼，剩下的全盛在一只瓷瓮里头，酿柿醋。这样儿瓷瓮，是醋瓮。

春暖花开，娃娃们走在乡间小道，温暖的细风吹向身上的单衣，吹不走额头的热汗。他们跑回家奔向醋瓮，拿起擀面杖在醋瓮里翻搅。放了一年的柿子，表面一层干缩的黑褐色被破开，有三五个红红的柿子浮上来，像刚从树上摘下来一般新鲜。

有一天，家里有了淋醋的声音，如雨声时骤时缓，滴滴答答。这样十天或者半个月，盛柿子的瓮一点点少下去，家里的大小瓷盆一点点涨上来。这是将瓮里酿的柿子，淋成醋。那柿糟倒在院里，被鸡们的爪子摊开铺了一地，太阳照在上面，院子的上空弥漫着浓浓的柿酸的味道。

盛醋的瓷瓮，里外都是上了釉的黑瓷，用久了的原因，瓷质结实光亮。因为盛柿醋，瓷瓮里尤为洁净。

醋坛

盛淋出来的醋的器物，称坛。坛比瓮小，口也不像瓮口敞开，是噘着的圆口。

醋坛，陶瓷，黑釉乌亮，光泽。坛有颈，那颈虽不是细长却分明。颈也称脖子。坛脖子上是坛口，口有一嘴，称坛嘴。那坛嘴噘出来，原本圆形的坛口，有那么一点桃形状。带嘴的坛，是坛的出口。

坛脖子到罐身有两耳。那耳是双耳，像兔子的耳朵挤挨在一起。坛脖子上系着麻绳圈。那麻绳圈不知道系了多年。想当年，拎起麻绳圈提着盛满醋的瓷坛，沿大街小巷走过。这偌大的瓷坛有碰摔的危险。这个瓷坛两边的耳朵，只剩下一只，那损坏的坛耳残缺的样子。

这个瓷坛却一点也不显得悲哀，它昂扬的姿态，展示着当年的光泽和破损的容貌。正是那破损，记忆着被使用的美丽年华，有着无上的荣光。

瓷罐

这是一盐罐。一个矮而敦实的物件。家用装盐的器具，摆在灶台上。底端往里缩些，罐肚子稍突出来，罐口显得浑圆结实。主妇每天都要擦抹一两遍。洗碗抹筷完了，手里的抹布伸在罐身，细细抹过，瓷罐在主妇每天的擦抹中变得明亮坚固。

罐口浑厚，刚好能伸手进去，能感觉到冰凉细润，特别是夏天，那清爽打动人心。罐有两耳，一如罐身乌黑油亮。

罐有盖，一样亮如黑色细绸。罐盖里面瓦质，泥土颜色，摸上去涩，能看见泥土一圈一圈的纹理，那是手工匠人两手抹过的痕迹吗？

那年月常常借盐借辣椒面。借具多用罐盖。翻开罐盖，盖顶是一个圆坑，仿照杂技表演一指头顶在盖顶，一手打着罐盖，笨重的瓷盖在手指头上风快地旋转。这是有风险的。为了能接住要砸下去的罐盖而满怀欣喜。有一回，罐盖到底给砸下去，摔成三瓣儿。巷子这里那里布着瓷片与瓦渣。家里的盐罐丢给路边当了破瓷烂瓦片了。

家人寻一个口面与罐口合适的物件当盐盖，盖在盐罐罐上。那配的物件，从颜色到式样，一看就是配上去的，而原有的物件到底是寻不来。瓷罐虽多，但每个瓷罐上的盖似乎满世界只有一个。

罐

罐多为陶瓷。装油叫油罐，装盐叫盐罐，装辣椒叫辣椒罐。

这个辣椒罐，瓷黑颜色，中间有暗黄色闪耀，像流水条纹。它瘦高筒，圆弧形，加盖，像一个戴瓜瓢帽的老者。

主人买这个瓷罐或者只是喜爱样式，回到家里才用来做辣椒面罐，或者在街上的瓷罐前徘徊寻找，选中这个瓷罐刚好能用来装辣椒面才买回来。不管是怎样的想法，这个瓷罐回来用来装辣椒面是这个瓷罐的宿命，正如盐罐用来装盐，油罐用来装油一样。

有些瓷罐大小不同，式样不同，用来装什么，由着主人的喜好和安排。器物里面装什么，除了主人的喜好，与器物大小造型也有关联。比如带嘴的瓷罐，用它装醋，装油，在主人看来觉得方便。盐是粗颗粒，可以用手抓，口面需大。辣椒面细，不宜手接触，多用汤匙，口面小些好。

各样的器物，带有匠人巧妙的心思和匠心。有的器物或者只是匠人随心制造，但各自都有妙用。这个辣椒罐，用了三十年或者五十年，不见褪色，每天擦拭它，都如新买的一样，或者更比新买回来结实健壮。而这个瓷罐这几十年永远地装辣椒面，因而便省去"瓷"，叫它辣椒罐。

空着的辣椒罐，扳倒，光线进入，看见罐里面素白胎，镶进去一些红色，那是几十年的辣椒颜色，洗不掉的。

洋瓷器物

洋瓷碗

洋瓷，也是搪瓷。

二十世纪六七十年代，洋瓷碗、洋瓷盆是日常家用，分大中小号。小孩子的洋瓷碗，小号的，碗口直径二寸，有绿色花花的，黄色底红花朵的。中号洋瓷碗直径四寸的样子，黄色的蓝色的。大号洋瓷碗，直径半尺，黄色的浅蓝色的。

碗，吃饭用具。按饭量大小，分大中小号。洋瓷碗好处是掉下去，磕一个疤，不像陶瓷碗，掉下去就破掉了。洋瓷碗的不好处，易散热，烫手。尽管，洋瓷碗多拿给小孩用。小孩拿着洋瓷小碗，边走边用手在碗里抓了吃。小孩子拿着洋瓷碗跌倒了，洋瓷碗拾回家，洗干净下顿饭还能用。

洋瓷缸

洋瓷缸用来舀水，用来当茶杯喝水。洋瓷缸多白色。白色底子上面的图画有抗战英雄，有诗词，有剪纸。

洋瓷缸在生活中给人提供更多的便利，洋瓷缸有耳，出门或挂或系便于携带，相当于现在的手杯。

洋瓷缸放在灶台上，带到田地头，也可以放上书桌。

洋瓷缸是礼品。洋瓷缸上面常见有用红漆写着"奖"。这样的洋瓷缸，是身份的象征。

洋瓷盆

洋瓷盆。也分大中小号。洋瓷盆有黄色的蓝色的绿色的。有白底红花花的、蓝花花的。洋瓷盆小号的用来装豆子芝麻小米，中号的用来盛米饭、米汤。

大号的盆是淘菜盆，洗脸盆。洋瓷盆可以洋瓷盆，可以当陪嫁。一对红花花洋瓷盆，盆底是鸳鸯。洗脸用的洋瓷盆厚实，掂在手里有分量。陪嫁的洋瓷盆，可以用来洗脸，也可以用来洗脚，可以用十年二十年。

与洋瓷缸一样，洋瓷盆除了家用，还有一个功用是可以当奖励品。开大会，奖励先进。先进身佩肩章，胸戴红花。奖状是有的，随同奖状是一个洋瓷盆。黄色或者绿色的洋瓷盆，盆底或者盆外侧写着一个红色的"奖"。

洋瓷碗洋瓷缸洋瓷盆，用久了，会磕出疤。落下疤的洋瓷器具，虽还能使用，到底带着陈旧的气息。

洋瓷壶

洋瓷壶。在洋瓷盛兴年代，人们叫洋瓷碗、洋瓷盆，但很少听见叫着瓷壶。人们叫水壶。如果说到洋瓷壶，多称绿皮茶壶。

我见过的只有一样：军绿颜色。壶身圆柱形，壶嘴由壶身分出去。有的壶口带一个小盖，壶开了，像吹哨子一样，不停地叫。壶袢一样绿颜色，半圆形状，像笼袢、挫袢。

搪瓷壶机关学校用得多。每个宿舍的炉子上都架一个搪瓷壶。

搪瓷壶里热着水，水可以喝也用来洗衣服。

这种绿皮壶，当年有些风光。它常被拎着去打水。被干部拎过，被学校老师拎过。绿皮壶也跟着带些文雅气息。如果一个绿皮壶被家户放在炉灶上，邻居们看见会望半天。那眼神在说：你们家怎么会有个绿皮壶呢？

写到洋瓷壶，眼前走过一个女教师。她手里拎着这样的绿皮壶从宿舍出来，走过花池，走过马路，走过学校的梧桐树，到笼头前灌满水，拎着走回到梧桐树下，穿过马路，沿花池，进到她的宿舍。她回去的路上，一路的水滴。她穿着半袖去打水，穿着夹克去打水，穿着风衣去打水，穿着毛大衣去打水。绿皮茶壶陪伴她走过她的青春。

洋瓷器具随着年月交替，不多见了。但它曾经是日常见惯的事物。

家具

柜

柜，是一样藏衣物的木器家具，字是这样写，但不念 gui，山西方言念 qu。

这是大家具，高两米多，宽四尺五。这柜分上下两部，各开门，上面门叫大柜门，下面门称小柜门。

打开大柜门，又分上下两部。上部两层，叫柜板。板板带三个小抽屉，叫"腰匣"。一溜小抽屉下面有一个长方形的活动板，宽半尺，随意取、装，叫腰板。

抽下腰板，里头是一个暗藏。这暗藏里面，是女人最爱。比如，银镯子。金银是女人最值钱的藏头了，多是出嫁前夫家婆亲的信物。你不免发挥一点想象：那里面除了女人的银镯子，还有小孩子的银锁子，藏有几个"袁世凯"（银圆），也未可知。

柜是家户人家财富的象征，有窃贼进入，没有不翻箱倒柜。主人离家之前，先一定记着锁了柜。

柜可以做陪嫁。结婚那天，四五个小伙子将红红的柜抬上车，几个送嫁大姑娘在柜两旁一边几个，合着吹打乐，风风光光欢欢喜喜一直到了夫家。

也有男方有柜，女方也陪嫁了，小两口家里放两顶柜。有提早商量好，大小高低，连同颜色一模一样的，一齐摆着，平平整整。

柜是家户人的门户。柜门上有"四件"，铜制，灿光明亮。

"四件"分大件和小件。

两块铜片，合成一方，约一尺，四角切成弧状的花纹。一方精致的铜闩，铜闩下有两个小指粗的铜环。这是大件。

小件，一样两块铜片合成二寸见方，一小方精致的铜闩，两小铜环。

女人拿干布擦拭。太阳从门里窗里照进来，洒上这铜"四件"，闪闪烁烁。女人的红缎棉袄在柜里，来年添的好衣物也在这柜里，小两口积攒的小钱一样藏在这柜里……

女人有了这柜，心里安然。

时代变化，柜在人们眼里太实在，太笨重。年轻人婚娶不要柜，要叫"组合"。

组合，是三组或五组与柜一样高低的木器家具，并到一块，整整遮住屋子的一面墙。组合隔成一小格一小格，用来放电视，放收录机。

年老的妇人念念不忘她们用了大半辈子的柜。她们说：柜多好啊，能遮能掩的。

广播匣

同样，六七十年代，村村广播。一个金属小喇叭，向日葵大小，网面，声音从网面后传递出来。

它挂在家户的墙头，位置在家户堂屋对门墙上或者屋门背后。早中晚，广播准时开播，播放新闻，有广播体操，有说书，比如讲《水浒传》《三国演义》。戏是要唱的，老婆婆盘着腿脚坐在炕头，手里掐着帽辫，三两个一起听广播。

广播常常带有嘶嘶啦啦的声音，但广播之声伴随着女人们的切菜声，屋子里的柴烟漫上来，淹没了屋里的一切，也漫上广播。但广播的声音还在，只是更加地模糊了。

站在院子里，可听见别人家屋里的广播，但隔着墙头的广播不是很真切。

广播外面套有一个木匣子。木匣子是一个空壳，方形，其实是挂在墙头，遮住那金属制作的广播，是为了遮尘，也是屋里一样装饰。

木匣子漆成绣红色，古铜色，绿色，根据各家喜爱。木匣子正面镂空一图案，可以是十字条，是S形，也可以镂一圆圈，糊上鲜红或者鲜绿绸缎。

木匣子也是屋里的装饰，鲜亮或者古朴，带着女主人周密精巧的心思。

香脂　插屏

圆铁盒，盖面上有图画，图画黄颜色，模模糊糊记得是一座长长的桥，弯弯的桥弓像月亮，这就是香脂盒。盒里是香脂。香脂与胭脂，一字之差，胭脂抹在腮上，红红的好看；香脂抹脸用，涂一点喷香。

香脂，到了冬天供销社才有卖，是姑娘、年轻媳妇、小孩子的专用。

少妇的家里，照门有一个桌子，桌子上一个带着花纹的木座，木座里嵌一块方方正正的镜子，镜子上有凤凰、孔雀，或者是南京

长江大桥。这样的大镜子，它是有名字的，叫"插屏"。

插屏正前方是叠起来的一对香皂盒（少妇家里讲究成双成对），粉红或者大红的香皂盒，多是娘家的陪嫁。香皂盒一左一右是两个带花的玻璃杯，一个杯子里是把红塑料梳子，一个杯子里是把绿塑料梳子。透亮的香皂盒上面有一小圆盒，红红的，是香脂。

少妇清早起来，梳头洗脸。女人很讲究，先梳头还是先洗脸是有前后的，头梳好，脸洗过，对着镜子，揭开香脂盒，再揭开香脂上那层薄薄的金纸，用食指蹭一点在脸上抹匀了。这时，少妇的屋里漫着清香。

少妇对着镜子，左看右看，很满意了。她的小孩子四五个月，或者七八个月，刚学着坐。少妇给小孩子洗把脸，在香脂盒里蹭点，仔细盖了香脂盒，走近孩子，一边逗孩子，一边用有香脂的手指点孩子的鼻子、脸蛋、额头和下巴。孩子受这一凉，又有手指头在眼前不停地晃，他那稀疏的小眼睫毛就不停地闪，如果少妇哪一点点重了，小孩子腰一闪，两小腿儿翘起来，"咕咚"一声，小脑袋就着地儿了。

小孩子"呀呀"地哭起来，少妇倒很开心，抱了哭得委屈的小孩子走向插屏，说插屏里怎么有个小孩子呀，那个小孩是谁呀？

小孩子听说话，看见了插屏里的自己，奇怪地看着，小嘴咧开了，那样子不知道是想笑还是想哭。

香脂是姑娘们的最爱。冬天，姑娘的口袋里除了小镜子、手绢儿，再有就是这香脂。姑娘的裤子口袋里，有细微的叮叮当当，那是小镜子在碰香脂盒，或者香脂盒碰着了小镜子。姑娘在地头摘棉花，偷空儿拿出小镜子悄悄照一下，当然有时候也会掏出香脂盒擦一点。香脂真香，与抹香脂的姑娘跟着走，相跟着的人也是一路香了。

中年妇人看着大姑娘，带一种落魄的口气儿说："看小女娃娃，爱好的。"

这些被称为"小女娃娃"的大姑娘，朝妇人递过香脂盒。

妇人说：老不中用的，有吃的饭就行了，还用什么香脂。

姑嫂们说在一起，笑在一起。

一个红红的铁盒子，来冬了，去代销店掏一毛八或两毛钱，买一盒。出了代销店，揭开，薄薄的一层剔纸，盖得严实，平展展地。主人舍不得揭开，凑到鼻头，闻闻，香。第二天，脸多洗两把，擦了，再揭开香脂，看看，闻闻，小心地将剔纸揭开一小角，似乎揭开得多了，香气就跑了。

怀念香脂，怀念插屏。

风箱

拉风箱是女人每日里的功课。鸡叫头遍，素来早起人家的风箱隔了矮的院墙传来："呼——啪"、"呼——啪"。有了这头一家风箱响，就有第二家，往后，此起彼伏，天大亮了。

人们给拉风箱叫扇火，这词极是恰当。拉动风箱的木拐，身子或者一前一后，或者一左一右，那炉子里的火苗一节节地往上蹿，舔上乌黑的锅底，探头探脑地伸出方方的灶炉口。

"呼——啪"的响声，从一上一下两个小"呼啦板"传出。"呼啦板"，如小孩子的巴掌大，被屈屈伸伸的风箱扇得出出进进，发出呼呼啪啪的响声。

风箱放在饭厦底下。炊烟从饭厦底下滚滚地冒出来。

风箱也算家里一件要紧的做饭器具，那时候打造它需20块钱，算得上家里的大件。风箱用于春夏秋季。冬季，风箱披上塑料布，闲置起来。冬天做饭用屋里的炉灶，既有了饭吃，又烧热了炕

带风箱的炉子，生火简单方便，比如棉花地里的"花柴"、玉米叶、麦秆，都行。压好柴火，倒上炭，安好锅，添好水，坐下来安心拉风箱，浓浓的白烟从灶台口，从锅沿往外冒，先是一丝、多丝，继而成股，顷刻，白烟腾空，又低回旋转从棚子的四下里钻出，上了天。

小孩子说天是烟做成的。

拉风箱是孩子们的业余功课。放学回来的孩子们，没有不拉风箱的。孩子背着书包，双手握风箱拐，拉得很卖力。

拉风箱看书，小孩子都经过。书铺在腿上，右手拉拐，左手把书。那书也能是一本画本。

风箱跟前的座位，是一块青石，也可以是一个树墩。那青石或者树墩哪里修来的福气，见天闻油香菜香米饭香。

拉风箱也有几般拉法。比如刚生的火，不用劲拉不行，拉得太用劲，火给扇灭了。如果是馍蒸得快要熟了，拉风箱得不紧不慢。如果是一锅要开的水，拉风箱得扇得火呼呼生风。

如果煮菜，菜要熟了；蒸馍，馍要开笼，这就不要通红的火。女人在灶膛里添一枝柴，用小铁锨撑开"呼啦板"，自顾去忙了。

女人拉风箱，最拿手，也最最有意思。女人做饭拉风箱，不急不慌，一下一下，款款地拉。这个女人，身子是歇着了，心可没歇着，她想起高兴的事情了，想起伤心的事情了。女人自编自唱，拿腔拿调地，念经一般了。

不觉菜熟了，或是燃着的香烧完了，女人那没唱完的曲子，停下来，她又有了忙的了。

一年有多半年，一天三顿饭都是这风箱炉子。风箱就是信号，有哪家拉开了，一村里打仗似的，你听，"呼——啪"，"呼——啪"，声声相似又各有不同。

灯

灯葫芦

灯，葫芦形状，俗称灯葫芦。

葫芦灯，简易，一个铁制的灯口。那铁制灯口是简单的一个铁片，中间一个细细的圆筒，装火眼。火眼，是一撮棉线，从细圆筒子里穿上来，末端浸在油里，点着眼子，便有了灯光。

傍晚，屋子里亮起蚕豆大点橘黄的煤油灯。煤油灯伴我走过童年，走过少年。在煤油灯下，母亲做她总也做不完的活计；也是在这蚕豆大的煤油灯下，我开始学着写字。

昏黄的灯光给墙上投一个个大大的黑影子。童年的晚上，母亲在少有的空闲时候用灵巧的双手一绞，墙上出现像模像样的一只山羊，接着随意地变换，羊变成一只或蹲或站的小狗。

油灯放在搁置碗筷的灶锅板上。灶锅板平，占地高，灯放上头满屋子亮。比如，灯放炕上，门口那块黑了。灯放地上，屋子炕上黑成一片。母亲端了煤油灯，那豆大的灯火忽忽闪闪被端到另一间屋子去。撂下的这个屋子一下子漆黑了。好半天才隔窗看月，适应过来。

夜归的人，进院门照窗口看。窗口或明或暗，心情各异。

家用灯，随便一个玻璃瓶，装上灯油，放一个廉价的灯口，眼子从灯口穿上来，点着。任凭灯光忽悠，只管照明。小学生上晚自习，便是这样的简易灯，一样能照见书和作业本，可以演算数学题或者写一篇文章。

精细一点，葫芦灯上拧一老虎嘴。老虎嘴，铜的颜色，像老虎头，有长方的口，俗称老虎嘴。老虎嘴旁边有一螺丝，前后拧动，控制老虎嘴眼子的长短。眼子，用来点火，是宽扁的织带。织带紧致细密。棉质的火眼送进老虎嘴，前后拧动老虎嘴旁侧的螺丝，眼了从老虎嘴里冒出来，棉质眼子的另一端，浸入油灯，S状，为眼

子提供源源不断的燃料。

带老虎嘴的玻璃灯，上面带玻璃罩。玻璃罩，玻璃厂专门制作，透明，独特的样式。老虎口周围有四个耳朵，灯罩底端，与老虎口相接，有老虎嘴周围的四个耳朵管束。玻璃罩很稳实。老虎嘴点着的眼子，冒出来的烟，顺玻璃罩一溜而出。带着老虎嘴的玻璃灯，灯光东飘西摇地剧烈晃动，有那么点不受管束。戴上玻璃罩，灯光聚在一处，成纯黄色，清澈柔和透亮。

带老虎嘴的玻璃灯，多是老师的办公室或者书房用。

灯笼

小孩子一见没了灯光，哇哇哭。小孩子离不了灯光。小孩子奔着光，哪儿亮他就看哪儿，灯光的奇妙吸引着他。大人也离不开光，晚上出门，提一盏油灯。

那盏油灯，或圆或方的底座。底座有四个眼，卯四根铁丝杆。底座上放一个油灯，外头罩上玻璃罩。玻璃罩，苹果形状。罩上玻璃罩，成一个能提的灯笼。

灯光暖人。晚上提灯笼，说是照明，也是壮胆。

有一样灯笼也叫马灯，如下文。

马灯

金属底座，底座上面的玻璃罩两边用交叉的铁丝护着，玻璃罩上面一个提手。

这样的马灯在上世纪六七十年代随
处可见，家户的墙头可以挂一个马灯。晚
上下地浇灌的农人手里提的是这样的马
灯。刮风下雨的天气，马灯一样亮光闪闪。
乡间道路两旁树枝上，或者挂一个马灯，
那是农人起早在打理他的田地。饲养院
牛马槽旁边竖杆，挂着马灯，晚上添草，
拧亮马灯。夜行的人，手提马灯照亮。家乡的夜晚，看见远处的灯
光，便是有人在行走。马灯在那个年月是家家离不了的一个物件。

马灯的玻璃用得久了，油烟熏得玻璃看起来不清亮。马灯被拆
开，玻璃取下来，用布子擦干净，又放进去，装好。马灯底座盛油，
会有滴落的油渍，浸到底座，须时时擦拭。每擦拭一次玻璃罩，便
会将马灯上下细细擦拭一遍，马灯便洁净如新。

马灯大小不一，有大号的马灯，有小号的马灯。大号马灯照起
来亮堂，看起来傻气。小号马灯看着玲珑秀气，让人心生喜爱。十
岁左右，念书到三里之外的小学，清早外面一片漆黑，十多个孩子
相约各自提一个马灯，从家里出发，踩着马灯的光亮，走在乡间的
道路。

从那个年代走过来的人们，马灯一直在记忆里。那一种亲切，
从不褪色。

暖瓶

暖瓶，有铁的，竹的。不管是铁暖瓶还是竹暖瓶，都只是暖瓶
的外皮，也叫外壳。暖瓶的瓶胆是一样的。

铁皮暖瓶，浅绿色，镂空花样，如孔雀身上的羽毛，放在灶台
上，好像一只站着的孔雀。这可是铁孔雀，不害怕火烤。铁的暖瓶，

硬实、耐用，放哪里都不腻歪，也从不叫累。物件儿有新有旧，暖瓶一天天在妇人的抹布下变旧了，彩漆掉落，露出里面一天比一天黑涩的铁片来。这只暖瓶，它不再是一只漂亮的孔雀，倒像一只秃鸟，哀怨地立在那里。

竹皮暖瓶，细细的竹子编织，一圈一圈成一个竹筒状，歪歪地放上灶板、桌子，或者老师的窗台。拎它倒水，它会很不老实地"吱唔"一声，像说愿意，又像说不愿意。放它的时候，它还是吱唔，不说高兴，也不说不高兴。主人与它住久了，就不在乎它的吱唔了。

这样的竹暖瓶，拎它时候，那个担心！竹子做的它，久了，有点软，一看就是个病秧子，你要拎它，本来就存了十分的小心。你想象一下拎起它是个什么样子吧，它可是决不会松脱散架，但你拎它怕的就是这个。它在你手里摇摆、颤抖。水从胆瓶口泻出来，山泉一样，却腾起一阵热雾，倒好水，赶快将它放平、盖上木塞，放回原处。

有一样铝皮包装的暖瓶，红的粉的底子上面开着牡丹花玫瑰花。它们是结婚的嫁妆，成对儿一样颜色一样花朵，在桌面一边摆放一个。这样做过摆设的暖瓶，一样逃脱不了脱漆掉壳的命运。

后来，时兴一样压壶。压壶不是铁皮，不是竹皮，是塑料。大姑娘买了做嫁妆，姑娘们的嫁妆是日常生活中的主流。家户屋里添的成这塑料暖瓶。用塑料暖瓶倒水，不像多年前拔掉瓶盖子上的木盖。塑料暖瓶，没有瓶盖，要喝水，在暖瓶上一摁，水奇妙地流进杯子里。这样的塑料压壶，流行几年后，消失了。

竹暖瓶、铁暖瓶，暖瓶皮旧了，坏掉了，新买一个暖瓶皮。当时的竹暖瓶皮，几角钱，铁壳子两块钱。几角钱或者两块就是一个新暖瓶。压壶，二三十块钱。塑料皮上花是花，草是草的，有放飞的蝴蝶，有青山绿树，有云彩。可是压壶坏了，在暖瓶上面摁一下，再摁一下，三下五下，水就是摁不出来。看着鲜艳的塑料皮，扔掉太可惜，留着有什么用呢？

锅刷

不知道哪年出现了铁纱，一团绕得结实的铁丝，专门用来擦锅，代替锅刷。钢锅也只有铁纱才能擦得锃亮。

记忆中锅刷用来刷锅。

春天下种。秋天，地里长成一排或几排高丈许的高粱。高粱顶，红缨状。田野里竖起这么一两排高粱，是绿的世界里的点缀。

秋收时候，高粱的脸红透了，收割回家。高粱杆可以用来裱天花板，细高粱杆用线一针针串起来，做家用盛馍的盘子。那红玛瑙似的高粱珠子大大小小密密麻麻，拍打完后，那细密的枝条带着高粱的红壳子，用来做小笤帚，做刷锅刷子。

用锅刷刷锅，手是不沾水的。那刷子，高粱糜子，硬实，刷几下，锅就光亮了。新媳妇娶进门，婆婆送来一把末梢高粱糜，合着一根针线。新媳妇迎着鲜红的太阳，将这把高粱一针一针串成一排，卷起来捏紧，一针一针转着圈儿缝两三圈或者三四圈，看缝得结实了，将余下的线系成一个小圈套，可以挂起来。

婆婆拿着缝好的锅刷，细眯着眼笑了。刚过门的新媳妇缝好锅"刷"子，从此，家就红红火火地"发"起来了。

擀架

碗有板架，刀有刀架，擀面杖有擀架。

这个木头擀架，也是见于六七十年代。一个方框架，卯榫结合。

它不是一个简单的四方框，横木或者竖木面上，勾有二棱。勾二棱是木器家具的一个细部。有无二棱并无碍家具的使用功能。但有二棱甚至三棱是一种细致，像人的眼皮儿，双格眼或者三格眼，美观好看。

木匠手握一个专用的铁器，沿木条划过，便出现好看的直纹花棱。这个擀架的四方框每条上面都勾有二道勾棱。两边勾有三道勾棱，像流水的波涛。勾棱两端各有一桃形状。这样两个有模有样的桃形，桃嘴儿各自往里，让这个四方框架看着很喜庆。

竖起两边框，一边一个月芽形，向上弯着，像鹰的嘴巴，又像是小牛才出的两只可爱的头角。它们正是要托住什么。这样简单卯在一块精细制作的框架，便成了一件搁置擀面杖的器物。

这件木工器具，久经打磨。那勾出的花棱是光的，那桃形是光的，那托擀面杖的鹰嘴或者小牛角是光的。它是砂布的擦拭，有手的温度。

擀架框留有洞眼，用来固定擀架到墙头。

擀面杖可以放面案上，也可以竖在墙角。但制作一擀架，是一样生活态度。

几十年过去了，擀架上的红漆在一点点剥褪的，擀架像阳光透过树叶落在地面上的影子。

这个木头制作的擀架像是完成了历史使命，一身的轻松。它没有被当成劈柴烧掉，是主人的爱惜，也得自它的坚固。它的框架不走样，没有一丝儿裂缝，那两个弯上来的鹰嘴儿或叫小牛角，浑实敦厚，而架子两端的桃子，在主人看也是花费了些工夫的。

主人在爱惜这个擀架的同时，连同木匠的工艺一同爱惜着，这些，或许是这个架子直到现在完好地摆在这里的理由。

纺织

棉花

人们图方便，衣服里的棉花用一种叫樟棉或者丝绵给替代了。这样做起来的棉衣，脏了，压在水盆里刷洗。年老的妇人行动不便，头昏眼花，却不讨这种便利。她拿出来自家穿旧了的棉袄，拆。

拆洗棉衣是大活计。就说拆棉衣吧，那得眯细了眼，一针针用剪刀挑，挑了一排，还有一排，一边挑一边净布片上留着的线头。那线头，像米虫子，一个个排着队，排得密密麻麻；提它，它们又像一个个贴紧了墙壁的花虫子，一下两下，拿不掉。

拆掉的棉袄儿，四面摊开，占了大半个炕。将拆的布片儿，洗干净，晾在外面的衣服绳上，将取出来的棉花套，放到火火的太阳底下。

棉袄布片儿干了，棉花套晒得松软，收一回布片回去，收一回棉花套回去，铺好在坑上，用细的针脚一针一针缝。这时候，女人的腰弓得如半弦月儿，眼睛细眯着。那缝衣服的针，每一针看着好像扎在原地，到哪里转个弯回来，那针脚拐了一个弯，缝到另一行了。

老年妇人一针一针缝棉衣跟洗碗刷筷一样，心平气和。她们说：樟棉、丝绵哪里来的？又不是从地里头生长出来，可见，不是什么好东西。

女人们宝贝棉花，天生与棉花结缘。在女人眼里，棉花如小孩一样金贵。

开春三月，棉花落种。过些日子，嫩绿的叶子，星星点点，一片又一片，仰天撑着，枝节一天天繁茂起来。

打掐。棉花树长得快要半人高的时候，枝杈上生出多余的叶子和枝节，去掉多余的枝叶叫打掐。一地的棉花树，女人们一棵一棵地查看。每一棵棉花树，她们都要摸半天，眼睛在棉花树上搜寻，从头到脚，哪怕有一小片多出的叶子，她都看见了，伸手轻轻掐去。这时候女人眼睛是温和的，像是在掐掉她孩子头上的碎屑。这些个数不清的棉花树是她们的孩子。

给棉花树洒农药。棉花树长虫子。虫子吞食一片片叶子。一片片叶子卷起来，气息奄奄。女人们把配好的农药装进喷雾器，棉花地里来了戴口罩的卫士。喷雾器牢牢地爬在她们的肩膀上，她们的胳膊老长地伸出来，高扬地举着手里的喷管，喷管愤怒地喷射。身后的棉花树，一棵棵舒展起来。

七月半头，棉花树开了漂亮的花朵，红的黄的，一地漂亮的花朵。这真是大地开满鲜花。女人们说："七月十五，见花朵。"她吩咐小孩子千万不要摘花朵，她们说一朵花一个花疙瘩。

这些珍贵的漂亮花朵，很快就凋谢了，棉花树上有花疙瘩。一个、两个……数棉花树上的花疙瘩，是女人感兴趣的事情。嫩绿色的花疙瘩，紫红色的花疙瘩，欣欣然。这是生命果实的开始。

摘花，就像收割麦子。这个环节持续时间最长，一直到十一月。三月落籽，十月落成一个白嘟嘟的胖娃娃。

风吹光了棉花树上的叶子。那一大片一大片的棉花地，红紫色的棉花叶子在秋风中，零零落落的；而饱满的棉花撑得花壳子裂成五瓣，六瓣。绒绒的棉花，胖起来，从壳子里冒上来了，遮了花壳子的棱棱瓣瓣，似乎一个圆团，有高有低的，似藏猫猫的粉脸儿。这一张张"粉脸儿"，被女人们一双双熟练的巧手，左右开弓，全收进随身的花包袱。

女人们穿长袖衫，双袖往上捋着，露出光光的晒成古铜色的胳膊。女人穿红挂绿，这是棉花地里的点缀，天女散花的女人们，前前后后，左左右右洒满着。

摘棉花要分行儿摘，一人三行或两行，摘到地头又返回来。干活有快慢。摘花开始，大家前后相跟。但要不了多长时间，摘花的女人就拉开距离了。摘得快的，走前了；摘得慢的，落后了。有的女人摘花摘得真是太快了。摘得慢的女人，心里一急，也快了；一快，活做得不精细，常在花壳里剩"眼睫毛"，丝丝缕缕的，在太阳下闪耀，在风地里晃。队长看见了，要她返拣一遍。遍地的棉花呢，壳子里都像这样有眼睫毛，那就多如天上的星星，哪里能让这么多的眼睫毛在地里眨巴眼睛？

摘花时节，队部的仓库门大开。太阳从门窗钻进去，射出的一线阳光里，灰尘斗乱。女社员们如欢快的鸟儿，挤挤攘攘。她们排着队，放声地说，仰脖子大笑。她们身旁各有一个大包袱，布袱里满满的，是一嘟噜一嘟噜雪白的棉花。她们一个个身上系着的花包袱里盛着一嘟噜一嘟噜雪白的棉花。妇人们被雪白的棉花簇拥着。

排队过秤。排上的妇人，她们双手伸在腰后头，解开系着的花包袱，里面的棉花抖落出来与她的大包裹里的棉花统在一起。她们走到登记员跟前，看秤看登记。她们中间有的不认字，也要走过去，看一眼秤，看一眼登记簿。

秤完了，仓库管理员帮着将棉花倒进仓库。仓库里的棉花堆得小山似的高了，偌大的仓库里几乎全是棉花了，看起来像积雪，像一群放牧着的羊群。

浆秆

这样称呼一根秫秆，似乎也说不出来道理。浆秆用来将弹出来的松软白净的棉花搓成条。

将一片一片云朵般的棉花，裁成窄长的一小绺，浆秆放在中间左右手配合搓动，那窄绺的棉花便缠在浆秆上，抽出来，那棉花条子松软如兔子的尾巴。

浆秆是田野里生长出来，长到两米多高，多节的秫秆，有一节粗细正好拿来做浆秆。拉棉花条子，叫搓条子，也叫搓眼子。搓成的眼子，叫"花眼子"。

浆秆给一个不熟练的人，放在棉花中间搓，那棉花是散乱的，搓不成条子来。纺棉织布的女人，大多能熟练地运用浆秆。浆秆到她们手里像孙悟空手里的金箍棒，玩耍自如。女人武动浆秆，瞬间便是一根棉花条子，那搓浆秆的动作快得变戏法一般，只看见浆秆一拉一拉的动作，只看见身旁的花眼子越堆越多。

浆秆可不是用过一回就换，或者一年一换。它是用久了的工具。女人们纺织的一套大大小小的用具有很多，平时不知道放在哪里，到用的时候，它们便出现了。浆秆这样的小用具也是一样。它或者放在女人的柜子里。就是这样，一根田野里生长出来的秫秆，因为它用起来顺手，女人收藏了。

浆秆因为用得年长日久，它的颜色变成暗黄色或者红色，看着光滑，纹理清晰。浆秆里头浸了汗渍，结实得像一根细细的木头。

织布的女人，多备有自己的浆秆。浆秆多是女人用了半辈子的工具。民间的宝物尤多，而浆秆在女人的眼里便可称得一件。

搓眼子

一根秫秆，小指粗细，截尺余长，匀实光亮，成一根浆秆。

秫秆被称为浆秆，是它成为织布的一件器具。浆秆，是将弹出来的棉花，搓成一根根空心的"花眼子"。

花眼子圆滚滚，大拇指粗细，空心。织布的线是从这花眼子身上抽出来，连成长长的一根。

织布的线从花眼子抽出来。井水抽完了，还有井壁；纺线，抽完一根花眼子，续一根接着抽，将几捆花眼子全抽完，将十几捆的花眼子全抽完，手指头什么也不剩，魔术一般。像蜡烛，点完了，失去它的光亮了，没有了蜡烛形象，只留下一点儿蜡油味，过一会，蜡油的味道也没有了。有多少事物，像蜡烛，像花眼子，被默默消融。

蜡烛的光亮不见了，看见了这段光亮的人们，用这光亮绣了花枕，缝了衣服，纳了鞋底子。花眼子呢？用它抽出来的一根线，纺成了一个个纺锤，摆在那里。

花眼子被消融，但它又是多么重要。没有它，能有这么均匀的一根根棉线吗？没有棉线，织不成布，没有布就穿不成衣裳了。

花眼子是搓出来的。一根小指粗细的秫秆，粗细均匀，溜滑，闪着黄缎子一样的光芒。这秫秆是从一年里的秫秆堆里挑选出来的，这根秫秆的好坏，影响搓眼子的质量和进度。

早饭后，院里村外，安安静静的，偶尔能听见一声鸡鸣、半声狗叫。太阳跳过东墙，落在离东墙三四步开外的地方。男人下地干活了，女人在家，收拾了碗筷，给猪倒了食，洗手擦干，将备好的小木板放在屋里砖铺的地面上，拿过一个玉米皮编的坐垫，开始搓眼子。

这个木板，是家常用的切菜板，不大，搓眼子刚好，好像这家女主人，打理切菜板的时候，就想到了搓眼子。

女人从房间隔壁棉花的大包袱里揪出一大团棉花出来，放在扫得干净的砖地上。这是弹好的棉花。雪白的棉花，如响晴天大朵大朵的白云，蓬松，放地下，差不多半屋高。女人不发愁，她知道怎样处理这些棉花，就像饲养院里的老张懂得哪一头牛顺、哪一头马是劣性子一样。女人拿抓棉花，有她自己的一套。她不乱抓挠，她的手放下去，知道从哪里开揭，棉花才剥得利索齐整。

棉花在女人手里，像煤层，一层一层地，等着开采。

坐下来，棉花分层地揭下，摊开在木板上，双手搭上去，左手是尺，右手是刀，将这大片的雪白的棉花，裁成与秫秆长短一样、宽三寸有余的一片又一片的小片棉花。女人将手裁好窄窄儿的一片雪白棉花，拿来一块。一手将秫秆压上去，前前后后搓，一分钟不到，秫秆一抽，一根花眼子放在她的身侧了。到底是怎样搓的，没看清。不是没仔细，再仔细也看不清，除非动作停下来。你恍惚看见女人将裁下的小块棉花的一角或一边，用左手卷起来，卷上秫秆，两手自动化一样地运作，快得左右手几乎分不出先后来，眨眼间，左右两只手中，是一根长辫子一样的花眼子。

就这样剥一大片，再剥一大片，用手裁一小片棉花，再裁一小片棉花。女人身旁的花眼子一根根码成垛，一点点高起来。一根秫秆，将一片片棉花，变成了一根根的"花眼子"。

太阳照上窗户的一角，探头到炕席上，屋子里亮起来，棉花垛绚白了。又似乎一眨眼工夫，太阳从门里进来，给绚白的棉花朵涂上层红光，这时，那半屋高的棉花垛矮下去，再矮了一些。

女人展展腰，头往后仰仰，低了一晌午的头，脖子酸了。她拍拍她的左胳膊，拍拍她的右胳膊，站起来，心满意足地抱了一怀的花眼子，走进后屋，一小捆一小捆地分开，十根或者十五根一系，用一根花眼子拦腰一系。这时，女人的心中有一本账：织一匹布得多少线，经线多少，纬线多少；这些纬线需要多少穗子，这些穗子又需要纺多少捆花眼子……女人眯着眼睛，一算就算出来了。

女人纺线时，她每纺出一个纺锤或两个纺锤，念叨：再纺十个这样的纺锤就够了，过一天，她又念叨：再纺八个这样的纺锤就够了。女人念叨这些的时候，头脑里会出现缠线拐线搭机的一幅幅画面。

系好花眼子，摞成一摞。花眼子是放在柜子里的，一捆一捆，码得整整齐齐。收获棉花，经历漫长的春夏秋冬。神奇雪白的棉花，盛着勤劳人们的汗水。这些花眼子，是时间，是生命。女人像珍爱珠宝一样，珍爱柜子里的花眼子。

晌午了，她收拾了木板、秫秆。

太阳钻进屋里一大片了，女人的饭该做熟了。小巷里，有放学的孩子"啪啪啪"跑过去了。

木梃　纺车

小学时候，学习过一篇文章——《一辆纺车》。

纺车，像一架机器，左右两边连成一体。左边装木梃，一根根棉线上到木梃上形成一个个纺锤。右边装的是纺车轮子。木梃与纺车轮子之间，用一截细长的木桩两头卯榫连接。那木板方形，长二尺多，宽约二寸，厚五分的样子。

装木梃这边，立着一高一低两块木板。高木板，一只脚的模样儿，五个脚趾头分开着，似乎要动起来。两块木板，用来安装木梃。木梃暗红色，发着光，两头尖尖，越到中间越壮实。木梃的中间部分，有四五条深深的沟壑，花一样的好看。这沟壑不是装线磨出来的，是人工刻，刻得极细致，像木工器件精致的花纹。与花纹离不远，凹下去，像一个苗条女人的细腰。如果这是一只未装的木梃，放在那里，或者拿在手里，竖着看，它就是一个单脚跳舞的俏皮女郎。

木梃的凹处有一个垫片，垫片是一块硬纸片剪出来的圆，在这个圆片中间再剪出一个小圆，正好放进凹处。这么一块纸垫片，用处却大，它是成果的装置，让一根根丝一样的棉线，在细木梃上累积成一个线锤，也是纺锤。

纺车左边那五个脚趾头，想着是纺车的一个造型。推想造纺车的先人，做如此造型心中怀着的崇拜。

纺车右边，纺车轮子装在一个木框里。木框由底边和左右三条方木卯榫结成，木框一边有一个把手，也可说是手柄，镰刀状，末端有一孔。纺车用右手食指来摇动。

纺轮由双排轮扇组成。每排轮扇，由多个细而薄的木扇股组成。薄的木扇股插在一圆木上。那圆木，状如花鼓。插着轮股的两个木头"花鼓"，由一截短而直的木轴连起来，纺车轮子做成了。

两扇轮子的木板梢头，勾着弦。弦勾成"S"形，蜿蜒曲折，将两轮扇合为一体。又有一根长长的细弦，搭在"S"形弦中间，拉到左手装好的木梃上，弦成了一圈，纺车的左边和右边联合了。右手食指在手柄眼里，一转，纺车轮子动了，木梃旋起来，一转一旋，一转一旋。

女人可以纺线了。

纺线

母亲取一把花眼子，左手拿眼子，右手摇纺车。棉线成丝，越拉越长，长到身后，手一扬，那丝一般的棉线上到木梃上。那木梃上先是缠了一股棉线，一股成两股，慢慢地越缠越多，堆积成一小山头，堆积成一大山头，到后来一个锤子形状出来了。母亲取下木梃，从木梃上取下纺锤，将木梃上的垫片放端正，又开始纺线了。

晚上，油灯放上窗台，或者干脆放在炕上，靠近纺车，好看见往木梃上上线。

纺线，线要上得匀，不得这里高，那里低。母亲纺出的穗子，一个个像模子里倒出来的。

小孩子，脱了衣服，钻进被窝里躺着。

母亲将星星般的油灯，放在窗台上、放在纺车旁。不管放在什么地方，都会投下一个大大的影子，那是母亲的影子。这个影子在动，这里晃晃，那里晃晃。一条胳膊举上来，像要打人，却又落下去，原来是上线。木梃上的纺锤，就这样在胳膊一扬又一扬的动作中变得饱满。

墙上有劳作的影子，也有转动着的纺车影子。那纺车轮子多大呵，上了天花板。它上面的两排木板，一个一个像飞行的翅膀，在飞呀，飞。天花板被星星般的灯光照亮着，天花板上投着的影子不停在动，带着点张牙舞爪。

小孩子害怕这些黑影子，但不说出来。他们静静地听着纺车有节奏的"嗡嗡"声。多好听的嗡嗡声呵，像天然谱成的一支曲子。一辆纺车一个音色，不雷同。孩子们听家里纺车嗡嗡，像听惯母亲的唤儿声。

母亲胳膊高扬，又一根线上去了。母亲扬手上线，姿态优美，像唱戏，风中飘的一样，上去了，下来，再上去……一根根细的均匀的线，密密地上去，纺锤在一点点地充实，变大，大到如成熟的桃子，大到非摘下来不可的时候，母亲摘下它，捏捏，放在炕上。炕上已经有两个穗子了，站那儿，像一对双胞胎的小人儿。

纺线的母亲，胳膊要扬多少下，才能纺成一个纺锤呢？

纺车声、油灯、油灯上扑拉着的灯蛾子，组成这个夜晚。夜深了，孩子们睡熟了，母亲吹了灯，窗外的月色从窗上映过来，照着嗡嗡响的纺车。

冬天，夜漫长。孩子们一夜睡到大天亮。天亮的窗台前，纺车静默着，不见母亲。母亲下炕了。炉子里的火苗呼呼地欢腾跳跃，母亲在淘菜，在擦桌椅。

母亲有纺不完的棉花。身旁一把把花眼子，犹如猫的尾巴，一根消失了，又一根消失了；一捆打开，纺完了，重新打开一捆。花眼子一根根终归要被纺车一天天消融掉。

纺车长年放在炕上。也有炕上不见纺车的时候，那是夏季。夏天的院门外面，扫干净的土地上，槐花一朵朵地飘落。女人们各自从家里端出纺车，凑到一起纺线。那情景如同《一辆纺车》里写的，她们比赛纺线，那纺车的轮子旋得一个比一个带劲，不同的纺车，不同的音色，嘤嘤嗡嗡地，合着说笑声，交织在一起，生活中的坑坑浅浅全有了，穿兰花花的嫂子，穿红花花的大姐，各自一边纺线一边说着家长里短。该是回家做饭的时候了，她们看谁纺的穗子多，谁的穗子大，又是一顿说笑。

纺线，也是在纺织生活。

枣核

"枣核"，织布的一件器具。枣核串在浆秆上，是缠穗子的必备器物。称其枣核，是它的形状与枣核相似，又或者是枣木制作。

"枣核"，木头削的，中间一个圆圈，空的，小孩子拿着它，举在一只眼睛前，闭了另一只眼，看。这样看去，人被圈住了，树也被圈住了，它们都成了一个圆。但枣核很快被母亲夺了去，麻利地串上缠穗杆。

缠穗，枣核串在浆秆中间，浆杆摇身一变成缠穗杆。缠穗杆竖握，手指在枣核上下跳跃，线从缠穗车的铁梃上叮铃铃地滚动着，缠上枣核。很快，枣核像一只被困的蜘蛛或者什么

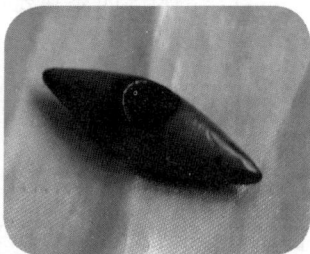

昆虫深深地陷入棉线的阵地。这时候的浆秆，在女人手里不再是竖着，而是横把着。木桄继续叮铃铃地转动，在浆秆的拨动下，棉线在浆秆的两头伸长，中间渐渐鼓起来，是一个缠穗模样了。这样的缠穗伴随着叮铃铃的脆响，在一点点加厚加大，穗子两头更见长，中间鼓得越见饱满。

缠穗杆两头棉线离浆秆头剩一指宽的样子，缠穗车的叮铃声歇下来，棉线停在半空被掐断，一端的线头掉下来。从缠穗里头抽出浆秆，女人伸手到缠穗中间掏出枣核。那枣核出来带着棉线，女人将枣核带出来的棉线在缠穗上拦腰绕几圈，又在缠穗两头各绕几圈，用舌尖头将棉线头泯到缠穗上，一个缠穗完工了。

枣核又一次串在浆秆上，又一次跳跃舞动，枣核又一次被陷其中，成就另一个缠穗。

枣核不像浆秆，它本来是一小块木头钻孔所制，用得久长，那枣核轻易弄不坏。但它是小器物，怕丢。女人收藏了。

枣核虽不比金银首饰，但离开这个小器物，织不成棉布。

缠穗车

铁制，"出"字形状。它的大小，长不过八寸，高四寸宽。母亲们叫它缠穗车。它很简单，平放着的。它的构造是一根扁扁的铁条，弯成一个框；又一根一样的铁条，弯成同样大小的框。两根铁条都弯成一个高四寸的方框。拿一根一样宽，却要长一些的直铁条，将弯好的这两个框，焊接上去，两个框间隔三寸左右。这样，缠穗车成一个"出"字形状。"出"字儿就是一个缠穗车的模样了。中间长出来的直铁条，带一小铁环，手指可以拎，上面装有两根铁桄。铁桄可以取下来，将纺锤串上去，装进缠穗车。

缠穗车有附件：两根铁桄，一个圆环。这个圆环装在缠穗车直

铁条顶端。缠穗车可以拎着，随身走动。拎着缠穗车到村口的槐树下，到村口的碾盘，到村里的小学校。

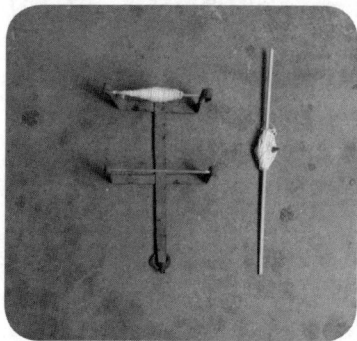

缠穗车装铁梃的地方，隐蔽着小铁孔。缠穗车看起来简单，有些地方是花哨的，带些儿装饰，让缠穗车显得有看头。那隐蔽小铁孔的地方，像花朵一样卷上来，再弯下去，有模有样，像女人梳出来的一个俏头型。每一根铁梃有两个铁孔，两根铁梃四个端口，各有这样一铁花朵儿。在这卷上来弯下去的花朵，遮住装铁梃打的铁孔。铁孔从这边打过去，那边一定是粗糙的，那粗糙藏在这花朵的装饰后面，可见打制器具匠人的匠心。

女人一个小指挂了缠穗车，一边走一边缠穗子，只听缠穗车一路叮铃铃地响。那"嘀铃铃"的响声，是缠穗车与铁梃相碰发出来。两根铁梃，响声交叉着响起来，这"出"字架的缠穗车就有了生命，有了缠穗车，屋里巷子生动起来。

铁器是粗制的，用得久长的缘故，那铁器乌黑油亮，在太阳下发着乌金的光芒。铁器的棱也磨得滚圆，这样的缠穗车是几辈人用过的，一直这么传下来。

缠穗

织布，得有一样经线、一样纬线。

纬线装在忙碌穿行的木梭里。木梭是织布机上的要件，枣木色，平滑，散着光，两头尖儿，如一叶小船，如天上的月牙儿。木梭底，有孔。从缠穗寻出线头，线头从这小孔里引出来，将缠穗装进木梭。

织布的木梭与缠穗两者，是先有木梭，缠穗仿照木梭的样子缠成中间粗、两头尖尖的式样；还是先有缠穗，然后仿照着做成木梭？这真像是一段公案。

引出来的这根线，是白的，是红的，也可能是蓝的、绿的。木梭里放过各色的缠穗，引出各色的线。

缠穗用缠穗杆。缠穗由纺锤而来。

女人有自己的纺车，有自己的缠穗杆。这些是女人生活中的装备。同样的秫秆，各自有着不同特征，不同的气息，看着也是千差万别。秫秆可以伴随女人三年五年，可以用十年，用一辈子，用得缠穗杆的颜色成了古铜色。再看它，就不是一根秫节，是一件器具了。这些织布工序里的每一件，它们一辈接着一辈延续。它们的生命比女人更持久。

缠穗。女人握着缠穗杆，手指在"枣核"上下跳跃，那缠穗杆像一个小人儿旋转地舞蹈。这是一种带线的舞蹈，像飞机后头撒出来的白线，但远比那平行着的线复杂。它们复杂成网，一根根紧贴，将缠穗杆上的"枣核"网了进去。枣核像一个被封的大蜘蛛，动弹不得的时候，女人空出手掌心，用五个手指头控制缠穗杆，左左右右摇摆。

初学，母亲会拽你的手指头，把你手指头架上缠穗杆。手指头支棱着，却动不起来，不像是你的手指头控制了缠穗杆，倒像缠穗杆控制了你的手指头。勉强动起来，缠上去的几根线，扭扭歪歪。缠穗，看起来简单的动作，做起来是不容易的。

母亲们缠穗，一手拉线，一手握缠穗杆，摇动如飞。冬日里，炕席上光光的，白日头从窗户照进来，照得红暗的炕席一片光亮。那缠穗车"嘀铃铃"、"嘀铃铃"地响起来，时紧时慢，时高时低，如一只刚落地的小羊，咩咩叫。缠穗杆上网状的棉线，密密麻麻，相互交错，棉线如猴子爬杆，顺着缠穗杆，一节节往上长。最后，成了一个两头尖尖、凸肚饱满的缠穗。

女人断了线头，手指从中间摸出穗核，就是那个"枣核"。母亲将"枣核"带出来的线，散开，麻利地在缠穗的这头绕两圈，在缠穗的那头绕两圈，一个缠穗整个儿完工了。那缠穗上的线，一根根如春天的细雨，密密地斜织着，就像四月天如情似诉。

女人歇下来。缠穗车上的一根铁梃，光秃秃的，在晃动中轻微地响；另一根铁梃还有棉线，不过已经占不满铁梃儿，在惯性的晃动下，一匝一匝转着圈儿。

这样的缠穗，一晌缠一两个。女人一天天劳作，将积攒的缠穗，一个个放在花布单里，码成垛。女人在头脑里算：要搭的这机布，差不多得七十多个缠穗吧？

拐线拐

线纺成线锤，串在缠穗车上，用缠穗杆缠出的缠穗，是织布的纬线。

线纺成线锤，串在缠穗车上，用拐线拐拐出的线，是织布的经线。

枣木棍儿，旋得圆而光滑。中间粗，两头稍细。这样一根长、两根短的木棍，卯榫结构成拐线拐。

拐线拐的三根木棍，竖的一根长，两根短的横在两端，却不是"工"字。拐线拐着地，

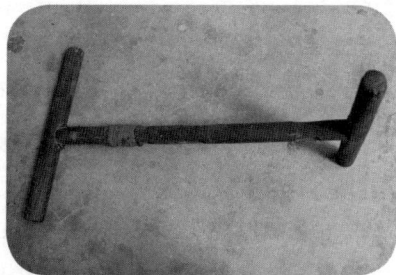

横着一根平铺，另一根必是竖起着，这便是拐线拐。棉线经过拐线拐拐出来，从拐线拐退下来，棉线是一个圆圈。这简单的器具，藏着祖先的智慧。

拐线，右手握在竖起的那根拐棍上，左手扔线，右手拐。拐线

拐四角挂线，拐线有固有的顺序。这顺序对于女人，属人体的本能，左右手搭配，惯性使然，成一种和谐。拐线由慢而快，身旁放着的缠穗车，丁零零地响着，纺锤咕噜噜转得欢实。

拐线，右手拐，左手捋线若摸到有小棉疙瘩，是要摘去的。这也是拐线操心的。织布的各个环节，看起来都不是难动作，不是熟手，是做不来的。硬着头皮做，做出来的不像熟手做得好。这需要经验。经验是一年年锻炼出来的，熟能生巧在这里也用得上。

拐线拐上的棉线由一小撮，成了一小把，成一大把。

该卸拐了，将棉线断开，绕住头儿，将木拐一角靠身一顶，一端的棉线下来，其他三个角的棉线都下来了。寻着拐线开头的结，将头绕住。拐成一圆圈的棉线，成一挂，用两手腕撑两下，嘣嘣地弹响，随便打一结，放在一边等着浆。

染布

粗棉布织出来，在裁剪前，需染色。

颜料分多种，红色有品红枣红桃红，蓝色有深蓝学生蓝毛蓝，绿有深绿浅绿毛绿，除此外，有黄色紫色等。

如果用粗棉布做褂子袜子，不作染，原色就可以。做衣服，多染。黑色多用于老婆老汉，学生蓝是男青年，桃红毛蓝毛绿多做给大姑娘小媳妇。黄色用来给小孩子做里布，紫色用来做女人的袄或者坎肩。

染布的颜料，装在小纸袋里。那是小纸袋，上面写品红、渚红、桃红、毛蓝、深绿的字样。每袋几分钱。女人从家里的灶窑或者财神窑里拿出颜料袋，小心地打开，脸上的庄严虔诚透着对颜料来之不易和对颜料的神秘和崇敬。

黑颜色是常用的颜料，有叫黎化青的一种黑色颜料，散卖，用

秤称出来，包一个纸包裹，二两或者半斤。包裹用纸绳打成十字条，系结。

染布用大铁盆，盆放炉火上，添水，放盐或者矾土进去，消化后，放颜料进去。木尺搅动，热气腾上来，棉布放进去。女人用木尺搅动翻腾，看颜色在棉布上一点点浸湿渗透，约二十分钟，棉布浸色更深。

看布染得均匀，拿木尺挑出来到一盆清水里，浸洗两三回，晾晒。

染布，女人的手变了颜色。看女人的手指，便知道女人今天染了桃色品红还是毛蓝。染布，连同女人的手指也被染了。

染一次布，女人手指纹里的颜色十天半月才能褪掉。女人用被染的手指和面蒸馍洗碗抹桌，那颜色和在面里，蒸在馍头里。一家人一如既往地吃馍吃饭。

诸色颜料，多以草汁制作而成。

棒槌

棒槌，圆柱形，旋匠旋出来。棒槌用枣木。棒槌用来洗衣服。浸湿的衣服，从水里拎出来放石上，用棒槌敲打。女人一手持棒槌，一手在衣服上翻转，衣服像是受着煎熬一般在棒槌声声的敲打下挣扎，藏在衣服里的灰尘便在这翻转挣扎下逃一样地顺水而流了。

染出来的布，晾晒到快干不干，收起来，一折一折叠起来。用棒槌捶打。

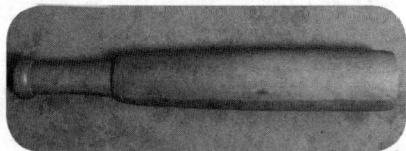

一块青石，染好的棉布放在上面，用棒槌一折一折敲打。每一折，棒槌挨着过三五遍，看得见棒槌走过的痕迹。随着棒槌的起起落落，棉布的一角扬上落下再扬上落下。

棒槌敲打在布上，声音先是沉闷，后来一点点清亮，有咣咣的响声，这是棉布一折一折送过，棉布变得薄起来。重新齐整，又一折一折敲打，棒槌声从沉闷，一点点变得清晰。这样反复再三，布变得光洁。

棒槌的敲打，是棉布变得更踏实，纹理也更显得齐整，颜色也很好地渗透进去。日头晒在手持棒槌女人的前身或者后背，晒在正捶打着的棉布上，太阳光的影子伴随着那一起一落的棒槌声。

这样手工做出来的棉布衣服，穿在身上，觉得温暖。那是棉质的温暖，更有着手工劳作的温度。

/ 第二章 /

乡村美食

花馍 | 鱼鱼儿 | 汽水 | 饸饹 | 清明

花馍

红白喜事儿讲究"老亲"、"新亲"。老亲是上辈子的姑家、上辈子的舅家。"老亲"有了红白喜事儿，多是一盒"包子"——白面馍馍。

"新亲"是未娶未嫁的儿女亲家。有了红白喜事儿，新亲除割肉、扯布料其他买办外，要紧的是捏花馍。

村村有捏花馍把式。花馍出村，不只代表这家人，是这个村。

有这方面功底的，多是老太婆。围在面案跟前的是喜欢这行当的年轻媳妇。

走亲戚前一天，这家热闹起来。炕上放一大面案，年岁大的行家，请来坐上炕，喝了两碗热糖水，在揉那一色一色的面。

给老行家打下手的半老的媳妇来了，喜好这行道的年轻媳妇来了，凑热闹只是过过眼福的小媳妇也来了……

案头围满了叽叽喳喳的媳妇们，面案上一大块的面，你揉她揉，不大工夫，面团就滑腻洁白如煮熟剥了壳的鸡蛋。

老太婆调好各种颜色的面团，再揉小半会，那黄的、红的、绿的面团，如上了油般地光滑细亮。

色彩纷呈的案几上，红有品红、桃红、枣红、石榴红。绿有深绿、果绿、浅绿。黄绿颜色的面团杂糅，如绿叶上撒上斑驳的太阳光。

老太婆用大拇指和食指捏两样颜色：一样是黑色、一样是紫色。这两样颜色少用。譬如这黑色，捏老虎的眼睛得用一点。做主妇的跑这跑那，一会儿，老太婆提着嗓子要几根白棉线，一会儿又要几颗黑豌豆。

老太婆要来了这些，伸手从口袋里掏出一把玲珑的小剪刀，又从口袋里掏出一把小巧的木梳……

一个老虎很快地成形了，它威严地爬在案几上，在老人的拨弄下，虎头一会儿东，一会儿西，它的眼睛是那两颗大豌豆，它的胡须是几根白棉线。老太婆随意地碰碰老虎的尾巴，那尾巴一下子就翘起来，似乎都要向前跑。

围一圈子的女人赞叹着。

捏老虎用黄颜色的面多。捏孔雀，绿颜色面多。

一对老虎是花馍里的"大件"。大件捏完，捏一些红花绿叶，用细竹棒扎好插在圆滚滚的包子上。

这是年轻女人学手的好时候。一块桃红或者浅绿色的面团，在你的手下要很快变成一朵红花或者几片绿叶。黄的是花蕊，紫的做树枝……凡彩色全摆在这张宽大的案几上，就看你的眼力将这七彩搭配得自不自然了。

学捏花馍的女人，拾一块绿色面团，在手心里揉几揉，放在案几上，用手掌心一摁，抄起小擀面杖，三五下，手下泅出一片绿来，摸来剪子，"噌、噌"几下，树叶的大致形貌就出来了，再用梳子左右地摁，叶的一根根"血管"活灵活现了。一朵红花放上去，一点花蕊放上去，弄几小点黑面做花的籽实——这朵花绽放了！

蒸花馍以前，在捏好的花馍上抹一层油，蒸熟了，那红花儿，绿叶儿油亮亮的，与真花朵一样样了。

熠熠生辉的红花绿叶，连同那生动的老虎，走亲戚回来，全切成一份一份，打散掉。精细的女主人看这花朵好看，挑一朵。或者为了老虎头能避邪就先拔了老虎头，将它们插在照门的墙上。

鱼鱼儿

一样做饭器具，木制。一块长方形木板，两头略微上翘。木板上均匀布满小圆孔，十字形排列，成梅花状，叫漏勾头板。用漏勾头板做出的面，俗称鱼鱼儿。

在家里几乎只有玉米面的年月里，人们吃玉米面馒头、玉米面

饼子、玉米面菜窝窝，还有一种叫玉米面斧头。玉米面斧头，不用发酵，两手拍拍，上窄下宽，成斧头模样，放在笼里蒸。

玉米面，有白的和黄的两种。做成的馒头、饼子、窝头、斧头，也是白的和黄的两种。做成的鱼鱼儿，有白鱼鱼儿、黄鱼鱼儿。

熬一锅玉米糊糊，屋地上放着盛水的盆。漏勾头板挡在盆口，舀一勺糊糊倒上去，手里的小铁铲啪啪啪动起来。小铁铲上的铁环敲找着小铁铲的铁杆，叮叮当当响。锅里冒的是热气，女人头上冒的是汗。一连串小铁铲叩击木板声，一连串铁环铁杆叮叮当当的磕碰声。

很短时间，这道工序完成了。漏勾头板从盆口拿下来，清澈的水里，漏成的鱼鱼儿，两头尖尖，中间肚子起来，胖乎乎的。鱼鱼儿行在水里，欢腾跳跃。筷子伸进水里，略一搅动，鱼儿奋起游动，头尾相接。

韭菜粉条炒了，放些鱼鱼儿到炒好的锅里，这是热着吃。鱼鱼儿上面放些红辣椒面，拿烧油泼了，调盐加醋，这是凉拌。热炒或是凉拌，先不要吃，只放着看看，那色彩，真是各样有各样的好。

汽水

大热天。赶集。街上有卖汽水。一张旧桌子，桌子上一个大瓷盆，盆的旁边放六个或八个玻璃杯，杯里一律装红甜水。每个玻璃杯上，用齐齐整整一方无色玻璃盖了，二分钱一杯。

小孩路过卖水摊，不走了，他说他渴。

夏天，喝一杯有色的凉开水，不只是解渴，也不只是味道好，是喝这样的有色水，心里觉着美意。

夏季，小孩子个个爱喝水。

小孩子去学校，怀抱空酒瓶。温热的开水，从酒瓶口"咕咕咚咚"灌下去，盖上铁盖子。这个铁盖子那时可迷人了，灌满水拧上瓶盖，用手心在上面拍紧。喝时，不用揭瓶盖，嘴对着酒瓶口，瓶底一颠，喝上水了。这样喝水，是一点一点地喝，比咕咚作响省些个，一直能喝到放学。

也有从保健站要回一个透明的葡萄糖瓶。葡萄糖瓶厚，比酒瓶耐碰，开水直接灌进去也无妨。这胖墩墩的瓶口处，能系绳，用纳鞋底的索子，在瓶口绕两圈，系个结，拎了绳圈，瓶子在小孩子的膝侧前前后后地摆动。

葡萄糖瓶盖是皮塞子，滴水不漏。在皮塞子正中扎个孔，添一根麦秆。那无色透亮的葡萄瓶里的开水，橘红色。

这水里放了一种"色"。饭吃过，孩子们一门心思配制他的色水。在开水放一点"色"进去，再放两颗"糖精"进去，用一根筷子呼啦啦搅几下，看上去跟汽水一模一样了。

赶集看到街上卖水，这二分钱一杯水，遭到人们的议论了，说这哪里值二分钱呢？不就是一杯水吗？弄一桶凉水，放一包"色"进去，再放一包糖精，就这样！

但赶集人实在渴了，也就忘了七七八八的议论，从口袋里摸出二分钱，拿过一杯。若是小孩子要喝，喝过一杯，还要，大人就说，什么好的，回家自己也能做。

又有一样用家制的薄醋（醋制出来有分头淋醋、二淋醋、三淋醋。最是三淋醋味淡，也叫味薄），加进去糖精，摇摇对着瓶口抿，那味道又酸又甜。

夏天，学生娃都有一瓶，或是甜水或是甜醋。下课的哨子一响，你看，孩子们一个个拿出各自的宝葫芦，你灌一口，他灌一气。着恼的时候也是有的，为了你让他喝了三口，他却不让你喝。

那时候的夏天，孩子们带水，为了解渴，也是玩。现在，这些全成了记忆。

怀念当年街上的卖水，怀念色水的味道。

饸饹

乡下人的吃食，多是自己做。

吃什么呢？麦面稀罕的年月，只有过年才蒸麦面馒头。少有白面的平常日子，老百姓一样换口味。

人们那时多吃粗粮，比如玉米面、红薯面。玉米面的做法多样：鱼鱼儿、糊糊，各有吃法。红薯面做饸饹。

乡下红薯多。天凉了，站在村口，眼下的红薯地，一块地挨着一块地，一片绿茵茵。

霜降过了，用镢头刨红薯，大块大块的红薯湿漉漉的，从深褐色的泥土地里跳出来，一个个像新落地的娃娃。它们东倒西歪，一个擦着一个，挤着眼，舒舒服服地晒太阳呢。

红薯到家，人们把它做成红薯粉、红薯面。

饸饹面一须又一须，圆溜溜，均匀，粉条粗细。这样均匀的饸饹面，手工是做不出来的，须用饸饹床压出来。

现在的人们吃麦面，那饸饹床扫地出门了吧？或者把它添灶火里烧了吧？

饸饹床，一架小型机器。如果有它的照片，看一看是不错的。

一个高脚板凳做底，四条腿儿，稳稳地站住。高脚板凳有一截圆柱体，空心，里头一个活动的木塞，也称木杵。木杵带着长长的

木把，随意抬放。抬起木杵，底部有一个铁漏，铁漏上一个又一个的小眼儿，让这个暗的通道，闪进一点又一点的光亮。

红薯蒸熟，掺了面粉，成热热的红薯面团。面团分成一个个圆疙瘩，小皮球一样的。它们一个个安静地等待，依次装进饸饹床。

饸饹床安放在灶台跟前。木杵打开，一个热热的红薯面团放上杵眼。摁下木杵，一点点用力。饸饹床吱呀呀响起来。小孩子弯下腰，屁股高高地撅着，头就要擦着地了，他高兴地喊：头头出来了。很快，这个小孩子手里揪了一把热乎乎的饸饹，一边往嘴里放，一边跑到院子里去了。

饸饹床吱呀呀响着，饸饹流苏般徐徐而落，盘起来。一疙瘩、一疙瘩的红薯面添进去，一把又一把的饸饹从床眼里不断地流出来，带着红薯面热热的甜香。

红过一时的饸饹床，像默默无言的织布机，像安安静静的石磨，悄然无声。

清明

清明时节，雨细细的、绵绵的，落在人身上，渗进泥土里，让人回想过去，追忆故去的亲人。清明，也有晴朗的日子，阳光烤得身上的毛背心暖烘烘的。

清明上坟由爷辈里的长者，掐算一个"吉日"。上坟那一天，一大片人。爷辈们一个个戴着大草帽，父辈胳膊弯里携刚会走路的小孩，人群中跑着欢腾的孩子们。

清明讲究女孩子不上地头。但这个规矩不十分地严格，女孩子看男孩子去，闹着也要去，就一块跟上了。

清明祭祖，上地头的爷爷、父亲们，肩头担担。扁担两头各挂一只小篮。一只篮子里是白瓷碗，碗里黄澄澄的水泡小米做底，上

面围一圈半熟的菠菜和豆芽，菠菜圈里放四五个剥了皮、泛着青白颜色的大鸡蛋。那年月，鸡蛋是好吃的。现在富足年月，看着这么打扮着的一碗鸡蛋，也是想要尝尝鸡蛋的美味的。

另一只篮子呢？它更好看，更稀奇。篮子的底部，放一个大大的圆馒头，这个圆馒头的底部跟篮子底差不多大。圆馒头上面，有面捏的小猫小狗、麻雀鸡鸭、虫蛇走兽。这些手捏的小动物，尺把长的细竹棍儿挑了，插上大圆馒头。那细竹棍儿受不住小动物的重压，一个个弯成弓的模样，星星般地点在篮子上方，跟着大人的步履，摇头晃脑地倒像真的一样。

早饭后去祭祖，这些小动物没等祭完祖宗，被孩子们偷一个、偷一个地咽下肚子里去了。小孩子为此争执不休，比如，你拿了我爸爸篮子里的，我便要从你爸爸篮子里抢拿；拿了自然欢喜，拿不着痛哭流涕。大人看小孩子哭，从旁助兴说："大声哭，哭得大声点儿，地下老爷听了高兴着呢。"

家族大，跑的地方多。一大帮人跟着满山沟跑，每到一个地方，给坟头上压张白纸，噼噼啪啪一阵鞭过后，跪下去一大片。孩子们跟着跪了，但总操心谁家篮子里可还有鸡蛋吃，听不见爷辈们的发号施令。看着人家都起来了，顾不上磕头，骨碌爬起来，拍打两下膝盖，连蹦带跳地蹿进人群里。

过午时辰，开始往回返。男娃们望见大人们扁担两头轻飘飘晃动着的两只了无生气的竹篮，有些发蔫。女娃娃这时候可没有一丝颓唐，她们争先恐后地往麦子长得旺盛的地方跑，拣长势好的拔起来，刷刷根头的泥系上辫梢，像编辫子一样编好，原来短短的辫子，现在想要多长就多长了。

爷爷们欣喜地看着这些女娃娃们，一边指那更绿更高的麦苗儿说："娃娃们续吧，续辫子好呵，长命百岁！"

想念清明时节那竹篮子，想念竹篮子里晃晃悠悠的鸡鸭飞虫。

第三章
乡村风貌

村落风景

花墙 | 门 | 照壁 | 石头巷 | 石头桥 | 井台 | 旱井 | 村落的弯道 | 春天里 | 扣麻雀
绣鞋垫的姑娘 | "飞鸽"牌自行车 | 池塘 | 厕 | 山水 |

村落动物

鸟 | 鸡 | 公鸡母鸡 | 羊 | 狗 | 猪 | 牛 | 猫

村落颜色

春的田野 | 夏天的骤雨 | 山居 | 农家的早晨 | 村落的树 | 树园 | 梧桐树 | 核桃 | 椑柿树

土屋

土坯（糊墼）| 土炕 | 炕围 | 楼板

村落风景

花墙

童年时候，我家对门是一个门楼上有花墙的人家。那花墙镂空，砖是"老砖"。"老砖"比现在的砖长、宽、厚。

童年的我，出门一仰头，看见那高高的花墙。我家有了新房，搬过去住，对门人家在原来的院子里重新盖房，将带花墙门楼封住，另走了一道门。

从此，花墙门楼底下光溜溜的青石板上再不是一尘不染。下雨了，在铺满灰尘的青石板上，有一只鸡、两只鸡，单条腿，缩在青石板的一角，在花墙门楼底下避雨。

花墙门楼，成为一种记忆了。

村落的墙头，高高低低。高墙头是筑的墙头。用木椽搭架，里面添土，石杵捣夯。墙丈把高，厚尺余。筑起来的土墙头跟地面连接，像是从地底下生长出来一样。可以几十年，上百年。

筑出来的墙头，也叫土打墙，有一楞一凹的花纹儿。久长的土墙，顶端的土旧了颜色，黄土变成黑土，每年开春有小草苗像麦苗似的长起来，秋冬的风吹过，那小草黄过，枯干缩成细杆细叶儿，在风中哆嗦。这样筑起来的墙头经过几十年、上百年，顶端豁出来，成山头模样。

年久的墙头，靠根部会有凹槽。那凹槽有土续儿，有看不见的土虫儿。这土墙头每天被这些虫子咀嚼。

村落里的墙头，有用砖头摞起来的。那摞起来的砖墙头，多又短又矮，是临时的活墙头。屋里的主人，在回家的路上，看见哪里有一块砖，拾起来，到家屋门前，放上墙头。

糊墼墙头，是一排排糊墼砌出来，外头用和好的麦穰泥抹成。这样的墙头尺把厚，有高有低。糊墼墙头与土筑墙一样固耐，任风吹雨打，可以护院几十年。

门

村落有古门楼。那门楼砖砌到顶。那砖古，长而厚。门楼顶有卯结构，有木雕花朵。那木雕的颜色褪去了，那雕刻花朵旧得发黄。门楼底两边，有木柱，木柱下有石鼓。石鼓青亮的光泽。那木柱被风吹得裂了口子。那口子竖着的，像是一丝丝的线。

门楼的台阶四五个，一层层的青石，有宽有窄，颜色不同，长短不齐。门楼底有门槛，门槛高到半个小孩。门槛两边有石墩，那石墩也是石鼓，上面画着鸟兽。

村落里除了古门楼，有老门楼。老门楼不像古门楼讲究。老门楼，一样是大而厚实的砖砌成，两扇木门，门下有活动的门槛。那活动的门槛任意取拿。门外的砖砌的墙头，两边各用砖砌的小窑洞。窑浅，方形。

这样的砖墙门楼，门扇上头，有檐。那檐不高，前后檐遮得不多，只遮门下一块。村里人叫"闪平门"。这样的闪平门，里头有一照壁。

村落里多有土门。土门是筑墙，修出来的。拱形顶，容一人。有的家户，在土门上装一个木栅栏。木栅栏十多根棍子，顶部系一截儿红布，系一个铃铛。相挨着的两家人，各自的土门，各自的木栅栏。那木栅栏做得不同，门上的铃铛不同，响声也不同。

泥糊的门，也有。一样是木栅栏。

村落里的门，多朝南开，却也有朝东朝西的。从家里出去，便看见各家不同的门户。从家里的门，或者也是能看出家里的贫穷或者富裕。

照壁

有一家深门胡同，胡同头有一墙头，墙头上有壁画儿。那墙头儿便是照壁。

有一门楼，进去可以两边儿走人。门里正中间是一照壁。照壁木质，似是蓝颜色，那颜色被时光脱尽了。

村南，一照壁，泥裹。底座儿被土淹没，根部的土堆得很厚。孩子们常在照壁前后玩耍。村南是庄稼地。照壁在庄稼地地头儿，中间隔着泥土大马路。照老年人的说法儿，这照壁，不是哪一家的照壁，是一村的照壁，护佑着一村人。

石头巷

村庄的石头巷，青光青光的石头，铺满着。一块又一块的石头，它们不规则地排行，东扭一块，西裂一块，滑头滑脑地全挤着眼在笑。

有一个村落据说是明清时候的建筑，到那里一看，那里的石头巷让我非常感动了，踏着脚底下的青石，是那样的熟悉。这些青石，一块块，似乎从我的村庄里搬运而来，从我的记忆中搬运而来。

村人们搬到新村去住了。记忆中的石头巷还在，只是有些破败，那里有拆毁留下来的低矮的墙头，有盛满尘土的青石台阶，还有矮墙内那半死不活的槐树。

翻新记忆，这矮墙里头多么的有秩序，可以默想好友家门窗的颜色，默想那时候年轻的主妇的容貌。

那大门下一大块青青的石台阶，人们称它门石。门石上留着当年孩子们的脚印、手印。孩子们做游戏，爬在上面，看羊拐是坑是背。在这块门石上，留着孩子们快乐的岁月、宝贵的年华。

那沧桑的洋槐花树，当时很年轻，开春时节，孩子们爬上去捋雪白的一串一串的槐花。

下雨了。雨天上学，走在石头路上脚底不带泥的。戴一顶草帽，披一张雨布，走上石头巷，还能在雨天的石头巷里跑起来。

雨中的石头巷，能照出人影子。小伙伴相跟，比赛看谁找寻的石头又光又亮，照出的人影子真切。小伙伴披着雨披，在这块青石上照照，又到那块青石照照。孩子们在雨中的石头巷里跑着跳着，真是开心。雨中的石头巷，娴静，是妇人手里推着的一只轻轻的摇篮，在雨中浮动。

雨后，石头巷洗过了的，一片青光。太阳出来，照在上面，一块块青石，焕发着红的光亮。男人、女人，漂亮的大姑娘、英俊的小伙子，还有一把长胡子的老翁、白发苍苍的老太太，他们在这雨过天晴的日子，从一个个门里出来，在石头巷里露面了，站在自家门口，对着闲话。

清晨、深夜，石头巷是寂寞的。村里的每一个响动，从石头巷反弹回来，是那样的清晰，脆如高挂的风铃。

石头巷的石头老了，当年的孩子们记得它。如果石头会说话，石头会跟熟悉它的人们亲切地对话。石头不会说话，它把灵性赋予了从它怀抱里成长起来的一代又一代的孩子们。

石头桥

石头桥，是一个转弯儿的斜坡。

石头桥不是一块块大石头连缀，它是细碎的石头挤在一块，乱

头窜动的样子。

石头桥这个地方，聚罗人。祖母从娘家走出来。祖母当年最多五十岁。五十岁在一个小孩子眼里是老大的一个人了，但祖母的脸笑开了一朵花。祖母的小脚脚一扭一扭地走，边走边用手拂她梳得乌黑溜光的鬓发。祖母眯起她那双大眼睛，瞅一眼自己小巧的脚，摸摸鬓角的头发，看着她熟悉的一个个娘家人，欢喜地跟他们说话。

"啥时来？"

"现在回去？"

简单的对话，从娘家人的嘴巴里说出来，听在一个出嫁多年的女儿家的耳朵里，那是另一种滋味儿，——如几百年的陈酿，是一首老歌。

这样的问候，把我们送上石桥，送着我们过石桥。

祖母回娘家，看望她的老母亲，吩咐她的媳妇们说要带孩子们出门儿。

跟祖母回她娘家，是出门儿。

这是一座古老的石桥，老到祖母年幼时，它就存在着。

石桥被人的鞋底子磨得透亮。一条一条的窄石之间有缝隙，缝隙里镶满了土，但人从石桥走过，不见有微尘飞扬，大风吹来，也掀不起一丁点的土星。

石头桥永远那么干净、亮堂。

桥底有一大片树园子。这是密密的一园子杨树，太阳照着，杨树上麻雀子欢叫，叽喳得太阳一会儿比一会红。孩子们欢呼成一片，一个个手扬弹弓，准备出击。

祖母的母亲那会儿九十岁了，话说得还是一句是一句，一点儿不含糊。祖母的母亲，眼睛好，耳朵好。家里一来人，一说话，她知道谁来了，喊着招手过去说话。我祖母去了，她叫我祖母的小名，然后看到我，用手拍拍炕席，叫我过去。

祖母的母亲躺着，背对着墙。祖母的母亲教我唱"院里栽一棵苹果树……"。也不是唱，是念，拉长了声，极像唱的腔调。祖母的母亲说一句，我说一句，说完了，从头再说。这样说几遍她问我会不会背，我像她教的那样从头念一遍，她喜欢地摸摸我的头。

祖母与她的娘家人道别。我拉着祖母的手指，走在石桥上，一边走一边念祖姥姥教给我的儿歌。

井台

天蒙蒙亮，巷道里有桶哐哐啷啷，人的脚步声，桶跟铁钩相磨的吱吱声，这些声音伴着几声咳嗽，近了、远了。

结冰半尺的井台上，足会排十多对水桶。水桶一对紧挨着一对，长了腿似的一点一点往前挪。水桶主人把手笼在袖筒里，挨到自个儿，从袖筒里取出手来，搓两下。

刚打水上来的，在这搓手的工夫，将两桶放一扁担宽距离，取来扁担，两手拉紧铁钩前后挂好，担着起身慢步小走，那模样犹如耍杂技的走钢绳。

下了井台，走上土路，汉子弯一臂压了扁担，一臂前后挥动，大步流星往前。也有扁担挑在肩上，两手笼在袖筒里，扁担两头上下起伏，满满两桶水儿不溢不流。

天亮了，太阳一点点升起来，人们的脸上多了些快活。

井口，宽松地容一桶。井沿，青石，周围青光，光滑如用油打磨了一样。若问这井是从哪一辈开始使用，难说清。这井的水，人吃了多少辈子了！前几年还是七八岁只会跑巷的顽童，过不了几年，会晃着水桶来井台。

来井台的人们，像进自家院门一样，有一份坦然的心情、悠然的神态。挑水是汉子的活。早上起来，汉子揉揉瞌睡的眼，趿鞋出了屋，走向扁担。屋里炕上炕下、生火做饭、放猪喂鸡、打扫里外……

一切杂务被汉子一根扁担挡在视线之外。

井台上是汉子们谈天说地的好场所，天年的好坏、庄稼的收成；张三善偷懒、李四不随和……居然有"说曹操曹操到"的，你听，一定先是朗朗的哄笑声。在来人疑惑间，谈论的人们偷换了话题。

偶尔也有妇人穿了碎花花衣，挑了水桶来井台。房前舍后，男人们的玩笑说得年轻媳妇红了脸，说得中年妇人破口骂，没大没小的嬉闹，让人开怀大笑了。

快到吃饭时辰，有六七岁的小孩，受家人支使来井台唤父亲。井台对小孩子永远是个谜。他伸脖子到井口，探头看井底自己的影子。大人一把抓住，作势往井里塞，小孩缩着脑袋挣扎着，"哒、哒哒……"没命地跑远了。

远远听见有嚷嚷声朝井台这边来，原来是一个四十开外的女人，嘴里喊着"不活了"，头发乱如雀窝儿，鞋子只剩下一只。她被三四个女人拽着，身子还是离井口越来越近。眼看到了井边，这几个女人拉拉扯扯，不妨脚下一滑，全都撇倒在井台上。井台上的人"哄"地全笑了。

一个女人恼了，说："放了她，只管她去。"

奔井口的女人拨开泪眼，看看这个、看看那个，竟不知如何是好。打水的汉子见她这般尴尬，戏谑道："你早不来，晚不来，我正打水你就来。你现在下去，看掉井里还是掉我这桶里。"

汉子的话说得井台上的人乐不可支。

闹着要跳井的女人，乏了似的，由着几个女人拉着她在热热闹闹的人声中走回去了。

饭时，井辘轳声急了一些，眨眼工夫，水桶由八对、七对变作两三对。原来的随意说笑，变成正儿八经的谈话，再往后，谈话也是有一句没一句的，似乎嘴巴乏困了或者是将肚子里的话洗刷一空。

井儿送走最后一个打搅它的人，安静地敞了口儿，等待明天的来临。

旱井

水从天上来

在这块地下不见水源的地方，人们靠天吃饭。地里的庄稼，靠一年几次雨、纷纷扬扬两场大雪。庄稼生在土里，长在土里，土是宝贝，保存水分，一场雨可保持一两个月。人呢？不能一顿喝足，一月不再喝水。家里牛马得有，鸡狗猪羊得有。庄户人家有牲畜禽兽，与庄户人家养孩子一样。一只母鸡下蛋，一多半换了火柴、换了盐巴诸类家用了，留下来的用来孵小鸡。庄户人家的土院，有母鸡咯咯咯、咯咯咯地叫，那一定是它寻到小虫子。院里有羊，羊毛一年剪一次的，能卖钱的。母羊产奶，为了小孩子喝、老人喝、养病的人喝。猪更是不能不养，猪是家户人家一年的主要副业，娶媳妇的钱可以说全靠一年一口猪积攒起来的。再说猪也是宝呵，地里头全年的肥料从哪里来？猪圈。农家离不开猪圈。——这些都得养，家里就都养起来。一天的用水也就多起来。

靠天上水，这么多张口，家人用水的经济是难以想象的。家里的水从不随便倒，说这里的人舀水比盛油还要小心，不能算是过分。洗碗水从来是不倒的，放在一边澄清，下回再洗，洗过几回，实在脏了，拿去倒给猪喝。洗脸有规矩：先是屋里当家人洗，依次排下来。也有特别的时候，比如家里来了亲戚，先给亲戚洗，这是礼节。可也有倒过来的时候。一大家子，上有白胡子爷爷，下有刚会跑路的孙孙。老爷爷要洗脸了，孙孙闹着也要洗，老爷爷笑得白胡子颤开了，退后，看着孙孙的一双小手在水盆子里扑腾，这时候，倘若年轻媳妇为这样的事骂小孩，是不行的，要受到老爷爷的责备。老爷爷说他高兴看小孙孙在他的洗脸盆子里耍水。

节水是这里人们的习惯，再节省也不能感动老天，在人们需要的时候倾盆大雨。人们想起了储水，想起了土窖。

这就是旱井。

祖传的旱井还在。以前，七兄八弟大家一块儿过日子，一口旱井，储足水，一大家子算上牛马要吃半年呢。旱井，从老一辈传下来，是家产，是财富。

挖旱井

旱井与水井不同。水井是打出来的。打井，最激动人心的事情是看到泉水突然间从地里窜将出来，接连不断地窜出来。旱井是挖出来的。挖旱井也不像打水井搞勘探，旱井哪里都行的，说白了就是土窖。

八月中秋过了，新刨出来的红薯大大小小滚一地。这些红薯怕冻坏了，储藏在土窖。土窖多藏红薯，也称它红薯窖。

红薯窖，家家有。从地面往下，直径二尺半，圆圆的一直筒，五六米深的样子。壁侧一边一行小坑，坑半只脚深，人踩着小坑上上下下。腊月天气，窖底，温暖如春。脚落坑底，往左或者往右，看到藏在土窖里的红薯了。

旱井像这样的土窖，却不像土窖，是一个直筒子。人称旱井口面小肚子大，与水井大不相同了。

旱井，也称水窖。靠天雨吃饭的村子，在房屋建造前，先打造旱井。

看到这从老辈人手里不知传了几代人留下来的水窖，不能不让人感动。它与现在的井口没什么两样，一样能宽松地放下去一只桶。但那口的界面，一看知道是口老旱井。那是由两三块厚实的石块拼成。那石，是磨扇那种豆沙颜色，上面隐隐地有凿出来的纹路。这些一天天浅显下去的纹路，映着古往今来。随着日月的变迁，人们脸上的纹路一天天多起来了。它呢，一代又一代的主人，每一天都让它脸上的纹路抚平一点。

井口有井架，有井辘轳。站在它的旁边，看这口古老的旱井，它是那样的沉默。但在这沉默的背后，该有多少故事哟。

一个村子里住着，是要比哪家的旱井大的。同样大的旱井口，哪家旱井的肚子大，哪家人脸上就荣光。在这个地方流传说一个土老财，他家挖的一口旱井，地面如场，管够七匹马拉的大车在里面转着圈儿跑。

麦子种上，庄稼活少了，这是挖井的好时候。这古老的旱井用黄土做成。中秋过后，土质结板，比起前半年疏松的土地不知要好多少。土质疏松有塌方的危险。一个头发斑白的长者，在小伙子们吃饭的工夫，想看看他们挖得怎么样了，活做得如何，下去，就再没有上来——塌方了。三四个壮年，正满脸泥汗地挥着手里的镢，挥着手里的锹，刹那间不见了天日！为了吃水，村里人搭进去多少性命。挖旱井，挖得人心惊胆颤。他们在挖旱井前是要响鞭放炮的，比娶媳妇放的鞭炮还要多、还要响。这些挖旱井的汉子们，要吃好。庄户人家好吃的是油饼、包子。但这吃食有讲究：油饼中间不让有孔，包子是不吃的。人们丰富的想象力拒绝挖旱井的小伙子吃包子。

漏水、塌方，最害怕。

庄户人家一生三件大事：挖井，盖房，娶媳妇。这里的人将挖旱井放在了首位。挖井比娶媳妇、盖房重要，也更可怕。娶媳妇盖房屋哪里能与挖旱井一样呢？娶媳妇盖房怕的手头缺金银，挖旱井是与人的性命开玩笑呢。

但旱井是少不了的。

讲古的这个老人八十多岁了，他记不清村里这口旱井是他爷辈的还是他祖爷辈的。他颠三倒四地讲述旱井的由来。说这旱井分给他叔叔家，但分家时候，分单上白纸黑字，写得清楚，得给他家吃三十年的水。为了吃水，他的叔叔打他，一见他上他们家提水就打。要不，远远看见他家里人来提水，就锁门。他们家就没吃够三十年的水，唉，那年月有什么办法……老人自说自话地叹息着摇着头。

像这位老人说的情形，在那个年代很普遍。旱井是兄弟合作打出来，这就给后人留下吵嘴的根由了。旱井是他们同伙过日子时大

家共同的宝贵财产。

七兄八弟一个家过日子。农闲季节，他们便开始忙了。在庭院里选好地方，先是大家动手，很快地，直径大约七十厘米，离地面两米左右的旱井口就挖好了。再往下，不是照直往下，而是斜向土层里，一点点地斜，越斜越里。人呢，随着挖深，也一点一点低下去；斜着挖，使正操作着的地面更为广阔，小伙子们的镢能撅得展手了，锹呢，使起来也怪顺。可别以为这一斜挖，想怎么斜就怎么斜，不行的。这时候，从旱井口挂下一重物：一个铁疙瘩，或者一只废了的鞋底子。这个垂下来的重物便是旱井的中心线，挖一会儿，得量量，看是不是挖偏。

五个人满能忙过来。下面抡镢刨土的，一下是一下，镢抡得那样起劲；拿锹装筐的，弓起背，因为是两只筐轮流上下，这只才装满，那只就来了，没有抬头的工夫。唯有挂钩的这个人轻省。井口有个井架，井架上放个辘轳，辘轳垂下粗粗的麻绳，麻绳的尾端有个铁钩，这个铁钩多是挂东西用的，用在挖井上，挂土筐。筐上端的绳子，交错成十字条。挂钩的人，拉住筐，整好筐上这十字条，将挂钩套进去。

挂钩这活轮换着做。刨土的刨累了，换来挂钩，过一阵子又是满浑身的劲。装筐的，腰憋得实在难受，换来挂钩，一会儿，腰也就没事儿了。东日头半墙高了，井下面投下一个浅浅的黑影——又一只筐下来，这人伸手接了筐，很快，装满土的筐晃悠着上去了。

井面上需两个人，苦并不比下井的人轻省。随着挖深，筐虽说还是原来的筐，却一会儿比一会儿沉，抡着井把的双臂慢动作，上身俯下去，仰起来，一圈又一圈。但筐上来一只，又得下去一只。筐下去的时候，要多轻松有多轻松，玩儿似的。将筐挂在辘轳井绳的挂钩上，用力往下一搡，两手一上一下护了那木井辘轳，呼啦啦啦一阵疯响，眨眼儿工夫，筐到底了。那倒土的小伙子呢，也不闲着，一筐刚倒完，又是一筐上来。八九月的天气，这倒筐的小伙子，纯白的棉布裰子，湿了脊背。

越往下挖，井下面的人越见小，井里越见宽阔，从井口往下，整个一个弧形，有镢拉出来的一条一条的印迹，斜斜地交错，如四月挂线的急雨，似乎都能听见那种特有的舒坦的音符。挖到三四丈深，阔出来一个满意的大场面，然后，将井底挖成锅底的形状，这是挖旱井最后一道工序。没有比将旱井的底挖成锅底形状更恰如其分的了，这一点非常合人的心意。主人站在一边，拄着锨、镢，对着挖出来的锅底子，细细端详：这不就是我们家一口聚水的大锅吗！锅大好呀，锅大，人多。人多家道旺呀。

防渗

旱井的寿命全在防渗，旱井挖好了，接着是旱井壁的处理。旱井壁是打旱井的一大工程。它不像现在用白灰砂浆、水泥砂浆。那时候，没有白灰砂浆，更没有水泥砂浆，那时候，只有红胶土。

井壁的处理要搭架。先是给旱井正中下一柱子，旱井一周围呢，隔几步下一根，将军一样，直直地竖着。再用一些柱子横着放，将中心的柱子与周围的柱子相连，架就搭好了，俨然一个大型的蜘蛛网络。如果柱子不够高，还可以在柱子上再接一根柱子，这样看起来，像玩杂耍。旱井壁的处理就是这样在杂耍中完成，却比玩杂耍认真。

先是给旱井壁凿眼。在旱井壁侧用小镢头朝里挖掘，凿出深约十五厘米、直径十厘米的一个个小圆洞。这些个小圆洞，上下左右间隔尺余，交错开，梅花状的，如女人手里纳着的鞋底上面那一个个错落有致的针脚。看爬在旱井壁凿洞的阵容吧，他们几个，或蹲或站，凿几下，用手掏掉里面的土，再凿。凿洞不会有太大声音，但需细致，耐心。这里做工的，不像是一个个小伙子，倒真像一个个纳鞋底子的姑娘。他们不断地翻架，一行行地凿眼。

凿完眼，该拿红胶土粘了。

把晒干的红胶土碾碎，过筛，加水预浸，揉在一起。红胶土得

多卧会儿，然后像和面，揉的时间越长，面就越光越筋道。红胶土和得软而细滑，绸缎一样了，滚成圆柱状，二十厘米长，直径十厘米左右。将这些圆滚滚的红胶土，一个个打进壁侧凿好的壁眼。有了这红胶土，井壁看起来一壁的梅花状。

捶井算是这一工序里头最有兴味、也最热闹的场景。捶井，先是一个大石杵——一个方方正正的石块，中间凹下去，这凹下去的地方，插着杵把，半人高低。杵把上端，叉成一个结实的十字，村人叫它"夯"。夯被四个人一人出一只胳膊"哎嗨"一声抢起来了。

打夯本来就不是一个人的活，哪里有抢夯，哪里热闹。小伙子们抢得热闹，小孩们看得热闹。号子响起来，一、二、——嘿哟！夯砸下去，一下一个坑的。

这是井壁，井壁操做得将杵横着，石杵对着井壁。这样操作难度更大，将杵把拦腰系住，再牢牢系在主柱上，仍需四个人，仍是喊着号子，石杵一下一下地打在井壁上。每打一下，小伙子们的脚地下颤悠好几下，他们不是劳作在地上，他们是在空中。但他们忘了他们是在空中，他们把心眼全放在井壁上。干活时候，他们是认真的，歇息下来，就是另一回事了。这些活是压不住年轻人的。他们一歇下来就不安生，一定是谁说了谁的笑话，他们在搭的架子上转着圈子跑，就有一个跑不急，一跃，顺主杆溜下去了。老年人用羡慕的眼光看着年轻人，这是年轻人才玩得来的游戏，想当年……唉，不提了，还是让他们快点干活吧。小伙子们的衬衫汗湿了，索性光着膀子，天气凉了，这个储水的旱井里温暖如春。

石杵在井壁侧耐心地一点点移动，光滑的井壁就是这样在石杵一点点地移动下完成。上上下下打过一遍是不行的，得这样用石杵过三四遍，一直捶到井壁光如镜面才罢手。想想这工程的豪迈和气魄吧，他们这哪里是在为吃水挖储水池，简直就是在造一件精细的瓷器，一件硕大的工艺品！

井壁造好了，井底处理就在眼前。一样的办法，只是井底捶得比屋里的铁锅底子硬实光溜。这样的井底，需铺些石子。雨水下来，滴滴答答，有这些石子，井底就少了雨水的冲击力。想象那细小的各种各样的小石子：白的、灰的、黑的、珍珠色的、红玛瑙的，圆滚滚地铺了一地，铺在水下，就是一幕风景了。那浅浅的河流，我是见过的，淙淙的流水下面，清晰的碎石影子，五彩斑斓，太阳照着，闪着耀眼的光泽。这是露天的河流，旱井可远不是这样，它默默地，将自己藏起来，只剩一个七十厘米的旱井口静静地对着蓝天。

储水

旱井挖好了，井壁造实了，旱井的大活就干完了。井里头的木柱子一条条从井口拉上来。家人们一个个喜欢地伸长脖子从这七十厘米的井口往下看。大人喜欢看，小孩子也要看。大人抓住一个，作势要推他下去，旱井口周围的小孩子吓得鸟兽一般，"忽"地全散了。

储水井有了，接下来是进水口。七十厘米大小的直筒，上面搭井架，支起辘轳，多用来吊水。那旱井的进水口在哪儿呢？在一个离旱井口三四米远的一个低于旱井口的地方。选取的这个地方叫沉沙地。漫巷的雨水，汇到沉沙地。雨水经过，流到旱井里头。

沉沙地通向旱井，有沟通的管道，那是进水管，木的或者竹的。这管道通到旱井井肩部位，伸出井壁十五厘米左右，水流到这里落到旱井里。沉沙地就是旱井的过滤卡，雨水流经沉沙地经过沉淀，水得到净化。

下雨天，你仔细听，外面的大天地哗哗啦啦下大雨，旱井里呢，淅淅沥沥下小雨。雨小了，大天地下的雨变得淅淅沥沥的时候，旱井里，滴答、滴答，如上足了马力的闹钟，不歇气地一鼓劲滴。太阳出来了，照在湿湿的泥地上。旱井里，雨点的滴答声，清晰起来，一滴比一滴舒缓，一滴比一滴有韵味。一种脆的音质在空旷里低回盘旋，上升。

水到我门前过，我哪有不挡之理？人们说。

天上下雨地下流，流到哪头是哪头。这是自然。自然就成了理了。家家的土巷，不是这头高就是那头低。每家的旱井里都缺水。那么，按水的来头依次轮吧。水从东头来，水先归东头那一家，那家的旱井不需要水了，轮到下一家。紧挨这家的西家，怕是等得都火烧眉毛了，却不能将水截过来。截水是断断不能的事情。或者，就要挨上了，天不作美，雨小了，停了，那也没法子。这家人是没怨气的，跟前头一家的邻居还是有说有笑，在说笑当中，东家邻居的心里就有些不过意，下回有雨，少占点时间，快快地将水回到西家邻居的家门口，如此，居家的人情尽在其中了。

旱井里的水，有树叶儿滴的，瓦棱上落的。土巷里有的是泥土、杂草、羊粪、牛粪……这些全不怕。储下来的水不急着用。储上半年，这些水经过发酵，才纯净好。这里的人们用最古老的也是最自然的办法化解一切。

雪天也积水。将雪堆往入水口处，能堆多高堆多高。堆雪是件让孩子们兴奋的事，男孩子女孩子出来了，雪落在男孩子浓浓的眉毛上，落在女孩子的绿色围巾上。他们的手冻得红红的，他们的脸冻得红红的，但他们高兴地大声说笑。他们堆完自家的，去帮别的人家。家里的热炕头哪有在这雪地里好呵，能看一片又一片飞扬着的雪花儿。

年轻人爱雪天。大雪天，有小伙子之处就是战地，哪家的小伙子能干，这个时候就看得出来。小伙子是不怕冷的，大冷天披个褂子，手里拎着木锨出来了。他运作起来，手里那木锨是看不见的，只见那雪儿像使了魔法似的眨眼间在他家的旱井入水口越来越高。姑娘们看眼热了，在小伙子喘息的时候不好意思地抹下眼睑，似乎从来就没看他一眼。小伙子就喜欢看垂下眼睑的姑娘，垂下眼睑的姑娘真好看。

下雪天，中年人在家里也待不住。天降大福，你说在家能坐得住吗？男人出去了，女人也随着到了门外。出门三句半，有甚说甚。
这是雪天，就说雪。门外面的地界，你家我家没个界线。不是东家
多占了西家一块雪地，便是西家多扫了东家一点雪。相处好的，少
说两句。相处不好的，你说他说，说着说着，眼睛越睁越大，一个
不服一个只想打起来。

年老的，在大雪天也出来了。老汉手里握着长长的烟袋杆，走
着咂一口，眯起半只眼睛。老婆婆也出来了，用暖袖护了嘴，挪着
小脚站在门厅。下雪天，是这里人家欢庆的日子，是这里人们一件
大喜事儿！

雪堆在入井口，一天比一天小下去。明年开春发酵，淀清了，
什么时候用水，将桶系在井绳索上，用井轳辘提上来，是清清的井
水呢。不用水的时候，旱井口堵着一个大树根，或者一口用旧的铁
锅，遮严实就行。

村落的弯道

村里的巷道多弯路。弯如半弦的月儿，弯如井轳辘上的把手。

老屋门前这条南北巷巷头，拐西有一胡同，胡同里有一口井。
这口井是全村人的吃水井。井台辘铲总是湿着的。辘铲把，被手磨
得光亮。村里家户每天清晨朝拜一样集中到井口来挑水。老屋门前
那道弯路常常有各样水桶的响声。清晨，从老屋门里出来，门前点
点滴滴，像下过小雨。那是挑水的人扁担吱扭着，水桶儿泼出一小
点，或者是一只漏水桶儿，老屋门前的水滴便是不断了。

老屋门前那块场地，又安静又热闹。安静的时候，静得能听见
落槐花的声音。那槐花在槐树的枝头上撞了一下，又撞了一下，落
在一颗碎着的小石子上，或者落在泥土地上一个凹着的小浅坑里。
你能听到槐花落地那声轻微的呻吟。太阳照下来，是静的。太阳静

静地照在房屋的山头，照在槐树的枝头，照着屋门前的石墩儿。一只狸猫串墙走壁，喵呜叫一声，逃掉了。

夏天，这个场地是热闹的。吃过早饭，女人们拎着她们手头的活计汇聚而来。她们坐在板凳上，坐在蒲团上，坐在石头台阶上，门底下活动着的木门槛抽出来，也当板凳坐了。她们有时也拉一领席子，铺在地上。大家一块坐下。女人们在纺花，在缠穗子，在纳扇鞋底子。纺车嗡嗡的响声，拉索子的哧啦声，和着女人们七嘴八舌地说笑。槐花一朵两朵，在扫干净的地面上，零星散落着。不到上学的娃娃，那小男孩，光着腿，在场地里跑来跑去。他们撵着鸡跑，撵着猪跑。他们试着逮落地的麻雀。有挑水的过来了。女人们拦住那挑水的，说她的口很渴，或者她的口也不是很渴，她就是想喝一口刚从井里打上来的新凉水。她的心烧得要冒火。这样，挑水的桶着了地，一个喝，两个三个奔过来。挑水的跟这些女人玩笑，说喝光了她桶里的水，还怎么往家里挑。

卖桃的担子来了，卖菜的篓筐推过来。太阳从老屋门前的槐树枝头，照下来。那树枝树叶的影子涂得满地都是。女人们买了一把韭菜，就地摘起来。忽然哪家的风箱呼啪呼啪地响，空中有烟徐徐上升。女人该回家做饭了。

从这个场地沿着这条弯道往南，左看是一个胡同。胡同里两三家，有一个小树园。树园里有梧桐树、椿树。梧桐花的花香味四散开来，在树园里还可以捕到椿娥。胡同南一排瓦房。房基处砌的砖有些发白。那砖房基低低的。墙基上去是泥糊的墙头，里面一样掺了麦秸。麦秸跟泥巴干在一块儿，有某个麦秸根儿翘出来。那麦秸在泥墙头上泛着黄的光。太阳照上来，那黄的麦秸成了点点银白，闪着钻石的光芒。这样儿的山头，很有看头。那墙头的太阳处，会爬着一只壁虎。你站下来，看它。它静静的，一动不动，那房屋的山头像是它歇脚的地方。你走起来，只见它跑起来，很快钻进一个墙缝消失了。

弯道右侧，是一堵墙头。那墙头高，高到屋脊。那是泥巴墙头，可以看见里头麦秆。那麦秆，晶亮，四枝八杈，在干了的泥坯里，在太阳光下，有着琥珀的光亮。这截泥坯墙头，有个拐角，那拐角，弧形，拐进去又拐出来。那弯进去的一块，墙根处有个小土坡。那小土坡为了垒墙根。小土坡上有几块砖头瓦杂，有鸟雀拉的屎。这里常常会聚拢小孩子。那小孩子四五岁或者七八岁。他们在这里看屎壳郎推粪球。那屎壳郎推得那粪球比它的身子都要大。它费力地向上推，两条前腿举着，两条后腿往上蹬。孩子们的手跟在后面乱拍。他们一边拍，一边给屎壳郎加油。快要到顶的时候，那屎壳郎举步维艰，忽然地那粪球滚了下去。只见那屎壳郎脚步踉跄，奔向那滚下去的粪球，终于又一次地举着，上那个小土坡，一伙的孩子又在一旁为屎壳郎鼓劲加油。

挪动脚步，你看到那墙头直了。墙头外面，不是好看的花朵，而是一堆树叶儿。那树叶儿萎败着，枝干发着枯黑。仔细看，那树叶底下有马粪，有院子里扫出来的柴草土。这些土和马粪被树叶儿盖着，有那么点洒花盖顶。略微一抬头，你会看到墙头伸出来的桐树枝儿。那树叶儿便是一叶叶飘下来，在这里由绿变得枯干。某一天，院里的主人拎着扫帚，将这里扫拢。那土堆看起来秀气了，那一溜儿弯道干净了。走在弯道上，会听到喜鹊喳喳地叫，抬头看到喜鹊撅起着尾巴，在树梢头。

弯道里会系一头牛或者一头马。那马乌黑油亮的皮毛。马的主人，手里拿着什么在梳马毛。马舒服的样子，不时眯一下眼睛。马尾巴不甩一下。那马尾巴粗，马尾很齐。一甩，有点儿像大姑娘的长头发，马看着也妩媚起来了。马的蹄子左踩踩右踩踩。主人梳半天，用手在它身上拍。它小小地打一个响喷，像是回答它的主人。主人离远看着它，眼里怀着慈爱。马是庄户人的宠物。马有时也系在这弯道的巷头。巷头那里有一块青石，青石上头凿有牛眼大的洞。那洞被牛缰绳马缰绳磨得溜光，那光像流水。

弯道儿前方，一家屋后的背阴处，卧着一只狗。那狗卧着，眯缝着眼。人走过来，它将眼睛睁一睁。这只狗认得全村的人。如果有了宣传队或者耍杂技的，狗先咬起来。但狗们也不是扑上去咬人，它在为村里传递信号。它卧在巷子的这个或者那个拐角，或者卧在村口，它守候着村落。

雨天，老屋门前是湿的，台阶是湿的，槐树儿是湿的，槐花儿贴在地面上。一朵两朵的水，镜子一般朝着天。墙头湿了一小截。雨过，小孩子在老屋门前湿的泥土地上，用刺头或者小钉子在地上划圈。那圈子越划越大，像一只大蜗牛。在风天，在雪地，在晴朗的日头里，小孩子一路走在老屋门前的弯道，在弯道上跑过去。

不知哪年，那弯道儿消失了。回到家乡，左右寻不着去老屋那弯道儿。我心里有点可笑，想着自己一时晕了头，找不着家门。但很快，我发现，不是晕头，真找不着老屋。我走得没错，弯道巷头那块系牛马的青石稳稳地放着。那条弯道的地方，是一个高大的门楼，想来那弯道儿成了这家的院子了。

槐树的槐花开得稀稀落落，寂寞地落在地上。目光看向往南的那道弯道儿，那敞着的口被一堵墙头堵着了。这堵阳光拦住了阳光，鸟儿也少有从那里飞过了。

老屋门前阴暗下来。当年老屋门前的女人们，纺车的纳鞋底子的女人的说笑声，扁担挑水桶一路吱扭声，都像是古老的传说。那块热闹的场地里七家八户，有两家门前还如往日扫得光洁，却没有当年生气。

想念屎壳郎推粪球，想念从弯道儿岔过去看到的树园，想念弯道儿胡同里梧桐树上开的梧桐花，想念弯道儿那匹安静的马和守候村落的那只狗……

老屋门前的那弯道儿，有记忆里的花样童年。

春天里

春天是多彩的季节，它象征着阳光、希望和鲜花，春天是一切的开始，仿佛人世间的美事潮涌而来。大地从沉睡中醒转过来，干巴巴的麦叶儿似乎是为了丑陋而着急。树儿悄悄地绿皮儿了，才隔一两天就有星星般的小眼睛朝你眨巴着。天很蓝，一两朵雪白的云自由地飘呀飘地，好像是一个仙姑娘穿着白纱衣。田间小溪像小姑娘走亲戚般地，边跑边唱，不停地打旋儿，似乎在卖弄她优美的舞姿。她一路走着，带去冬留的枯枝干叶，润湿溪流两边的小岸，流进一块又一块的田地。这些麦地有了这小溪，都滋润得像个坐胎的女人，在太阳的照耀下，绿油油地闪着光。

春天里的人像地里的麦子一样脸上也泛着光，不过不是麦绿而是粉的、红的；那粉色的是女人；满面红光的当然是汉子。

冬天，憋在屋子里的女人，一到春天，吃完饭就出来在屋外头，两人一搭、三五成群地聚在一起一边拉家常，一边坐她们永远没个完的活计：纳一寸厚的鞋底，那拧得紧紧的细绳在她们的手里飞快地穿梭着，不见她多费力，只顾有"哧哧啦啦"的声音，看那鞋板样，有梅花状，有"人"字形，敲敲，梆梆响呢。你看着心里喜欢得不行，也想来两下，这女人不递给你，说你哪行？你想想她一上一下轻而易举的模样，自信比她还强，硬要过来，不想，一针下去，这线像被夹死了，就是拉不出来。这些女人们合着伙大笑，但你一点也不脸红，她们这些朴实的庄户妇女，绝不会有恶意。

汉子们一到春天，手不离锄头、铁锹，他们有事没事，提了家具到地里转悠。这些男人们呀，一提起锄具一类的在女人的眼里就更显得有男人味。他们一手扛了锄头或铁锹，手随意那么一搭，出屋门时候，顺手从馍笼里拿半块馍头，一路走一路嚼，玉米面馍头，嚼在嘴里，满口生香，越嚼越油，如果他手里还多夹了根小葱，那就更美了，一路走着香甜地吃下去。有的男人，扛了锄头也不把胳

膊搭上锄把,他就那么让锄头在他肩上晃,也不怕锄头下去砸了他的脚后跟,那劲头就像担满满两桶水,双手却不按扁担,只放心地揣在袖笼里。他们这样是为引得姑娘多看他们两眼么?

春天里的大姑娘心意多在衣服上,她们一天一个新花样,颜色是自己挑的,式样是自己裁的,买一本裁剪书,自己喜欢怎样裁就怎样裁。她们几个叽叽喳喳在一块,见一样袒胸露背的,吐吐舌,笑一回,争议半天,还是忍不住裁一件,缝好,趁家里没人,赶紧试着穿一回,好看。终于,一个大胆些的穿出去,从这条巷子串到那条巷子……

她们最热闹莫过于相跟着到溪边洗衣服。翠红翠绿一盆端着,盆边放着鲜亮的肥皂盒子。一路上,她们尽兴地说着、笑着,到溪水边就更热闹了,可以相互撩水嬉戏,似乎忘记她们还要洗衣服。她们一来溪边,就有小伙子借口来井边喝水,这时候就有某一个姑娘安静一些。姑娘们眼尖,哪个安静偏招惹哪个,于是就仰头朝那喝水的小伙子喊:

"虎子哥,琴姐口渴。"

那个叫虎子的小伙子,红了脸,笑咧咧地看一眼那个叫琴的姑娘,也不吭声,往小桶里打满水也不走。姑娘们闹哄半天,倒还真有渴的,便大大咧咧地嘴对了那小桶"咕咚"一气……

春天是个多情的季节,大姑娘、小伙子在这时候都有找对象的心思,真有好的,中秋节一过,便能成婚。

扣麻雀

看见大竹筛,想起小时候扣麻雀。

扣麻雀往往是冬天,这个时候,鸟雀常出来觅食。小孩子为扣麻雀的游戏高兴着,他们的鼻子因在户外,冻红了。

　　扣麻雀，先扫一块净地，用一根尺余的短棒，撑起大竹筛的边沿。这样撑起的筛子有点晃悠，看它晃悠几下照样撑在那儿，这是小小的胜利。小孩子高兴地在竹筛下面洒上谷子，轻手轻脚地拾了短棒上的长绳儿，走到屋里，掩住门，从门缝里往外望。

　　半晌不见有麻雀来。

　　终于，来了一只，啄两口，飞了。小孩子看见，心里那个着急呀。不过，才一会，飞走的那只又飞了回来，还多来了一只呢。它们欢快的样子，一步步钻进筛子底下……

　　关键时刻到了，小孩子猛劲一拉，雀跃着跑到筛子跟前，不知该从哪里先揭，等费心思地小心翼翼揭开探头一看，筛子里多是空的。小孩子懊丧不已，想着不知道是手脚不利索，还是掌握不住火候。看着被吃得剩不多的谷子，再添一些。

　　也有偶尔罩住的，但好事多磨，往往刚揭开筛子，那麻雀一下子冲出筛底飞向天空。这下小孩子难受极了，甚至伤心地大哭一场。

　　小孩子也有着着实实套住麻雀的时候，但多数情况是只小麻雀，才刚学飞。因为贪食，误落"囹圄"。这样的小麻雀命运会很惨。一根细绳捆了它细细的腿，小孩子提出门去，一伙的小孩子围着看。他们放它飞，飞到细绳尽处，啪搭摔下去，几次三番。麻雀累了，伤心了，不再飞，只是跳几下。时间不长，它一跳不跳了。放下它，它的身子歪歪的，头耷拉着。

　　一只母麻雀在空中疯了般地旋转，喳喳喳地叫得痛心。

　　小孩子的母亲看到了，跑到小孩子跟前来大声地喝止，解了麻雀腿上的绳子，说：玩麻雀，不识字。你要一辈子不认识字吗？

　　绳子刚解开，只见那小麻雀忽闪一下腾空飞向了天空。有人说那是母麻雀衔了细绳将小麻雀叼走了，也有人说小麻雀装死，迷糊人，自己飞掉的。这些全是猜测，麻雀飞出视线，快得谁都没看清。

绣鞋垫的姑娘

十七八岁的姑娘，爱美。这是姑娘人生最美妙的开始，这一点从做了女人的眼神里看得很明显，女人看年轻的姑娘，那眼神怪怪的，说不上来是羡慕还是嫉妒。

姑娘跟着母亲赶集，她买头绳、发卡、漂亮的带沿帽，再有就是买几把彩色丝线。姑娘在家里除帮母亲做做家务外，多半日子是绣鞋垫。

姑娘们坐在一块绣鞋垫，她们有的是媒配、有的是恋爱、有的是偷偷好上了。十七八岁的姑娘聚在一起，把不能告诉母亲的话，说给姐妹们。她们一针一针绣着，却动心思地相互敲打：

"前天，你们是不是又见面了？"

"你们上哪儿逛去了？"

"他给你买了什么？"

"你们可曾拉过手？"

姑娘们说着玩笑话，一针一针绣着。她们绣牡丹，绣莲花，绣喜鹊，绣石榴。她们绣"和谐"、绣"前程似锦"、绣"喜结良缘"。她们给哥哥们绣，给未婚夫绣，给姊妹绣。她们一针一针绣着勤劳，绣着美好的向往和衷心的祝福。

姑娘们绣鞋垫，绣的是生活。

鞋垫，踩在脚下的文明物件。

"飞鸽"牌自行车

乌黑的瓦圈上，一个飞起的"鸽子"，"鸽子"的下方有红红的"指示灯"。

"指示灯"被女人用一方块红绸或绿绸包住，扎紧，便成自行车的一件装饰物，让灿新的自行车更加美丽。

那时候，二百元一辆的自行车是庄户人家家里的大件，新嫁娘的奢侈品。而这奢侈品被孩子们挂念着。

村边的一块打麦场好几亩大。星期天，麦场里总会有一辆两辆自行车，大热天，学车的孩子头上的汗水，如水淘似的，却不知热；大冬天，手冻得痛红，都要破了，也不知冷。他们学着骑的，跟着跑的，或者一人学、三两个掌座的，七嘴八舌，吵红半边天。折腾半日，便也不分车主，谁想骑，谁骑。这样难免相争，就搞"石头、剪刀、布"，排出先后来。但这时候，自行车往往被车主的家长横着拦回去。

只要是家里有自行车，孩子们伺机往外偷。孩子将自行车推向一条宽宽的光洁的马路。这条路赶集的人儿常来常往，有老爷爷买回几条蒜，搭在身上，双手背后缓缓地走，有老奶奶秤回二斤盐或买回几包洋火，扭着小脚急急赶回来……而这路道也成了孩子们的世界。毒毒的日头当头照着远方割麦的人们，也烤着自行车。有伙伴飞奔过来。一个会骑的示范半天，但学车的总是像断了线的风筝直往地上扑。好多次连同自行车呛到地上，膝盖磕脱一层皮，在火辣辣的日子下，刺痛。这点痛对于小孩子当然不算什么，磕得次数多些，学得也快，一上午居然能自己骑上车走好长一截，算是学会了。

"飞鸽"牌自行车，旧时代的记忆。

池塘

夏季，隐去太阳的天气，热度未减。几缕阳光透过乌云映照池塘。

一个蹲着的人几乎没在池塘间土坝上的没人膝盖的深绿色的草中，我看见他专注池塘的神情了。那绿莹莹的池塘水波不惊，像一块块发着光的绿色宝石。

忽然，我的心隐隐地不高兴起来。心情好比两人同时看见一件遗落了的宝贝。我充满敌意地再仔细一望，那人手握钓鱼竿，神情似乎要看透水面。我的心稍稍有些放松。他只管钓他的鱼，我只管赏我的景，近在咫尺，远在无期，何故去埋怨人家？

燕子飞来，低低地盘旋在池塘的上方，忽然一个优美的俯冲，继而又昂头向上，在池面上画出一条天然的弧。"燕子低飞要下雨"，正想着，一个雨滴打在我的头上，望池塘已是点点滴滴，美妙的晕圈正在神话般地在池面上荡漾。很快，雨点不分头脸地击打下来，双眼几乎不能睁开。那钓者却一动不动，像是迷醉在这绵绵的雨雾当中。

雨慢下来，被风吹起来如打散的烟雾，迷迷蒙蒙的如云里雾里。不大工夫，雨停了，红彤彤的太阳将池塘映成金色。

这是偌大一片洼地，不知道它的深浅。洼地周围是杨树，杨树粗细不匀。粗的两手合抱才行，细的只有胳膊腕粗。但这些或细或粗的杨树，每到夏季鲜活起来。绿莹莹的叶子一片片像嫩娃娃的脸，明亮亮地在太阳光下闪烁。风过处，它们一阵欢笑，笑得池面皱起一层层水波。

池水是永远的黄色，带一些浑浊。夏天，接连着天天暴雨，池里的水一点点往高里涨。

池塘热闹起来，吵红半边天。男娃、女娃，有刚学步的嫩娃娃，十七八岁的小伙子，都来了。娃娃们扑扑腾腾下了池塘，他们在水里相互嬉戏。池塘边上的人们，大多带大小不等的葫芦。男人将葫芦，用细绳打着漂亮的套，细绳处再接一条麻绳。两个大葫芦，一左一右系在孩子的两个腋窝下。

这孩子五六岁的样子，在催促下"扑嗵"一声跳进池塘里了。大人小孩欢呼声响起来。小孩子两手拍打得水花四溅，叽叽嘎嘎地乐。小孩两腋下荡漾着葫芦，一高一低，一高一低，喜庆地跳着。一个两三岁的孩儿，穿着红兜兜，也来了。这位父亲，熟练地给儿子绑上个大葫芦。小孩子"咕咚"一声跳进池塘里，惊得"哇"的一声，大哭了。很快，小孩子咧嘴笑起来，他带着葫芦飘在水上，左倒右倒，右倒左倒，成一个"不倒瓮"。

日头偏西，池面上的大葫芦，一个一个，漂得近了远了。

日头一竿子高了，池塘里的人声渐渐地减弱。

后来，池塘的水浅了，渐渐地，池塘干涸见底了。

厕

茅厕可以在屋里，也可以在靠屋墙头外面一块僻静的地方。农家的茅厕，多处西南角。地下铺青砖，上头有屋檐，有门扇，有窗口，有模有样。这样的茅厕，尿池多是地下夯一瓷瓮。那茅厕门，吱喔吱喔，或者啪哒、啪哒，那便是有人进去或者出来了。

屋外的茅厕，多属简易。有泥糊的墙头，也有砖摞的墙头。那茅坑可以是湿茅坑，也可以是旱茅坑。

屋外的茅厕，多无门，墙头曲里拐弯。村落入厕方便，是茅便一眼认得，尽可放心使用。

村落里的茅厕，大小式样各家各样，像树上的叶子，没有完全相同的。

厕所是家家都得有的去处，提起来却让人觉得尴尬。人们入厕，用"方便"、"解手"这些词蒙混过关，有的索性说"去那里"，听者还是要问，那就要被人笑了。

无垠的田野，靠路边偶尔有厕所。庄稼人起早，将缺棱少角的半截砖头，或者拆屋子的旧土坯，运到路边，垒一人多高，里面挖个坑，就是一个能方便人的茅厕。路边厕，方便了路人，也给土地积肥。

以前的茅厕里，放着一对瓦做的尿罐。"庄稼一枝花，全靠粪

当家。"老百姓积粪最要紧。各家各户，茅厕必备，尿罐也必备。一年几次担了尿罐送尿到地头，用茅勺舀了倒在麦行里，春秋时节，倒进地头堆起来的土堆里，拍严实。种麦子的时候，小平车装了，半车一小堆，均匀地撒在刚收了玉米的田里。开犁种麦，第二年，等着收胖胖的麦子吧。

哪个孩子生得"娇"，他的家人给他取"尿罐"、"茅勺"做小名，这两样都离不开茅房，一"臭"，邪恶就远离了。

出门人，什么都能带，只不能带厕所，在人烟稀少的地区，要上厕所，推开一家陌生人家的门，喊一声主人，说是借厕所一用。这样顺便的事情，倘若在城里则行不通。

山水

这篇山水不是山山水水，是大雨过后的洪水。

夏天，大大地热过几天，准有大雨降下来。短是骤雨、长则连阴。骤雨，不过一顿饭工夫，太阳又油盆一样炙烤人们的肌肤，赌气似的咂摸吸吮刚才洒下的雨水。这样的天气最让人害怕，闷热从地面蒸腾，人们坐着站着，动一动，头上像出笼的馒头，冒热气。

如果能遇到连阴雨，就不一样了。人们先是感受到了久违的凉爽，小雨滴不紧不慢地下落，如思恋的少妇，缠缠绵绵。

连阴雨不急，但也叮叮咚咚，一下半天、一天，下两三天，人们不急不慌，坐在门槛里，望着院里的雨，说着家常。倘若雨下五天、七天，地下渗足了水，多余的雨水积了一院，差几线就上了门前的台阶，人们惊慌起来。有迷信的妇人，拾一青砖，缩着脖子，踏进细密的雨帘，将砖直立在院心。

但老天似乎无动于衷，雨还是丝丝缕缕地下着。于是，屋里的锅敲响了，屋里的盆敲响了，屋里的碗敲响了，满巷子的人家"咣咣咣——咚咚咚"……

人们在与上天对话。

不知是因为立在院当中的青砖，还是这敲碗敲盆的咣当声，雨渐渐小下来。

一个早上，太阳公公打着哈哈出来了，像一个爱捉迷藏的老顽童。

家家院里头积着雨水，院里的雨水像一面面镜子，里面投着长着草的墙头，投着院子里的树影子。

墙已湿了一臂深了，偶尔就有一声闷闷地"轰隆"，那是哪家的土院倒了墙。女人打一个寒颤，女人说："好爷哩，雨下得墙倒屋塌！"小孩不管这些，小孩子想：墙倒就倒呗，倒了墙或许能方便窥见哪家院子里的杏黄了，哪家有枣子，拾着吃几个。忽然听见——"呼啦啦"、"轰隆"的响声，这响声一村人都听到了，很快，村子里有了喊声："发山水喽——山水下来喽——"

孩子们往村头跑得飞快，常能跑脱一只鞋，转身拾了，提着又跑。

村头发山水的地方，成排的大人们或站或蹲。孩子们从他们后面，钻空空，挤进去，便看到浑黄的山水了。山水让孩子们激动万分，他们看到顺山水而下的树枝。

老年人也来看山水，他们是村里的长者，他们说顺水会有西瓜漂下来、扁担漂下来、一只木箱漂下来……

年轻人拾了话头，说：一只女人的绣花鞋飘下来……

水边的人们笑出声来了。

年轻的后生，挽了腿脚下去，山水淹上他们的大腿。他们试着在山水里顺走一段，转后逆水走几步，大笑着谈下到水里心悸的种种感受。

小孩子学样，也挽了裤脚下水，只是在水边儿走走，山水冲得他东摇西晃，给村人们制造了不小的慌乱。

中年人实惠。他们摸着也下了水。他们的裤脚高高挽起，拎着

竹筐，到水中央，弯腰，将筐摁下去。山水挨着下巴，他顶着山水的冲击，忽然双臂用力，竹篮从水里跳出来，竹筐里盛着乌亮亮的炭。

山水里真会冲下来一根扁担，或者一对新箩筐，谁眼尖捞上来，谁就是这扁担、箩筐的主人了。

这样的山水流一天、两天，到第三天停了。山水过处，一朵一朵的水洼。太阳出来，照得这朵水发烫，三四天的光景，这里便没有一点水的影子。

村落动物

鸟

村落里会飞来各样的鸟。麻雀是熟悉的，喜鹊儿也是熟悉的。

麻雀叽叽喳喳的声音，多在清晨。睡懒觉，那麻雀的叫声显得特刺耳。麻雀是叫懒人起床的鸟儿，这或者也能免了麻雀偷吃麦子的罪过。

喜鹊喜人的喳喳声，受人的欢迎。听到喳喳声，人们常要走出屋门，看喜鹊的嘴巴朝着的方向。清晨的阳光，洒上树梢，喜鹊来报喜。

麦子熟了，咕咕鸟咕咕地叫，听不出在哪个方向。那声音像从土崖发出，穿过大山，到各个村落，到空旷的田野。

咕咕鸟叫，一地的孩子们学着叫。村里满是咕咕鸟的叫声。

咕咕的声音，让人们联想到地头熟得发黄的沉甸甸的麦穗。咕咕鸟的叫声，催着种田人脚步勤快些，麦子要收割了。

晚上，能听到"喝喝"的声音。村人们便骂，白天便要寻着窝儿，撵走那鸟儿。那鸟儿不知道藏在哪家屋檐下，人们叫它"信候"，它学名叫猫头鹰，一种不祥的鸟儿。

鸡

孵小鸡。

春季，家户屋门背后放有一个大的陶瓷盆，盆里铺厚厚的软

软的麦草，厚厚的麦草上面安静地窝着只老母鸡。老母鸡身下有二十一个鸡蛋，这鸡蛋被遮在老母鸡肚子底下了。

这是孵小鸡。

若心怀好奇心，想看母鸡肚子底下的鸡蛋，老母鸡全身毛发直竖，向你示威。母鸡饿了，跳下来，从地上啄几粒米，自己又跳进瓷盆里。昼夜二十一天，母鸡从盆里跳出来，带着孵出来的一个个毛茸茸的小鸡。

母鸡用它的体温暖着鸡蛋，一天不动不吃，很辛苦。这样直到二十一天，浑圆的鸡壳里有小鸡湿漉漉地扑出来，真是太奇妙了！

小鸡出壳儿了。小鸡出来，是黑颜色，花色儿，嫩黄色。那嫩黄色在一天天成长中变成各样儿花色。那小鸡的模样也是多样，长成一只乌鸡或者冒冒鸡。至于小鸡是公鸡还是母鸡，鸡长成鸽子般大小可分辨得出。

二十多个鸡蛋，出来小鸡十八九只。小鸡们不是被猫叼就是喝多了水。活下来十只八只，一天天成长。母鸡带着小鸡，在暖烘烘的院子里忙着捉食。它们一会儿跑东，一会儿跑西。母鸡跑在前面，后面啦啦队似的，有的圆头圆脑，有的小巧玲珑，挤着跑。母鸡找到食是不吃的，或是衔住一粒又放下来，"咯咯咯"、"咯咯咯"地叫。小鸡也学会刨食了，两只小腿东一脚西一脚，"吱吱吱"地叫。有时候，它们也打架，相互啄，扑拉着翅膀。母鸡严厉地"咯咯"，战争平息下来。

下雨天，母鸡引小鸡们到屋檐下。母鸡半卧，两翅膀尽力张开，那翅膀下是紧缩在一块的小鸡们。它们叠在一块尽力往母鸡身子下蹭。有的张着豆似的眼睛，新奇而惊恐地东张西望。雨停了，它们一个个从母鸡身下钻出来，伸伸脖子，展展小翅膀，感受着雨后的新鲜空气。

母鸡知道她有多少只小鸡，母鸡带小鸡不管跑多远，都会带回来。若有小孩想捉一个小鸡玩，母鸡张开毛扑过来。大人吩咐小孩

子不要动小鸡，知道这时候的母鸡是厉害的。如果听到猫叫，母鸡
先是惊觉地观望，真发现有猫，那是遇到"敌情"，它脖子上的毛
怒张着，凶凶地连声"咯嘎"，双翅振作着，时刻准备投入战斗。

晚上，母鸡回窝，一个个小鸡飞着扑向它们的母亲，刚进窝的
母鸡会匆匆从鸡窝里跳出来，惊慌失措的模样，咕呱着，诉说着母
子的思念。

公鸡、母鸡

家户院子里的鸡，公鸡打鸣，母鸡下蛋。

清晨，村落里鸡鸣声接连不断。鸡鸣声像拉响的汽笛。

大家知道狗看门，公鸡也看门。曾有一只雪白的公鸡，这只公
鸡比一般的公鸡长得高大。它一听见门响，便直冲到家门口。如果
是主人回来，它竖起的鸡毛便顺下来，如果是生人，它脖子上的鸡
毛刺儿一般，翅膀支棱起来，跳着高儿扑上去，常常能吓人一跳，
说你们家的公鸡会看门，这样厉害啊。

母鸡偷懒，主人家会捉住它，将鸡尾巴剪掉。有只母鸡，每到
下蛋的时辰，便要从墙头飞过，到别家院里下蛋。主人便给鸡腿上
系一只鞋。那母鸡带着鞋飞上墙头，要将鸡蛋下到别的人家。但带
着系鞋子的母鸡是飞不脱的，它脚上的鞋子被猪舍绊住，被墙头根
处的花柴棒绊住。主人捉了这鸡，打它的脑袋。但这只鸡似乎很坚
决。它用嘴巴一口一口啄腿上的带子。一边啄一边咯咯有声，它是
在骂家里的主人吗？

大小巷子，都会遇到鸡。它们是公鸡或者母鸡。鸡看见人，没
有要躲的意思，只是稍稍靠边，慢慢儿走，不时低头啄食。

傍晚时候，院子里雾麻麻的，鸡们一个个走向窝门。它们的嘴
巴在地上咯咯吃着什么，然后左蹭右蹭。鸡上窝，是有序的。它们

一个接着一个，跳向窝门口，站几秒，然后消失在窝里。接着又跳上一只，又消失了。

鸡们全跳上窝，院子显得空旷。用砖头堵塞窝门，听见鸡们在里头挤挤攘攘，有咕咕小声地叫唤。它们是踩了脚吗？或者是要诉说一天的见闻吧。

半夜，如果听到鸡窝不安宁，家里的主人开了窗扇，呵斥，以防黄鼠狼偷鸡。

村里的巷子里常常有女人咕咕咕叫唤，她家的鸡寻不着了。女人寻她家的鸡。为了一只鸡，女人连天叫骂，想着那只鸡被哪家藏了，或者杀了吃了。

女人叫嚣着，诉说她养鸡的辛苦和冤屈。

羊

村里的家户多养羊。

走在村里的巷道，常听有羊咩咩地叫唤。

羊，全身洁白。脑袋瘦瘦的，小小的。羊眼像人的眼睛，眼圈儿有点儿红，极灵气的。它是那样的柔弱，你甚至不能想象它是只动物。

给羊剪毛。太阳温和地从树缝间落下来。羊被轻轻按着，剪刀没在长长的羊毛里了。剪刀离开的地方，短短的羊毛几乎不能遮蔽羊的皮肤。

羊系在院门外。雨后，院门外一地的羊屎蛋，像一种树的籽实，散落。

羊脖子上系一根细的铁链条，链条的一端连着一个长长的铁钉。铁钉随意插进土地。羊带着铁链在那一小块地方转圈儿。如果铁钉没插下去或者那块地是沙土，羊带着铁链连同铁钉随意游走。

这是家养。村里有羊圈，羊可以圈养。

村里的羊圈是两面旧的土窑洞。

村里牧羊人，是一个老人，也可能是一个十五六岁的孩子。

牧羊老汉六十多岁，脸上的皱纹条条缕缕瀑布似的挂下来。他的衣服从来没齐整过，夏天一件白衫，冬天披一件羊皮褂子。两只袖子随着走动，前后跳来跳去。

太阳红红地挂上东山头，牧羊老汉起来，从笼里取两三个玉米面馍。玉米面馍，像乌龟的背纹，裂开着口子。他将玉米面馍装进软布小包，放两苗葱，背着灌满水的大水壶，走出大门，走过巷道，一路走到村西。

一条黑影蹿上来，牧羊老汉伸胳膊一抱，在它身上亲切地拍拍。

这是一条黄眼圈狗。它高大，看上去很凶猛。它晚上守着羊群，每天跟着牧羊老汉。

牧羊老汉从腰窝里拉出一把明晃晃的钥匙，开了锁，进了窑院。他听见羊咩咩的叫声。羊听见他的脚步声，越发叫得欢。

窑门打开，羊们抢先挤着往外跑，瞬间，窑院里满是羊。山羊拐拐角，绵羊搭着耳朵，它们这儿闻闻，那儿嗅嗅，有调皮的爬上另一个的背，像是兄弟两个攀攀肩头。小羊们是这羊群中间最好看的，它们有的一岁，有的半岁，有的三两个月，一身的卷卷毛，像一个不知愁苦的孩子，一会子用头顶母亲，一会儿接二连三地蹦起来，从东头蹦到西头去了，像小姑娘扭几扭，停下来，观望。这时候，山羊、绵羊、大羊、小羊，咩咩的叫声，响成一片。

羊群中，白羊多，黑羊也不少。白羊们身上都有"记"。那记或红或蓝。那红有桃红、粉红、大红；蓝有深蓝、浅蓝、毛蓝。还有各样的图案，这个身上是六点梅花，那个身上是"井"字条儿，还有波浪纹的，一个大圆圈里头，一个小圆圈，像太阳的晕。

羊群斑斑点点，像花园里盛开五颜六色的花朵。

牧羊老汉清点一遍羊数，打开窑院门，狗先跳蹿着跑出一箭之

地，再起劲地跑回来，守在牧羊老汉的身边，起劲甩它的尾巴。老汉从布包里掰块馍，狗用嘴叼过去。

羊们从不宽的窑院门拥挤着出来。一只太小的羊，牧羊老汉抱在怀里。羊儿全出来了，他放下小羊，锁了院门，一手从肩头往后伸，将肩上的褂子披好。

红红的太阳下，狗、羊群和披着衣服的牧羊老汉上路了，越走，离村子越远。

羊群走过一个山头，又一个山头。羊们遇着一片绿茵勤奋地吃，撅一口草，抬头看远的山、近的草，嫩绿的草在它的嘴下，一点点地变短。

灵巧的羊乐于冒险，看到喜欢吃的草儿，再高、再险，它也攀上去去够，身子悬空的姿势，像杂耍。鲜亮的太阳下，满山坡放这么一群羊，白的雪白，黑的乌黑，在青山绿草中，是一幅绝妙的图画。但牧羊老汉的头脑里，装的并不是一幅什么画，他一会儿跑前，一会儿跑后，拾起土疙瘩，很准地打在一只淘气的羊身上。

羊儿你谦我让地吃着草儿，狗前后地蹿来蹿去，它与落地的鸟儿玩笑，游戏似的汪汪两声。牧羊老汉挑一块避风的沙地，从布包里掏出馍掏出一苗葱吃过，灌了一气儿水，将手里的鞭杆枕在头下，在暖暖的太阳光下睡了。

牧羊老汉假寐一小会，像睡了两个时辰似的有精神。他一骨碌爬起来。太阳下，羊远了；狗四条腿直挺挺站住，双耳竖着，在警觉地眺望。

牧羊老汉从馍袋子掏一块，再掏一块，高高地往上抛，狗打着箭子跑过来，跳着一口一口接住。鞭梢在上空"哼啦"一响，回音飘荡。

夕阳西下，羊们翘头，东张西望。它们知道是该回家了。牧羊老汉也疲倦了，低着头，挂着鞭杆，一步一摇地想他的心思。他在想什么呢？想他做小伙子的那时候？或是山头的某一处，勾动了他心中一缕情思？

狗不管这些，它似乎更欢快一些了，与羊嬉戏着，时而汪汪两声。

到村口了。狗忽然叫声急起来，牧羊老汉紧张地左右望着，鞭梢连连炸响。原来，有只小羊，卧下不走，母羊左左右右地在小羊身上舔着。

牧羊老汉抱起小羊羔，搂在怀里。鞭子插在腰带上。鞭梢绕着鞭杆，红红的布头在牧羊老汉的背后左右地晃。

羊们进了窑院门，跳跃着奔到窑墙角一个大水槽前。羊们一个个在喝水，喝几口，咩咩咩地叫，湿了的羊胡子滴着水。

喝完水的羊们，安静地等待着黑夜的降临。母羊用舌头梳理着小羊身上的毛。小羊安静地享受着母爱。

天黑了，牧羊老汉吆羊进了窑门，关好窗门出来，不见那条狗。

牧羊老汉自顾回家去。明天一大早，狗一准在窑院门前等着他。

狗

村落的巷子里常跑有一只狗。

狗闭着嘴巴，在跑。那是条黄色的狗或者黑色的狗。小孩见狗是害怕的。但狗与小孩子是有缘的。狗喜欢卧在大人小孩子的堆伙里，听女人们谈天说笑。小孩子吃剩的或者不慎掉下地的馍块，狗一口吞掉了。

狗看家护院。家户门口，长年系着狗。家里的果园，生人是不敢进的，胆大点的孩子为了偷吃，每天想着要溜到果园里偷吃，常常被狗撵着跑。狗耸起耳朵，那是它听到有动静。有的人耳朵尖，离很远就听到了，便被人骂道：你长着狗耳朵吗？

狗是人的伙伴。一个年轻的小伙子，骑一辆自行车，自行车旁边跑着一只狗。自行车的轮子转得飞快，跑着的狗，四蹄飞腾。

狗看护羊群。牧羊人看待狗像家人一样，自己少吃点，留给狗吃。

夜静了，村里会响起一声狗叫。如果狗叫得激烈，一村的狗都在叫，村人们便纷纷打开院门跑出来，问出了什么事？

猪

家户屋里都养猪。养猪不为吃猪肉，而是换钱。

院里的猪圈里养一头猪，养两头猪。院子里常听得猪吼吼声。

猪从圈里放出来，在院子里撒欢，从西头跑到东头，又从东头跑到西头，运动员一般。猪与家里的鸡混在院子里。猪像个将军，在院子里走得摇摇摆摆。鸡躲着猪走，鸡正啄食，看到猪来躲不急，呼啦飞几步，猪吃了鸡要啄食的东西了。

猪会讨好主人，仰头朝着主人轻吼，那点短尾巴时时挽起来，成一个环状，像一朵开起的花儿。

大小巷有猪的影子。猪跑到巷子里，半大的孩子看见了，会骑在猪身上，猪跷着脚跑，眨眼工夫，骑猪的孩子被撂到地上了。

巷子里猪与猪对面，嘴头儿相对，相互喷着气儿，吼吼两声，像是打招呼，然后各走各路了。

家里养猪，小孩子放学去割猪草。猪草容易割，猪什么草都吃的。不要说那面条条、油勺勺这些花花菜，就是苦头蔓、水蓬、葫芦草全都放在草挫里。那菊花儿、打碗花也放在挫里了。

杀猪是一件可怕的事情。七八个精壮汉子，围着院子逮猪。猪是有感知的，在恐慌中挣扎，在院子里东突西奔，像上了战场的士兵。面对精壮的男人们，猪眼里满怀仇恨。而那二十大几，三十出头的年轻男人，为了猪的奔突，愉快地笑着。猪悲哀着，低声愤怒地吼着，喷出来的气，打得地上的土飞起了。但汉子们堵围它的范围越来越小，猪在突围中终于被捉住一只腿。猪拉长声音，拼命地嚎叫。那嚎叫声里头是悲惨和绝望。

女人的心激荡着。猪悲惨绝望的叫声，听得女主人的双眼里涌出泪花。猪是她一年的心血，她想起被围堵的这头猪刚逮回来的模样。那会，它是个猪娃儿，乌黑润滑，一只猫那么大。女主人吃饭，会多剩下点，给小猪吃。晚上，女主人将猪娃盛在挫里。挫里铺上麦秸。她说猪娃太小，这么小一个猪娃放到偌大猪圈，不冻死也会被什么叼吃了。女主人每天看着猪娃在院子里跑。

猪娃一点点长成半大个儿，常常要跑出去。女主人攮猪回家，一路走一路骂：怎么一会儿不见就跑出来了呢？吃了药怎么办呢？钻到人家庄稼地，看人家打死你！

猪在前头一路小跑，两只硕大的耳朵，披在两边，纷纷摆摆，似乎知道错了。

年到了，猪终于有了这么一天！

女主人心慌得打颤。她不敢再想，直跑到门外，到一个听不到猪嚎的地方去。

牛

土地下放，家家分牛分马。

家里分得一头可爱的牛犊，金黄色的牛毛，厚绒绒，摸上去柔软如缎，牛犊的一双大眼睛明亮如比邻的两潭泉，不像老黄牛总是挂着两列长泪。牛眼大得特别，要形容哪个人的眼睛大，就说：牛样的眼睛！

牛犊不如老黄牛老成，因为是牛犊，人闲下来，解开牛犊的缰绳，让它撒欢。它一挣脱缰绳可还真欢了，在院子里这头跳到那头，再从那头蹦跳过来，扭一个八字儿，像一个穿金缎子的姑娘在跳舞。它一跳三蹦，回头望望它的主人，那眼神极像一个小孩子，表演完了，要接受夸奖呢。

牛犊是家里的宠物呢。

有这么一个宠物在家，就得多操一份心。牲畜住，一个牛棚就满足它了。三四根歪歪扭扭的椽，几大捆粗粗细细带叶子的杨树枝，这个牛棚就有了。下雨天，站在牛棚下，偶有雨水渗过杨树枝叶，滴答下来。但这样的声音被雨落杨树枝叶上的沙沙声遮盖了。食呢？牛一年吃多半年草，冬天，麦秸草掺麦麸或玉米糁子。

牛犊派上用场了。

红红的日头照着，赶着牛犊来到一块旱地。给牛犊套绳索，小牛不听话地左扭右扭，好几次都被小牛背上，套项好几次从它那滑溜溜的脖子上撂下来。

终于将套项给小牛套好。开犁，小牛走得飞快，头一点一点的，看上去有使不完的劲。但只走了几米远，小牛不直走，斜着跑，地犁得东一划、西一划。

小牛的背上刷刷刷，挨了三下杨树条。

小牛挨了抽，气喘得"呼呼"的。它被牵着，走得三步并两步。突然间，小牛又要斜跑，差点儿拉倒牵它的人。这时，牛背上刷刷刷打得比上次更狠。这回，小牛不斜跑而是猛然转后。那掌犁的没防着，犁把儿从手里飞了出去，犁拐跟在小牛的后头跑。父亲忙撺犁拐，牛、犁、人，在地头转开了圈子。

田间的人哈哈大笑了。

太阳升到当空，牛犊再次被拽回来，还是不老实。一拉犁，套项就往一边歪。牛犊没项窝呢。

过了一年，牛犊勤恳地干活了。

以后，每年农忙，牛犊都辛勤拉犁。家人也不再叫它牛犊，改口叫它：牛。

猫

猫有难得的"自由身"，随便哪一家出出进进。冬天放学，外面的雪下得纷纷扬扬。一只猫从虚掩的门缝"嚓"地钻进来，又"嚓"地上了炕。炕桌上摆好了饭菜。随着细细的两声猫叫，我的光脚感觉到一种舒服的柔软。我知道是猫，一伸脚，它"哧溜"被踹得老远。但很快就又蹭上来。我抽身到饭桌，它急切地跟上来，眼巴巴等待我给它点红薯或者从玉米面菜团子上掰给它一点。猫儿"奸"，哪家吃得好它往哪家跑。为了它能捉老鼠，这点大家都不计较啦。猫吃不多，喂它几口就立起身，若有心思地走到炕沿边，头也不回地一跳，只顾从门缝底走掉。

猫是老年人的伴。八十几的老人顺炕躺着，一只猫，眼睛迷蒙着，在老人胸前盘起来。老人在猫面前无拘束地尽可唠叨。两个在暖热的炕上挤在一块睡着了，细听那呼噜声，还真难分清哪一声是猫，哪一声是老人。

猫很能讨人喜爱。猫儿灵秀可爱，喵呜叫一声，像跟人说话。猫缠人，它会转着圈咬你的裤脚，它把脸贴在你膝盖上。它假装撕咬你的衣袖，咬一下跑掉又跑来咬。它在院子里玩，飞来蜻蜓飞来蝴蝶，它抬高脖子观望，两只前脚抬起来跟蜻蜓蝴蝶儿玩。给它一个线球，它先是望着线团，接着伸爪子拍打着玩，迷恋的样子。它脊背着地，四爪飞动，这线团便在它四爪间打着漂亮的旋；或者它用一只前爪死劲在线团上拍打，线团被拍得满地旋转。遇到猫好心情，你就会看到一场绝妙的表演：离线团只有一小步远，那猫却故意扭几下身子，打几个箭子，线团似乎才被抓着；它接着再扭几下身子，再打几个箭子……

猫见一葡萄架，三下两下就上去了，到顶又三下两下跑下来。大人说这是猫试爪子，就像部队搞排练演习。猫也常常前爪搭在瓜蔓架上打秋千，有节奏地荡着。听得"喵儿——"一声，它一下子

从花架上蹦下来，一溜烟寻声而去……这一定是只处于热恋中的猫了。

星期天，伙伴们在院子里玩得热闹，忽听得"喵喵"声，是在房屋顶上，便全伸长脖子望。可不是，长了须须青草的屋脊上，走来只浅葵色的大狸猫，雪白的四爪在屋脊上不慌不急地轮换着，从这家走到那家，忽然快跑两步，从一墙头跳下去，那一定是见到老鼠一类的吃食。

猫一天天少了。

家里偶闹老鼠，半夜的柜子里咯咯叭叭，主人说猫这些天怎么不见来呢？主人学猫叫，不是很管用。老鼠闹得心烦，主人起来在柜子上上下下拍打，一时静悄悄了。刚上炕躺下，它又较上劲。你起来将柜子翻个底儿朝天，它早跑得没了踪影，气得你牙根痒痒。这个时候，这家主人恨恨地咒骂："猫绝哪儿了？"

他想起了有猫的那些个安宁的日子。

村落颜色

春的田野

春是年开头的日子。

土地苏醒了。田野里的苗儿草儿一个个从沉睡中睁开眼，偷觑。她微笑了，摇头晃脑地与她的伙伴儿招呼。

麦苗鼓足了长劲。水渠天天有哗啦啦的泉水。

树青皮了，杨树、柳树嫩黄的芽儿，如一张张雏鸟的嘴儿。用不了几天，这芽儿展如铜钱般大小了。似乎是一眨眼，这铜钱般大小的叶子，如小孩子的手掌，风一扇动能呼啦啦地响了。

春天的天，显得高了，山有了湿润的颜色，那是不知名的草儿爬上了山坡。鸟儿跳跃着，歌儿一声比一声嘹亮。燕子来了，在屋檐下往来穿梭，寻寻觅觅，要安居乐业。

人忙碌起来了，是地里的麦子翘首以待，更是花儿草儿鸟儿挑动了情怀。春天，在青绿的大自然的怀抱里，在甜甜的笑声里，在火热的生活里。

从屋里出来，暖洋洋的气息扑面而来，围绕着你。跨出门，一边朗声说笑，一边舒展筋骨。在这春天的日子里，在一起可谈的话题太多了，新春伊始，无处不是新生活，一天一个新模样。

春天是花园。春天是花草的世界，是鸟儿的世界，不如说春天是女人的世界。春天里的女人娇气。一群女人，如一朵朵盛开着的花朵。女人会说话的眉眼比花儿好看，女人苗条的身段比杨柳袅娜，

春天里的女人说出的话儿温柔如清清的流水，春天里的女人唱的歌儿胜过百灵。

春天里的女人，对明天没有一个不动心思，没有一个不怀有好奇。春天是她们每个人的舞台，她们在这春的大舞台上尽情地挥霍她们的聪明才智。不敢想象春天里没有女人，没有女人的春天没戏。

春天里，小伙子、姑娘们仿佛是一个个才刚长成的青涩果子。他们往往不是那么诱人，但他们在这春天里萌发了别样情思。他们有了一些羞于告人的秘密。春的季节是藏不住许多秘密的，是春将春的秘密倾诉、泄露了出去。此后，他们悄悄地发现，他们进入到一个全新的天地里。

小孩子也单等春天的日子。冬天的天气太冷了，夏天的天气太热了，秋天呢？这个果实累累的季节，忙碌冲淡了丰收的喜悦。只有春天，小孩子骑上大人的肩膀，看五彩的世界。鸟儿叫上树枝头了，蝴蝶在花丛中做着舞蹈，蜜蜂忙碌着，一点点地积蓄。小孩子东张西望地，咿咿呀呀说着只有他们自己才懂的话语。

夏天的骤雨

"噼噼叭叭"一阵骤雨，干裂的土院，满地溢着水塘儿。像这样的雨时间稍长，院子里的积水会一尺厚的。这样的雨常常是一阵儿，然后太阳出来。太阳出来的时候，多是挂在西山头的。有时候，会看见美丽的彩虹。

这样的雨来临之前，天气闷热，这在光着脊梁的娃娃们端饭的时候就有了预感的，那滑溜溜的大瓷碗贼烧。说着话，一声闷雷打过来——"轰隆隆，叭叭叭叭——"，像暴怒的雄狮。这时候的孩子们最快活，一个个放下碗筷跑到院里仰头喊：噢，下雨了，下大雨喽……"叭"一滴，或是脖子上，或是鼻梁子上这么挨一下，娃娃们叫得更欢，跳着蹦着。雨点像骑了报马，噼里啪啦往下砸。屋子里，蹲在柜边的父亲吃完饭，拿个长烟杆悠闲地抽着；母亲呢，小心翼翼将碗筷收拾干净后，不紧不慢从炕上取了针线笸抱在怀里，在门槛里放个板凳坐着仔细地缝补。屋里的门扇打开着，为了屋子里明亮些，更为了看白雾升腾的雨帘。这时候，轻易不会有人说话，连"呀呀"学语的童子也异常安静，好奇地望着外面的雨世界。听着雨声，屋里有一种特别的安宁。

院子里的积水多起来了，不知不觉，院南头像两三块偌大的平面镜，明亮亮地在闪耀。如果雨一直丝毫不减地坚持，你就有机会看见一个新奇景象——"神女送饭"。雨滴在这一面面"镜子"上一击，镜面魔术般地冒出一个大泡沫，这个泡沫薄而透亮，"镜子"反照，你眼前是一幅两小碗儿倒扣的景致，它让你的心温柔非常地想起小桥流水。它行走在水上，走向一个注定它要去的地方，它的脚步像舞女一样轻快；高兴了，还滴溜溜转一个圈子让你看，这会儿就又像一个不谙世事的少女。泡沫一个又一个地冒上来，一个又一个滑过去；又一个冒上来，滑过去……从旁看着，有一种似乎是站上山头俯视山角下一个个星星般的人家。

母亲不知什么时候停下了手中的活计，她被雨中这景致感动了，尽管她看了一辈子。如果仔细看母亲的眼神，你就会惊讶地发现，母亲的眼神居然有点像一起看雨景这"呀呀"学语的童子。母亲想到了什么？母亲又在想什么呢？在她心里是不是藏着一个比"神女送饭"更为美好动人的故事？

山居

山居，这家不能望到那家呢。

山路两边密密麻麻全是带刺的酸枣树，七八月，收获的季节，

酸枣红红的，玛瑙一样，挂了一树又一树。

山里的窑洞，不是想象中的土窑，是砖砌。窑洞的窗与门紧挨，少不了窑洞的趣味儿。这样的窑洞，一家七八间，长长的一溜，这样一方院子少说也占地三亩。院子真是大，这么大的院子也只有这里才有。院子里有棵绿茵茵的树。院心敞开着一个"锅"，有了它，全国各地的电视台就都收到了。院子东角有一水龙头，你可别犯嘀咕，这龙头天天有水。这水来自窑洞顶的水窖。水窖里的水多是雨水，从龙头放出来，却清凉透明。

山里人一家一溜儿六七间窑洞。一间用来做饭，两个大灶炉，上面安两口大锅。靠炉灶是一个水龙头。往深处走，是一大大的案柜、碗柜，有大而圆的饭桌……看到这些，真都忘记这是站在山居人家。

另几个窑洞，墙壁和摆设各有不同。炕不大，剩出的地面放着盆景。太阳从门里、窗里进来了，这真如门楼上写的"福星高照"了。

在这山间走，真正是峰回路转，但每转一个山头都会有一份惊喜。石砌的窑洞又低又矮，这窑洞在前三十年、二十年，曾经是多么辉煌。想想这些石头是怎样一块块砌上去吧，想想这个石窑终于砌成的欣喜吧。再想想在这石窑里头住过的人，现在都四十岁、五十岁、七老八十了吧？可当年，他们是这窑洞里头的娃娃们，他们无忧无虑地爬坡，跑遍整个山湾了。他们是希望呵，也正是他们，这山头还是原来的山，可人多起来了，窑洞多起来了，窑洞变得愈来愈美好了。

你会看到平整整的地面，地面上有麦秸垛。这是现在难得的一道风景，与很少见到的牛马一样，几乎只存在于人们的记忆。但你在这里看到了。看到它，你的视野里过电影般地出现牛拉碌碡、出现草帽、木叉，出现振奋人心的扬场，喜悦的场面汇集欢声笑语……

远望，近近远远的山脉，蜿蜒的小道，绿绿的梯田，成片的树木。那树木细细的，有些朦胧。

山居，一行行的豆荚。这是块不大的豆荚地，豆荚不见多，但主人家一年吃的豆子全有了。还有红薯地，红薯叶子连在一起，让你总也猜不着红薯窝。有一块儿田，种着向日葵。那向日葵一颗颗高仰着头颅，面向太阳。绿绿的带着叶子的一小杆一小杆的是什么？哦，芝麻，你细看，那一小角、一小角的芝麻，绿绿地长了一树。人说竹子节节高，芝麻也是一个个从根部爬上来。勤劳的山里人，是用双手整治家园，一天天建设自己的美好生活。

白天非常安静的山居，晚上更是静悄悄，狗也不叫一声的。山上空气清新，你总是时不时深吸那么一两口。独家独院，没有院墙的人家，能一眼望到对面的山。那对面的山上，五六颗、七八颗的灯盘踞在那里，心里明明知道那里与这里一样，是山居人家，你却不信，或者说怎么也不想承认，非想当然地说那闪闪烁烁的分明是天上的星，星光灿烂，又是若即若离、缥缥缈缈的那种，由不得，你人是留在此山，心去了山的对面了。

天气还不是很凉呢，你感到肌肤被风吹了个透，但你想多在院里待会，再待一会，那远处的朦朦胧胧、高高低低的山，你看不够。白天看到的沟沟凹凹，全蒙在夜色里，掉进黑咕隆咚的神秘。但这混沌有它的好处，你看着耀眼或者混沌的它们，心思却是一批脱缰的野马，随意想着自己该想的不该想的事，甚至于说你该说的不该说的话，这里的山不会怪你，昏昏欲睡的小树、梯田也装作什么都没听到哩。

这里的夜，静静的，似乎与外界不相往来，有"不知有汉，无论魏晋"的感叹。

不觉天大亮。流连再三，只得下山。上山时候，只记得一个转弯又一个转弯，不觉一点点将风景全收到眼底。下山，没转几个弯呢，只觉自己小了很多，眼底的风景，全浮上来，一直到仰头才能望见。

农家的早晨

冬天的清晨，小学生头顶似隐似现的星星去学校。他们在麻麻亮的马路上会遇到拾粪的老头。老头儿肩扛一把铁锹。那铁锹不是锃光净亮，而是暗的钝的。铁锹挑着一个筐，在头脑后头晃悠。

老头一身棉袄、棉裤。棉袄上头那颗袄疙瘩没扣，露出褐红色的发皱的脖子。他弯下腰，拿锹挑起路边的牛粪，"邦"的一声扔在拾粪筐里。

老汉几步一弯腰，筐里的粪疙瘩从一两块一点点聚多了。那粪是猪粪，是羊粪、牛粪。

天亮了，马路像长长的一大片天空，灰白灰白的。老头儿的筐，不再是挑在铁锹上，而是从路边拾了一根粗的棍棒，插在条筐的套绳里，背在肩上。这样一路走，看见牛粪马粪，一手铲了，轻飘飘一扬胳膊，那粪便进背着的筐里了。

太阳像小孩子蹦高高，一会儿一蹿。初升的太阳照耀得他的脸成红的了，老头的额头出汗了。

鸡窝里的鸡们，在鸡窝里高一声低一声咯咯乱叫。它们扑棱棱、扑棱棱地在鸡窝里闹架。一只大红公鸡忽地从打开的窝门口跳出来。鸡们一只接一只地从鸡窝口跳出来。这是一只花花母鸡，那是一只乌鸡，还有来亨鸡、帽帽鸡。七七八八的鸡们，让院子活跃起来，一只只鸡，左左右右地伸腿儿，那腿儿或黄或乌，在身后伸了老长，像小孩子做体操。大红公鸡，谁也不服气似的，往东撵这一只，往西撵那一只。公鸡这样撵几圈，大声咯咯，或者一声长啼，便在屋门口踱步，一边踱步，一边小声地嘎，自言自语一般。众鸡们里的一两个，陪着嘎一两声。

女主人从一瓦盆里掬一把土麦或者瘪的玉米粒，撒在地上。鸡们看见了，飞扑过去，一时间，听得一片"邦、邦、邦"的啄食声。

刚进四月，早晨已热扑扑的，男人担第一担水回来，天已放得亮亮的了。天空瓦蓝瓦蓝，没有一丝儿风，门外，"吱喔"、"吱喔"，那是空水桶在晃悠。巷子里那一两声对话、一个咳嗽，墙外巷子里的脚步声，站在院子里听得真切，你能猜这走路来的不是张三，是李四。

男人"吱吱喔喔"着回来，进了院门，从院心穿过，院心滴一路的水滴。进了屋门，扁担不下肩，走近水缸，"哗"的一声，又"哗"的一声，水尽桶空。男人担两只空桶，走出院门，走向井台了，空着的两只桶"吱喔喔"、"吱喔喔"，如小姑娘随性儿哼的小曲。

女人忙活做饭，孩子醒了，被抱着放进小推车，给他手里塞一个拨浪鼓。屋里有了"布郎"、"布郎"的响声。

太阳升高了，快到吃饭的时候，男人最后一担水担进了家门。女人揭了笼盖，一屋里的热气，馍香飘到院子里。

村落的树

村里房屋，一家挨着一家，屋顶与屋顶相连。

家户的门，有的朝东，有的朝西。村里有前巷、中巷、后巷三条主道，由主道岔出细的短的分道，成"S"状。几十户人家的村子，就像一棵大树，那细的短的巷道是树的细枝末叶。

新下过雨，双尾巴燕在低空中飞翔。后巷紧靠一家院墙的南北有一条细道。这条细道通向后巷房屋背后那块草地。新雨后，村里人站在细道上望西边的山雾空蒙，或者太阳时隐时现。站在沟边的人，默默仰望，神色沉静，朝北到沟边走一个来回，看更远的蒙蒙的山。

这里有一棵桑树。村里孩子们来这里，不只是桑树有紫色的诱人的果实。桑树在还未长出果实或者才长出一点点青色果实的时候，孩子们已经争相攀着桑树往上爬了。他们要摘桑树叶喂蚕。他们各

自养了三五条蚕。他们的蚕从豆绿色变成乳白，吐出缕缕的光亮的丝呢。

因为有桑树，这里成了孩子们的乐园。

冬天，桑树只有高高的树干和瘦的枝条。每年的春天，枝条泛绿，又一次长出新鲜的桑叶，也又一次有新鲜的桑葚。

后巷口，有一棵老槐。这棵老槐树，合怀抱它抱不住的。后巷口槐树下常常有淡黄的槐花忽悠悠飘飘落下。满地的槐花，这里那里，繁得像眨眼的星星。那新落的三五朵槐花，在一地的槐花中，最鲜亮。

村西巷口有一棵槐树，这棵槐树与后巷口那棵老槐相望，它上面挂着一口钟，树杈上还挂着敲钟的铁锤。钟声响过，村人们来这里集中。村里开大会、过年闹春节也都在这里。这是全村展眼的地方，站在这里，看远处遍地的田野。这里是男人们聚拢的地方。他们在这里下棋，站着或者蹲在这里聊天。孩子们也聚在这里，在这里看火烧云，滚铁环，踢毽子。

这里有一条小巷。小巷里一块开阔地上种有一棵香椿树。春天，香椿树上的皱纹儿舒展了许多。不几天，树上这里那里的枝头上有了火红颜色的叶子，那是香椿树出芽儿了。喜鹊落在树的枝梢上，一阵"喳喳喳"。

这是一棵高大的香椿树。香椿树有了芽儿，那红的芽，很快成了红叶儿，那叶儿由红变绿的时候，树叶儿遮了树的枝干，一树郁郁葱葱。香椿树上生胶。新生的胶是透亮的琥珀色。琥珀色的胶一天天颜色加深，与香椿树斑驳的树皮成一样的颜色。那胶的颜色深，像大颗大颗的泪滴，沾在树上。小孩子从树上摘了吃。香椿胶无味，有树的清香。勾香椿这天，风扯得东一股西一股。一节长竹竿，竹竿上绑一铁钩。孩子们围在树下，仰头看香椿一枝一枝地落。那香椿枝飘下来，降落伞似的。孩子们拾起一枝，褪了细枝，剥了外面的红皮皮，那绿嫩的香椿芯甜而生香。

香椿切了腌在瓷罐里，是一年的菜。

香椿树很能给人欢喜。春暖花开，人们经常意外地看见一小枝一小枝火红的嫩香椿，那幼嫩的香椿苗苗，不几年就成精精壮壮的小香椿树，十年二十年后或者又是一棵高大的树呢。

从这块开阔地往东，走过一家高高的土墙，会看见一片树林。那是一片椿树。但不是香椿树，是臭椿树。如果拾一片叶子，那叶子看着跟香椿叶一模一样，将它凑到鼻子眼儿，真臭啊，是臭椿。但这里有椿娥。椿娥两扇翅膀。那翅膀，青灰颜色，上面却是红的黑的小圆点。这椿娥，不笨，你捉它，它多少还有点儿跟你闹着玩，你的手离它近了，越近了，它一动不动，你的手朝它拍去，一看，手心是空的。它飞跑了。小孩子捉住椿娥，看它的两扇翅膀下面，有两扇红色的小翅膀，像年轻女子衣衫里头套了一件红衫。这让椿娥变得可爱起来了。小孩子轻轻捏了它两扇翅膀，将它翻过来，放一个手指肚大的石子儿，它那六只细长的腿儿，就忙起来了。只见那六只细长的腿托那块石子儿，让石子儿转动，不停地转动。这个戏法，叫"椿娥缠穗子"。小孩子一看椿娥托着的石子转起来，就开始唱："椿娥椿娥缠穗子。"据说，这样连续地唱，女孩子手就巧了。这个树林子，有女孩子，也有男孩子。女孩子唱：椿娥椿娥缠穗子，男孩子也唱。女孩子就笑话男孩子，说你们这样唱也想手巧吗？男孩子不理会女孩子怎么说，可着劲拉着嗓子唱，唱得嗓子都要破。

中巷可通马车。这个铺满着青石的中巷，各家门口，稍有一丁点儿裸着的土地，他们就种一棵两棵的小绿苗。那绿色植物儿，只有小孩子高，看不出是什么树。从那嫩嫩的叶子上看，像是杨树，又像是枣树。这未长成的小树苗儿，根底用整块或者半块砖砌成花墙，垒三层或者五层，外面用红头刺条围了。这样，猪拱不到，小孩子也不捣乱了。这里一家门口就有一棵被刺条围着的小树苗，朝这家门里望去，这家门棚顶是葡萄架。那门棚下面，挂着一串又一

串的青葡萄。这个铺满着青石的中巷巷头，是小学校。小学校门口，又是一棵大槐树。村里的老人们春秋夏季，站在槐树下等他们家的孩子放学，看他们家的孩子从学校门里跑出来。

中巷往南有一个岔口。从岔口进去三五米，是一个面西的门，拐过去能看到一条大黄狗。大黄狗被绳索系在一棵矮矮的石榴树上。那石榴花儿如火一般地盛开，美丽，鲜艳。在这鲜艳欲滴的花朵下面，黄里带红的大石榴，一颗一颗似隐似现。但你走到这里，站住或者躲着这家门口的石榴树，那黄狗已经在狂吠，吠声不住。那黄狗还一扑一扑地，挣得那绳索似乎马上都要断裂，直到"吱呀"一声，这家的主人拉开门，喝住狗，那狗才"呜呜"地夹着尾巴，蹲回到石榴树下。

经过石榴树，一直往南，串到前巷。前巷往东，有两家院里栽满了枣树。到了秋天，那红屁股的枣儿隔墙头朝外伸着。年轻小伙子，跳个高摘在手里。这两家种枣树的院里，有一家院子里有一棵花椒树。那花椒树，不高，枝儿四下里伸得很开。七月，这家的花椒香飘出他们家的墙，飘得全村人闻得到。那星星点点火红的花椒，一颗一颗藏在绿的小叶子里，人参果一般，闪闪烁烁。那真是一棵宝树啊。

前巷也不是规整的一条巷，从花椒树这家出来，往东走两步，往南，便看见了一大片一大片的庄稼地。就在你往南走的时候，经过一个朝西开的土门。土门里，院子一半儿用土垫了上来，一多半地面还很低。就是那一多半低的地面，种着一行一行的榆树。春天了，浅黄的榆钱儿，圆圆儿，拿稳一枝，捋在手里，捂进嘴巴。那榆钱吃起来，有一丝丝儿甜。小孩子吃一把，再吃一把，没吃饭呢，肚子就饱了。榆钱儿落得一地了，小小的榆叶一点点变大，浅绿一点点成了深绿。深绿的榆叶，被捋下来，拌在麦麸里，在一口锅里煮了喂猪。

三十年后，村里巷口槐树悄然不知去向。全村只剩下巷头那三棵槐树了。也是巷口这三棵槐树，还能让人依稀回到小时候，还能想起那一院一院的树园。三十年前，刮起风来，好大的风啊，能听到风扫树枝呜呜地响，哪里"啪"的一声，响亮清脆，那是风刮坏了树枝儿。现在，再大的风，少听见"呜呜"的风响，也不会有树枝"咔嚓"坏掉的吓人的声音。

没有树的村落，寂寞了呀。

树园

村落的院子大。院是土院，硬实、溜光。清早，女人生火，安锅，扫院子。女人扫院子不像男人，拿大扫帚三两下抡着过去了。女人扫院子，拿着小笤帚，蹲下，一步一挪，一步一挪，院子是她的家，她家的院子与炕一样干净光溜。

村落的屋院，多栽树。那树不是一棵，是树园。

院里的树园，不只是养眼、遮阴，还是日后备盖房的木橼。这几十棵树种在南院，十年、二十年。儿子跟着院子里的树，长到十岁、二十岁。儿子该娶媳妇了，盖新房的时候，院子里的树木派上用场。

树园有大有小，这是主人的喜好。树院里多栽杨树，也有栽榆树。杨树或者榆树的树园里，有一两棵杏树或者枣树。

夏天，杨树是绿的，榆树是绿的，枣树也是绿的。夏天的中午，树上的知了"吱——吱——"，烦得有点可怕。但如果把它的声音当作一声长笛，就是另一样感觉了。

树园子是孩子们的乐园。孩子们在树园里比赛上树，两脚左蹬右蹬，一个个跟猴子似的，窜上去，"哧溜"一声下来，磨烂裤子了，挂烂裤子了。孩子们玩藏猫猫，俗称"打瞎驴"。

春天的树园子，小孩子悄悄儿摸进去，脚抬得高高的，放得轻轻的。他们怕惊跑了什么呢？鸟儿。春天的鸟儿，叽叽喳喳，吵架

一样了。手里握着弹弓的孩子，搭好"子弹"（石子儿），闭上一只眼，瞄准，"啪"的一声，一只鸟儿落地了。但子弹出去，十有八九打不着鸟儿，那贪玩的子弹不是打在别家的院子里，就是打在自家的窗户上。

孩子们在树园上看下看，左看右看，他们在看什么呢？一个晶晶亮的知了壳，稀薄晶亮的黄颜色的皮壳子，一个完整的知了壳子，一个真知了一样的知了壳子呢！真不明白这个小动物是怎么脱出去的。捉蝉壳，据说能卖钱。那黄颜色，稀薄晶亮，跟活的蝉没两样。蝉的壳，孤独而巧妙地爬在树上。它的几只脚爪有力地抱住树，得小心地用点力气，才能将它从树上拿下来。

夏天的树院子，湿湿的，是春夏季的雨水，或者是担水浇过。湿的树院，落着树叶儿，落着米黄色的枣花。可以将小杨树枝条或者榆树枝头，编成花冠，戴在头上。小女孩，在这个春夏月份，将自己打扮得像个公主。

秋天，院子能当场。院子的东头晒着蓖麻，西头晾着棉花。玉米收了，也堆在院子里，过几天，院子的屋檐下串起两杆火红的玉米穗。阳光透过树林，树院子影影绰绰，一点点圆形的光，在地上晃动着走。秋天的树枝儿总是摇晃着，树院子被落叶厚厚地覆盖了。孩子们跑在树院园里，在树园里坐下来，在树园子里打滚。树上的枣儿熟了，杏儿熟了。那红的枣儿、黄的杏儿，成了孩子们的想头了。

冬天到了，树园子的落叶变成黑色的了。那黑色的落叶，似乎缩了水，变薄了，变得干巴。树园子的枣树杏树全没了果实。树上的叶子只留下几片，像是不忍心离开树枝。但那不掉下来的叶子，在树梢头枯掉了。

树园子空旷起来，女主人将树院子扫干净。一夜大风，树院子又是一地的树叶。

过年时节，树园子散落着红红的炮花儿。一块木板，一端钻一个孔，拿根绳子穿了，绳子两头分别系在两棵距离正好的树上，有了一个小秋千。小孩子轮换着推，轮换着坐。

眼下，没有大的院子了，也不用晒棉花晒豆子，也没玉米要串在屋檐下了。房屋建筑，也不用树木，都用钢筋水泥。孩子们呢？没有树可爬了，藏猫猫不玩了，弹弓也是多年以前的旧事了。

梧桐树

幼时，院子里有两棵梧桐。先是小小的树苗，树苗绿绿地生长，长出巴掌大的叶子，长出蒲扇大的叶子。树苗儿也成高树苗。爸爸为了它能长直，也是为了它能有水源，种植时候，给它套上两只废铁桶。那铁桶或者是漏，或者是其他原因不能再用，爸爸用它来给梧桐树积攒水，这样看，这两棵梧桐在爸爸看很宝贝。

梧桐树长起来了，树叶繁茂。院子里憋窄，两棵梧桐挨得太近，树枝相扰，过了两年，移出门外。

村里到处能见到梧桐树。树园里，巷道旁。学校里常见梧桐。梧桐花开的季节，校园的上空飘满梧桐的花香。那紫色的梧桐花开着开着就飘落下来，地面也清香起来了。梧桐的叶子的紫，是柔和的，紫里有奶白色。梧桐花的形状，喇叭形，里头的花蕊浅浅的黄。

站在宿舍的窗口，常能看见梧桐树。清晨太阳红红地照上梧桐树，有鸟来回飞落，喳喳叫着。雨天，雨滴打着梧桐叶，有一种音响在心间律动，或急或缓。夏天的梧桐树下，跑着孩子，坐着歇凉闲话的人们。秋天，有梧桐树的地方，一地的梧桐叶。扫帚捋过，像是给地洗脸，那扫帚印迹，又像是给地梳头。有梧桐树的土地比别处清洁。

梧桐树带着书卷的气息。过了冬天，春来了，梧桐树生长的气息带给人们温暖的气息。

梧桐树叶梧桐雨，一年又一年。又见梧桐，想念那处处梧桐。

核桃

核桃树苗，一米高的样子，身上有芽，树苗尖泛着青，有团起来的小球，毛茸茸地。春天，红红的太阳照着核桃树绛红色的结了疤的树身。

一个早晨，树上有了枝枝杈杈，有了嫩绿的叶子。这棵小小的核桃树，多像一个年少的姑娘，打着把嫩绿色小伞儿。

这棵核桃树的枝杈多起来。一家人在小小的核桃树下吃饭，乘凉。核桃叶有糖香味儿，是那种细绵甜香，闻着像吃到多年前的"什锦"糖。

多么诱人的糖香啊！

有一天，家人在院子里围着核桃树转了半天，说："长核桃了。"

可不是？青杏大小，绿颜色。再看这核桃树，它的杆再不是有些干巴的深桐木颜色，而是泛着青白颜色，风姿绰约。那皮也不再涩，看上去光滑细致，发着点儿白，像有层看不见的薄膜似的，这绿皮核桃，长到鸡蛋那么大的时候，快要到中秋了。

在秋风的吹拂下，核桃叶子哗哗啦啦地掉。这时掉下来的每一片叶子，大多半枯掉了，抑或整个儿枯掉。犹如中年的妇人，看着一个个已长成的儿女；犹如秋田里的老了的玉米、瓜田里的熟了的瓜儿，这核桃树也有了果实。

几竿子"哗啦"响声后，大大小小的核桃纷纷落下，像孙悟空打落人参果。

这是个令人激动的丰收节日。

椑柿树

翻字典，偶尔碰到"椑"这个字，看到"椑柿"这个词，说"古书上说的一种柿子，果实小，青黑色"。

看完，心里欢喜。

十年前，写一篇小文，正是要找这个词的，不想十年后的这天无意碰见。

十年前的那篇小文，是写童年的事情。一群的孩子，跑过打麦场，到芦苇地里。芦苇已长到一头高。孩子们从芦苇缝里钻进去，那里头有火红的果实，或者还能碰到一两个半大的西瓜。但最要紧的是芦苇地里有一棵树。那树上的果实小，青黑色，正是椑柿树。

但从来没听到过这样叫。人们称它软枣。芦苇地里这棵树，是软枣树。

但它分明更像柿子，而不是什么枣。枣是一个核。这软枣像柿子一样，多核，核跟柿子核形状一样。这软枣应该是椑柿，这棵软枣树也该叫椑柿树。

这青黑色的果实，吃起来极甜，水分是没有的，就像甘面的红薯。椑柿长在树上，颗粒大小如大拇指。如果是挂在树上，它是饱满的。如果摘它下来，得晾。在晾的过程中，它会一点点变皱。好在这样的果实是不多的，不等收藏就给吃光了。如果有哪一颗落在角落里，隔了好些日子，再发现，它变得干巴巴的，皮全裹在核上了。

在庄稼地里也能看见椑柿树。椑柿树却不像柿树普遍，只是偶尔有那么一棵。椑柿树不像桃树苹果树，大片栽培。椑柿树很有个性，随意地生长。它长得细弱，楸把粗细。枝丫也不繁盛，寥寥几枝。但到了秋天，枝头上的黑色果实是繁盛的，如天上的星星，吸引着小孩子。

家乡的芦苇地先是缺水，长不高，后来，芦苇地变成大公路。那棵椑柿树从此失踪了。地头的树一年比一年少，那棵椑柿树想来也早消失了。

在果实中，不见有椑柿，只有这样一个记忆留着。如果再有见到，我想我一眼看见，也不会说那是椑柿，而欣喜地呼喊它——软枣。

土屋

土坯（糊墼）

土坯，长约八寸许，宽约七寸，用来盖房。

土坯，手工。

打土坯，一个人的工厂。

天麻麻亮，男子走到屋外南墙根下，拎起石杵扛上肩头，拾起模子挂上石杵木把，从门里走出去。

土坯模子，木框。长尺余，宽约一尺，高寸许。这个木框的技术活在木框是活动的，能开合。开合的关卡是一个活动的挡板。因土坯与这块挡板相贴，新打成的土坯靠这块挡板搬动，这挡板又叫靠板。

东方有那么点儿发白，这是夏季最凉爽的时候。

一堆湿泥土上面插着一把铁锹，像一杆旗帜。好几排土坯，月牙形地排好了，最上面一层的土坯，只围了少半截。

男人在地上摆好模子，开始了新的一天的工作。

男人抓住木模的两边，用劲摁住，在地面左摆一下，右摆一下。木模下面的土地，比先前更平整些。两只手在木模两边猛力一按，木模像在土地上生了根。从一个破旧的瓷盆里，抓一把备好的细炉灰，撒在木模底，将两锹湿土倒上去。那湿土遮住了木模，男人双脚踩上木模。这男子的踩法，没有踩高跷那样惊险，也不像扭秧歌那样花哨。只见他跳舞般地，在装满土的木模子上，轻快地前跳后

136

跳，合着自己的节拍，胸前的衣服欢快地上跳下蹦。三五下、七八下，脚底下堆得尖尖的土堆儿下去了，拎着石杵捶三五下，土坯的模样出来了，土坯平整硬实了。男人脚轻轻一踢，木模开脱，伸手从下面托出打好的土坯，连同那活动的靠板，走到月牙形的土坯墙前，摞上去。然后，放木模，填土，踩踏，用石杵打三五下，踢开木模，一个土坯又放上去……

如此往复，简单却又有些技巧。新打的土坯，一眼能看得出来。昨天的土坯有些发白了，新打的土坯泥红色。

太阳升上来，光辉洒上榆树或桑树，鸟儿欢欣鼓舞，拍着翅膀叽叽喳喳。男人听到这自然的乐声，脚下踩得更加轻松愉快起来。太阳映上男人的脸庞，带着汗滴的额头发着亮。他脱下外衣，挂在树杈，抬头仰望欢快着的鸟儿，一丝笑容藏在他欢愉的神色里。这些快活的鸟儿陪伴着他。如果他懂得鸟的语言，他一边干活一边能与鸟儿对话了。

悦耳的鸟乐，声声不已。男人打两声哨子，尖尖地，高处的鸟儿听到了。它那小脑袋这边歪歪，那边歪歪，它是在琢磨哨声呢。哨声又响了，鸟儿们似乎猜到了什么，在树上一阵活蹦乱跳。

打出来的一个个土坯，错落有致地一行行排着，一层比一层高，老百姓叫它土坯墙。用土坯盖的房子，老百姓称作土坯房子。

土坯，像其他物品一样，质量差别，有好赖之分。好土坯的四角齐齐的，有棱有角。或者踩不好，或者杵不好，不管是哪道工序出了岔子，问题都出在四角，稍微受些风雨，待用时，不是掉左角，就是掉右角。掉角的土坯，当然不好了，如果两角都掉，这个土坯只能废掉了。打造出一个土坯，它就有了生命，当你把它沉重地握在手里的时候，它有自己

的呼吸。这样坏掉的土坯，不能派上大用场，用来垒猪圈、垒厕所，也算有用之物了。

一早上，月牙形的围墙长高了两层。一个又一个土坯，摞的时候斜着、间隔均匀地排列。土坯围墙，侧看像一张大的织网。

风来了，雨来了，土坯的主人，最先想到的是他们家打的土坯。他们夹着麻袋片，夹着长长短短的粗木棍子，冲到疾风暴雨中。他们隔着土坯墙，用棍子里外顶着，他们用麻袋片盖好土坯墙，用破了的芦苇席盖好土坯墙。

天晴了，揭了盖着的麻袋片，揭了芦苇席，太阳的光辉洒照在土坯墙上。

没人再打土坯了。村子里，土坯墙的土房屋几乎都寻不着了。院南墙处，没有立着打土坯的石杵了。土坯模也不知道扔到院里哪个旮旯里。

土炕

冬日的晚上，一家子关了门，挤在炕上。

炕一整天都热着，到了晚上，炉火烧得炕发烫，索性揭了炉子上的铁盖，让红通通的火烤屋子的上空。

屋子的上空红映映的，人的脸红映映的。

土炕保暖。庄稼人忙收忙种，回来拾些干树枝喂火炉子。那时候的人，走路是要看的。路两边的柴火是宝贝。拾柴禾，是光荣的事。干活回来的人们，不论男女，见了路旁的干树枝，扛着农具的他们，弯腰拾起，夹在胳肢窝下，一天三顿饭烧柴禾。

柴火除了干树枝还有很多。那金黄的玉米秆，那脱了粒的玉米芯，那发着墨黑的花壳子……这些，火炉都亲都爱。火焰在炉子里呼呼啦啦地欢笑着，一径儿穿过灶眼，蹿遍土炕巷道，烧得炕全热了。

土炕，用一块一块长方形的泥板盘成。

这一块块泥板自制：用土和泥，撒几把穰，和匀。在平地上撒一把穰，放一模子。

模是木模，方框，厚二寸，宽二尺，长三尺。将和好的穰泥，一锹锹倒进模子里，平平地抹开，高低与木模平。

这样抹二十多片，在太阳下晒，晒多半个月，晒一个月。终于有一天，这泥板被起，便是要盘炕。

盘炕须请把式。

泥板竖起着，留巷道，通火。听起来简单。一样是盘炕，盘得好，火炉子风抽似的快。巷道留得不合适，炉子火点着，烟不往灶眼抽，全从灶口出来，屋里人的双眼熏得像山里的猴子。

盘好的炕上面，上一层厚厚的泥土，一样是用泥穰和成。这厚厚的泥炕热得慢，凉得也慢。

土炕，养人。

土炕成为过去，但它被人们记着，是一方乡土。

炕围

新房，或者结婚，先粉刷屋子。刷墙围，刷炕围。

刷墙围，买来果绿或者天蓝的油漆，用粉线袋在齐腰高处打好线，用刷子齐线往下刷。有了墙围，屋子似乎才真正像个屋子。

炕围齐灶台高，沿炕三面环墙。上面画风景人物鱼鸟飞虫。

画炕围的匠人，村人称画匠。

画匠，不管个高个矮，他们都背一个松垮垮的说大不大说小不小的黄挎包，挎包里竖几只笔杆。

画匠在人们眼中与教书人一样，是细客。请来，主人得好吃好喝好招待。

画匠手艺高低，须看他画的鱼虫飞鸟看起来真不真。那画上去的云，看上去是不是在一丝丝动。那画上去的草，是不是真如有风在吹。画的那柳梢儿，是不是没在一湾清水里。画的那打鱼的老者，撑一叶扁舟，是不是像满载而归？

画匠先上好底色，再用黑线打成一个个方格子。光秃秃的土炕上面，有线盒，有一把硬木尺。硬木尺，四方的，一米多长。一个大的木头三角板。画匠放下这个拿过那个，忙中不乱。红、黄、青、绿、紫各样各色的颜料盒打开着，沾着各样颜色的画笔混在一起。开始画了。画匠笔下是飞奔的骏马，游动的金鱼，粉的荷花，低矮的墙头，红艳艳的石榴……

炕围多画戏文。画匠从炕台画起，拐到东墙，再由东墙拐到南墙，一直画到炕梢。往往到南梢最末一幅画，便是这出戏的结尾。画匠不仅画术高明，文笔也得好。这文笔要富有才情，二要文笔娴熟，在画好的图画上信手拈来，字迹风流潇洒。

该吃饭了，画匠用画笔，这儿挑挑，那儿描描。他是在给别人画，也是在画他自己的生活。

戏炕围片段有《打金枝》，有《西厢记》《五女拜寿》。炕围里，有新人红红的戏袍、明晃晃的凤冠，有醉人的桃花、明净的窗几，喜者一抿嘴，恼者一跺脚……这些全都似要下炕游走，活灵活现，妙不可言。

楼板

老屋三间北房，中间是门，东西两边各一窗户。从东边窗户口向里望是炕，从西边窗户口望里望，有个界墙。界墙靠近窗口的地方，架个木梯，从木梯上去，上了楼板。

屋顶的楼板，是个好去处，上面晾着新摘的花生，有红红的软柿子、小小的软枣。

踏着木梯爬上楼板，开了天窗。楼板上面与屋子一样地豁亮了。吃着花生，吸溜一个甜甜的柿子，软枣一个个地捏过，实在没有能吃的了，还是不想下楼板。

在天窗口蹲下来，朝外望，屋檐下的燕子窝，伸手就能碰到。据说燕子是有气性的，谁要捉住它，它会气死。你悄然将头从天窗门缩回去。

燕子窝里，两三只小燕子刚睁开眼的样子，一只燕子守在窝边上，警觉地望着。

燕子离开窝，在不远的空中，趔了一圈又回来。它有美妙的身段，羽毛黑缎子似的闪着蓝光。

又一只燕子赶回来了，它飞得匆忙，嘴里衔着一粒什么。窝里的小燕子"叽叽叽"、"叽叽叽"，好听地叫起来。

楼板上有一个大篓筐，树条子编成。篓筐很高，孩子踮起脚尖，手才能够着筐沿。踩了板凳，探头进去，篓筐里面，大半筐书。从此，楼板上面是一个最迷人的去处。

秋天，楼板上除了能吃的花生、柿子，还有金黄的玉米穗、黑巴巴的棉花疙瘩……凡是能够上楼板来的，全都上来了。

这些玉米穗，这些花疙瘩，它们是拿筐一筐筐提上来的。一条粗麻绳从天窗垂下去。院子里的孩子，跑前跑后往筐里拾玉米穗或者棉花疙瘩，装满一筐，仰头看筐一点点地离地、忽悠悠上升，接近屋檐悠然从天窗口消失。一上午，装玉米筐下来，又上去……

该上的都上来了，小孩坐在楼板上，翻篓筐里的书本，一本本地翻。那书堆里有算术、语文，还有俄语书，全不懂，但就那么一页页翻。

书页发着黄，散发着陈旧的气味。有一天，在这书堆里面，翻到一本繁体字书，竖行，就更不认得了。但那天，小孩高兴极了，拿它当宝贝。后来知道这书是《老残游记》。

　　夕阳沉下去了罢？楼板上的天窗，渐渐变暗，隔着天窗看见院内东墙上的红光褪下去。

　　楼板是一块神秘的去处。老屋不大，三十年、五十年，楼板依旧，人却难再回到她无忧无虑的童年。

/第四章/
乡村的声音

串巷的叫卖声

卖小葱 | 卖韭菜 | 卖豆腐 | 收头发 | 小炉匠 | 起刀磨剪子 | 刻钢笔 | 货郎 | 旋匠

村落的蝉

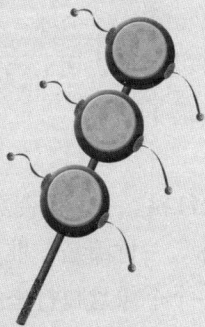

串巷的叫卖声

卖小葱

从春到冬，村落的小巷里，不离叫卖声——"春卖小葱夏卖韭，冬天还唱卖豆腐。"

春天，院里的花儿努出骨朵。早上，巷里传来卖菜声。那卖小葱的人的嗓门儿，串巷那么一喊，不用出门，从那喊的音色，你知道那卖菜人是哪一个，连同他的模样、穿着都在你的脑子里了。那葱也不用看，想着是带红脆皮的小山葱，咬一口，脆生生的辣，辣出你的鼻涕，辣出你的眼泪儿。

你说："这小葱儿真辣。"

卖小葱的听见了，脖子一歪："不辣，不辣还叫山葱？"

竹盘秤。竹盘秤里放了几苗葱，递上三毛两毛，这些个皮儿红脆的绿旺旺的小山葱就是你的了。

夏季，卖桃卖杏。

夏天的杏是黄杏，桃是红桃。一个卖杏卖桃的老太婆，大脚板，挑个竹担，一头一个大竹筛。一竹筛是一堆黄杏，一竹筛是一垛红桃。那桃一半儿是蟠桃，一个个像盘腿打坐的俊姑娘。一半儿大大的桃子，嘴儿带点儿红，红艳艳，水灵灵。小孩子围着大脚板婆子，越来越多的小孩子围着她。大脚板婆子看围着的孩子，手一摆：

"去，回家叫你娘。快去！"接着喊，"卖桃喽——哪家要买桃喽？又大又甜的红桃——；卖杏喽，哪家要买杏喽？又大又甜的黄杏来喽——"

唱山歌一样的叫声，逗得孩子们专注地看，有的哈哈笑起来，有的也哑着嗓子喊："卖桃喽——又大又甜的红桃——卖杏喽……"一边喊着，四散着跑开了。他们有的跑回家缠他的娘，有的不回家。他们知道娘不会给他买，要桃吃，是要挨骂的，说："吃嘴打嘴！"

从巷头出来一个拉扯着大人的小孩。秤盘里放七个八个黄杏或者蟠桃，秤好，倒进小孩子的衣襟里。

卖韭菜

怀胎的韭菜，也来卖。"卖韭菜哩——哪个要韭菜哩——"

听到喊叫声，女人们出来了。她们叽叽喳喳，在怀胎韭菜上用指甲一掐，讨价还价终于分了这卖菜人的韭菜了。

卖菜人推着篓子走了，女人们各自抱了自己的一份，挑一块干净的地方，坐下来，细心地择起韭菜来。她们把开着的小白花一个个掐下来，她们要怀胎韭，就是要这韭花。这韭菜味儿难闻，花儿却开得漂亮。韭菜花不是用来装饰，这一把又一把的韭花掐下来，洗净晾干，放上盐，捣碎了，腌上，是冬季的菜呢。

卖豆腐

冬天的豆腐，八月就喊上了，一直喊到过了大年。

寒气逼人的冬天，大雪封门。大清早，巷子里传来："豆腐——卖豆腐！""豆腐——王庄豆腐！"

能说出是哪庄上的豆腐，那可是味道纯正的好豆腐。这常来卖豆腐的小伙子，喊叫得也特别，末尾来个急刹。但如果不是这样的

叫喊声，听到的人就咕哝："睡会，再睡会，不是王庄豆腐，不要。"

王庄的小伙子，那装豆腐的两只木箱，每回都空着回去。小伙子对着每一个来买他豆腐的人都缩着鼻子笑笑。卖豆腐，也换，用玉米，用黑豆。

一碗玉米，倒进卖豆腐的玉米袋子，秤你的碗，撩开豆腐上铺着的白布单，小尖刀切下去，一切一个准，是该要的斤两。

白雪铺满着大地，卖了这几家，那卖豆腐的一边推了车往前一边喊："卖豆腐——"

收头发

"收头发——，哪家有头发——"

收头发，一样沿巷吆喝。

长辫子的人家，操心有这样的吆唤。收头发的人，也有拿小东西跟你换，比如一个镜子、一条毛巾、一个小娃娃的玩具，跟你换。

头发长了，剪掉拿它换一面镜子，换一个小娃娃玩具。拿着剪的长发出来，一尺多呢，女人说："真是舍不得。"

"舍不得，放家里没用咯。"收头发的说。

女人摸着系着红头绳的头发，有些拿不定主意，她想：收头发的人收了这些头发，究竟做什么用呢？

女人不放心地问收头发的人："你收了这头发，只做唱戏的胡子？"

"是哩。"

女人想一想，收起剪发，母亲说，还是挂在屋里吧，又不用钱花，也不用换东西。

另有女人不说这些，她递过一撮头发，在收头发的筐子里挑了一个瓷兔子，她说她的孩子要瓷兔子。

小炉匠

还有一种叫卖声，呼啦啦一大片。你在屋里听不清喊什么。你出去，沿声跑几步，一个脸上几抹黑的男娃，转过身。他的衣裳是灰色，腿脚那儿吊着一片，手里拿一个铁条，或者是做活的工具。

是他在喊，他又喊了一句。你说："你喊的什么？"

他又呼啦啦喊一遍，他对你说话，一边说一边用手动作。哦，原来他是钉锅钉碗的小炉匠。

跟着他走，你看见一个小炉子，火炉跟前有两个人，一个呼啦呼啦扇风箱，一个手里拿着钳子，钳着一个铁东西在烧，火苗跳跃着蹿上来……

小孩子啦啦队似的，跑过来，他们唱：

"小炉匠

叮叮咣

你爸在唱戏

你母抹胭脂

……

小炉匠

叮叮咣……"

小孩子跑着跳着，一路唱着跑过去了。这个小炉匠，小孩子这样唱，他听不懂吧？

小孩子的喊声，震落了巷子里黄黄的槐花。

起刀磨剪子

"起——刀——磨剪子——"

一个苍老的外地口音传过来，一声儿歇了，隔会儿，又一声。越传越近的时候，这声音就有些变样儿，像音量不足的广播，噼噼剥剥地夹着杂音。但这杂音却不与广播里的杂音一样。广播里头有杂音，铁锈般地，浑浊。这杂音却溜溜儿地脆，七高八低，听着它就如看见了窜上窜下的水珠儿。

出门，看见一个老人扛一条板凳。他的后面，七高八低地跟着一群娃娃们。这娃娃们手里拿着棍棍棒棒，一个个欢天喜地。这"滴溜溜"的杂音便是这些孩子们。

老人六十多岁的样子。村里没人知道他姓什么，也不知道他的名字。他隔三岔五来村里一趟，村人叫他"起刀磨剪子的"。

听见"起刀磨剪子"的喊声，村人头脑里映出一个模样来：脑袋不大，黑黑的圆脸上布满皱纹，头发有些花白，下巴微微向上翘，嘴巴子有些往里瘪，双眼有神，看上去蛮精神。

村人们说："起刀磨剪子的"来了。

"起刀磨剪子的"每回来，都有生意。起刀一毛，磨剪子八分。

一个有阳光的地方，太阳暖暖地照着，围着这"起刀磨剪子的"女人们，手里捏了刀或者剪子，也有手里的刀和剪子都捏着。他们一边说闲，一边看老汉起刀或者磨剪子。

起刀磨剪子的家当，全在这条窄窄的长凳上。走路时，板凳是扛在肩上。做生意时，人骑在板凳上。这条半长板凳的中间，似显非显地有个细腰处，磨得光亮。

凳子两头不如中间光滑，却也有声有色。一头是一个小铁桶，铁桶里有磨石起子诸般用具。桶旁边系一洋瓷缸，这洋瓷缸像是专候出门用，足有盛五碗水那么大。洋瓷缸上面有朵绛红色的花，用旧了，不怎么鲜艳。缸底侧面有两个大黑疤，不知道啥时候给碰得掉了瓷。这缸被凿了两个眼儿，用钢丝儿串好，系在凳侧。需要起刀或磨剪子的女人，谁第一个来，先从家里舀一瓢水，倒进缸里。

现在，刀锈一点点被卷起，刀锋一回比一回亮，这缸里的水也一点点浑浊。

磨剪子用磨石。

起刀磨剪子的接过一把剪子，手伸进铁桶，在放磨石的铁桶里挑拣。桶里面的磨石，大的如古砖，小的手心也能放下。磨石各样颜色：瓦蓝色的，潮红色的。磨石的面有的粗，摸上去蹭手。有的细如脂膏，像是摸到了女人的肌肤。

快晌午了，有起好的磨好的，满意地看看，在布头上试试，付过钱，走了。也有结伴儿来，一定要等伙伴儿也起好磨好，一块回去。这时候，起刀磨剪子的身边，一堆女人，说的笑的，真是热闹。

晌午了，围着的女人慢慢地散了。终于，剩一两家。

乡下的规矩，外地人做活，比如今天来的这起刀磨剪子的，最后一家起刀或磨剪子的便管吃饭。女人麻利地回家，做熟饭，端出来。

起刀磨剪子的吃了饭，便一定不收这家女人起刀或磨剪子的费用。女人坚决要付，起刀磨剪子的就恼了，要扛凳子走！

后晌的活，比前晌少。起刀磨剪子的松下气来，与村头的老人天南海北地拉呱。村里人喜欢外地人来，他们坐下来说一顿、笑一顿，总是与平常日子不一样。

女人们手里也不再是要起的刀或要磨的剪子，而是一只厚厚的硬邦邦的鞋底，女人边听边纳鞋底，传出"哧啦"、"哧啦"的拉索子声。时光在与起刀磨剪子的闲聊中，在纳鞋底的声色中，一小步一小步地走完一个下午。

太阳要落山了，起刀磨剪子的收住话头，起身收拾了叮叮当当的家具，将缸子里的水倒掉，将凳子放上肩。村里人也不拦，望着起刀磨剪子那人晃晃悠悠在余辉下，越走越远。

刻钢笔

早年，有刻钢笔的师傅。

在学校门口，在村里的某个背风处或者在某棵树下。

那刻字师傅坐在树下，等着来刻字的顾客。

刻字的多是小学生。他们路过，看见有小学生在他的钢笔上刻字，便一个一个围上来。

刻钢笔师傅一个布包。他的刻笔是什么样子，不大记得。记忆里，刻笔师傅手握着一尖利的刺儿头，在一支笔上快速地舞动。笔过处，笔帽或笔杆处，留着似显非显的蚂蚁纹儿。师傅放下刻笔，对着刻处轻吹两口，伸手摸出一捏金粉，用拇指顺着刻处抹两下，那笔帽或者笔杆上便留有金色刻纹。

刻钢笔，多是刻名字。为的是钢笔丢了，能找回来。比如，家里的小鸡或者小羊，用颜色涂了，跟别家的小鸡和羊分开。刻名字，简单。这样的刻字，名字后头多一个字："记"。刻字师傅刻三个或者四个字，要钱二分。

钢笔帽多金帽银帽，钢笔杆有红色绿色灰色。钢笔那金帽银帽多铝，刻钢笔多在笔杆刻字，那红色绿色灰色笔杆上闪着金色的刻字。

小学生钢笔刻字，除了实际的用处，也为着新奇好看，或者也为着有趣。怀着这样的心情，拿钢笔到刻字师傅面前，就不只是姓名，加上选好的一句诗文。比如：海内存知己，天涯若比邻。又有：春江潮水连海平，海上明月共潮生。又有：春眠不觉晓，处处闻啼鸟。又有：欲穷千里目，更上一层楼。

刻诗文，有两句有四句，多刻两句，按行收费。两行诗文，收五分钱。

那诗文的字体，多草书。那草是行草，小学生是认识的。刻字师傅的字无一是不好的，那诗文的刻字龙飞凤舞，画出来的一般。

刻字师傅跟前一个盒子里放着七八支十多支钢笔，有的是刻好的闪着金字的钢笔，有的钢笔用白纸条缠好着。那是学生们要上课，将要刻的笔寄放给刻字师傅。那缠在钢笔上的白纸条一定写着姓名和要刻的诗文。

有的学生，他想不出诗句，只留姓名，诗句由着刻字师傅随意刻。

有一种钢笔，笔帽旋着打开。这种钢笔多黑色，它的笔帽和笔杆都能用来刻字。这种钢笔用久了，笔是润的，笔杆笔帽透着油光，那黑色愈加亮丽。在这油润的笔帽或笔杆上刻上姓名诗文，金色的闪耀的诗体让钢笔显得富丽。

笔杆除了刻字，还刻有图画。那图画是一只凤凰、一朵花或者一只兔子一只狗，这兔子和狗或者是小学生的属相。那刻图玲珑活泼。小学生拿了刻好的笔，争相传看。

刻字，乍一看是一门手艺，像弹弦吹笛。细究刻字的手艺，我宁说是人间一种高贵的传播。

刻字师傅，走街串巷，每天奔忙，看着是为了赚那二分或者五分的小钱，细究或者也是骨子里的喜好。只为了赚小钱，有更多的行当，也有更来钱的营生。但一个人怎么拧也拧不过骨子里那份衷情和热爱。刻字师傅，说他是热爱刻字的行当，不如说他是对文化的热爱。他在刻字的行当里游度他的青春。

问到刻字师傅很辛苦吗？在家千日好，出门一时难。刻字师傅说这样话的时候很欢喜。人间，只要喜爱，会以苦为乐。

我觉得刻字师傅是幸福的，他将他的一生献身于他热衷的事业。重要的是，他的一生定然在贫穷中度过，但他的刻字的功夫在一天天长进，图画画得一年比一年好。如果小学生让他刻字是儿童时的一种游戏，刻字师傅每天给孩子们快乐，徜徉在刻诗文、画图画的快乐中，物质的贫穷换来精神的愉悦。

钢笔刻字，是童年游戏。小学生掏了二分钱或者五分钱不是很重要，重要是钢笔上的诗文和图画。那选好的诗句是自己的钟情的，

那刻的图画是自己喜欢的，这诗文图画成了自己的符号，与钢笔的主人成为一体，浸润他一生。若是钢笔丢了，第一可惜的便是刻上去的诗文图画。而当年丢了钢笔的失主，多会有物归原主的福气，像是刻字师傅暗中保佑一般。

三四十年的时光，回头再看，刻字成一种文化。当年那喜欢刻字的师傅，是文化传播的使者，有着精神上无与伦比的高贵。

怀念刻字。

货郎

货郎，担一个担，或者推一个车。

货郎换针头线脑，换锅碗瓢盆。

货郎是一个头发乱蓬蓬的外地人。他手里拿一个货郎鼓，手一转，"嘭嘭嘭"地响起来。

他喊："卖洋火哩——哪个拿破布头换洋火哩——哪个拿破布头换羊毛头绳哩！"

他喊："换——盆！"

"家里的破布都收拾着，等收破烂的来了，换洋火。"村里人这样说。

卖针头线脑的，他这样喊："河阳老汉卖针线，媳妇女子都来看！"

货郎推一个小平车，小平车上有桶，有瓢。他的桶都不怎么新了，他的瓢也不怎么新了。但他天天推着这些桶这些瓢叫卖。也不是卖钱，是换东西。拿破了的茶壶换，拿缺了把子的勺子换，拿不穿的衣服换。

不知道这个老汉是不是真的河阳人。他这么一唱，大姑娘、小媳妇都出来了，一伙的孩子围前来。他的货摊前围得红红绿绿、高高低低。有的媳妇，胳膊上端着一个小孩子，小孩子也好像着了迷。

一个换了几盒火柴，有的换了两根红头绳。大多的姑娘媳妇，你推我，我推你，只为看热闹。这个色彩艳丽的货摊，把大姑娘迷住了，把小媳妇给迷住了。她们感叹着摸着上好的闪着绸缎光亮的丝线，看着各样的颜料、各样的印花布。一个圆圆的竹圈，叫它"绣花筲筲"，是两个竹圈套一块，结口有细螺丝。绣花筲筲用来绣花。绣花布可以是薄的细软的绸缎，可以是厚的粗布。布装在筲筲上，用针在布面上下扎，有嘣嘣嘣声。竹圈里洇开了山河、树木、水草，有一只只飞鸟叫喳喳飞过来。

女人们你看桶她看瓢，看看又放下。姑娘拿起印花布看，拿起丝线看，挑到后来买了两根羊毛头绳。

旋匠

街头坐着个六十开外的老头，他头发稀疏，身体硬朗。他面前摆着一个小摊，上面放着系红绳的小棒槌、小葫芦。他双手在身前一个架子上忙碌，那架子在快速运转，很快，架子上有了一个小棒槌。

小棒槌让人的头脑里出现青石、棒槌和家织的粗棉布。家织布叠齐整，放在青石上，年轻女人抢起棒槌捶打，一寸又一寸，一褶又一褶地细细捶过。

那捶粗棉布的棒槌便是旋匠旋出来的。

旋匠不只是旋棒槌，家用的大大小小的擀面杖、捣蒜泥的小木蒜捶，都是旋出来的。

老头是旋匠。

他左手握旋刀，右手前后拉动。木匠钻，也是这样前后拉。但木匠钻，中间有好几股绳子，拉起来呼啦啦响。旋这样的小葫芦，只绕一股绳子，那绳子安静而欢快地转着。

旋匠说右手拉动的工具，叫弓。

旋匠诉说着旋木头的工具，比如夹着木头的铁钩是鹰嘴，像铁斧模样的是旋刀。鹰嘴和弓装在一尺多高一个旋架上。两个鹰钩组成一个鹰嘴，左边的鹰钩固定在左侧旋架上，右手鹰钩是活动的，能拉宽放窄。鹰嘴的活动，靠一块不起眼的小木板。这块小木板带着一条细绳，绑在右侧的鹰钩上头，是鹰嘴的一部分。

旋架，四条腿。两个鹰钩，装在支架左侧，有一小截细木一左一右卡在鹰嘴里，随着右手握着的弓前前后后的拉动，那截木头快速地转动，左手握着旋刀在正做着的那个小木块上游了走。那一小块木头这里凹下去，那里凸出来，一个小葫芦的模样出来了。葫芦头一会儿比一会圆润，木头的纹路出来了。有的纹路很好看，如盛开的花朵。

旋匠除了鹰嘴、旋刀、弓以外，还有几个小零件。它们是一块小木板、一根铁钉、一小壶缝纫机用的油。离开它们，旋匠是不能干活的。

旋匠老头的小葫芦做好了，他伸手在右侧鹰钩拉开小木板，鹰钩一下子松脱了，小细木棍连同旋好的小葫芦取了出来，乍一看，好像细木棍子上长出一个好看的小葫芦。旋匠老汉用旋刀在小葫芦头那儿轻轻一割，用手一掰，葫芦有了尖儿。旋刀又放在葫芦的尾部旋动，再掰一下小木棍，一个葫芦落在了手里。你翻转葫芦，葫芦底部光光的，不见旋刀的痕迹。

旋刀老汉在做下一件手工艺品。他拾起旋架上放着的那根乌黑的铁钉，在木棍两头分别扎一下，拾起旋架上放着的那壶缝纫机油，在钉子扎的孔里各挤一点，把两头抹了油的木棍放进鹰嘴。老汉一手拉弓，一手握着旋刀，只见弓拉得前前后后，木棍儿飞一样地运转，那旋刀长了眼睛一般，哪里该凹，凹下去了；哪里该凸，凸起来了，蚂蚁的纹路一丝丝出来了，三分钟不到，旋匠老汉放下手里的弓，从鹰嘴口里拿开木棍，那木棍上又一个小葫芦长出来。

旋匠旋一个葫芦再旋一个葫芦。

　　过路的闲客，来到小摊前，摸摸小棒槌买一个两个。一对小青年过来，女孩子要买葫芦，男孩子要买棒槌，两人争半天，一人买一个。他们拿着各自的喜爱，边走边看，说说笑笑地走了。他们说笑些什么呢？他们也知道旋匠么？

　　旋匠跟前围来几人在看，有一个问："这旋匠的手艺，祖传的？"

　　旋匠老汉听了这样问，咳了一声，他说他的爷爷是个能人，会旋，会耍皮影。耍皮影在他们家的窗口，用蜡烛照着光，那些个皮影就动起来了，他们家的窗户口围了好多的人来看。到他爸爸这一辈只会旋。"唉，现在谁还在乎这个！"他感慨地说。

村落的蝉

"吱——吱——"

蝉鸣。夏日的清晨能听到一两声，中午时候，蝉声不绝。

稀薄的窗纸开成一寸宽的条条，忽忽闪闪地为屋子里扇来凉爽的风，也连同这不绝的蝉声。

没有风，站在满是阳光的院子里，光光的胳膊会晒得火辣辣地疼。蝉不屈不挠地叫得人心火燎乱。但这虫子不是鸡，赶跑它，门关了；也不是狗，打了出去，插上门，一天不放它回来。它是蝉，也是"知了"。你听——"知——知了——知——"蝉长了两扇网似的白亮亮的蝉翼，摇了这棵树上的，却又飞到那棵树上。

蝉壳黄亮黄亮，像谁悄悄地给它们一个个涂了层润润的油。蝉壳跟蝉一个模样——那头，那眼，那油亮的脊背，那长长的一只只细细的腿，就连那爬在树上的姿势……只是这蜕下的蝉壳少了一双明亮的翼，如果它是黑而又亮的，那它就不是一动不动的躯壳，它一定是能爬行，能扑啦啦飞的蝉了。

这壳儿极薄，薄得只许轻轻地从树上拿。蝉壳能换钱，小孩子攒够蝉壳儿拿去换甜甜的冰棍。大人们说蝉蜕壳避着人，在一个只属于它、正适合它的地方，又说这蝉壳是蝉在夜间一个静悄悄的地方蜕壳，如何又变成一只幼虫。

"知了、知——"，或者"知了——知了——"，不论是哪一种响声，一样刺进人心里。只要有树的地方，蝉是棒打不散的。

不知是怀了这白天的恨，还是贪嘴、穿裤子的老少爷们，在朗朗的月光下，打着红灯笼捉知了。这时候，知了不在树上，是在树下某个小窟窿洞里；也不称蝉，叫"闷疙瘩"。大人小孩，夜里捉了多少，第二天，知了还是不歇地叫，似乎越叫越响了。如果家里有树园子，知了的叫声，近了远了，远了近了的。这夏季的院子成了它们的世界。

后来，家户的树园子少了，村里树渐渐少了，知了声一年比一年少。夏季，偶尔有几声，也只是自言自语，提不起精神似的。有抱小孩的大人，坐在一块墙阴处凉快，听见"知"的一声，扬头望。她看见一棵树，她想将这蝉声听得更真切一些，却再也听不到。

那乌黑溜光缎子似的脊背，那网似的晶亮的双翼，那"知了——知了——"的歌，随着童年的流逝，似乎成了绝唱。

/ 第五章 /
乡村文明

代销店 染指甲

代销店

各村都有保健站、代销店。

保健站，一间半房子，供全村人用药物。医生是一个半老头儿，白边儿眼镜，懂得些推拿。

孩子们一听保健站，又是喜欢，又是怕。喜欢的是，每年开春，老师从保健站领几颗红糖丸、绿糖丸，发给孩子们吃。那糖丸真甜。怕的是屁股挨针，对一个小孩子，再没有比这个可怕的了。小孩子闹，大人就说：再动，再闹叫医生打针。小孩子就安生了。

代销店里有布匹、毛巾、香皂、衣扣、鞋带诸类，相当于小百货。代销，单是这名字就显得小气了，缩手缩脚地，像刚过门的小媳妇。

代销店是瓦房的一角，从瓦房的山肩打个口，安个门框，就是一个能进能出的门。门朝东，高七尺，仅通一人。

代销店的门，单扇。厚厚的木板，漆黑，门上挂一把大号铁锁。代销店的店员，是一个青年人，个不高，不高声说话。他除了回家吃饭，剩下的时间，便守着代销店。

店里，进门是一截胡同，胡同被一溜炕截住了，炕上有一小页磨得溜光的芦苇席。店里有半人多高的水泥台。

水泥台宽有一胳膊长。水泥台前站的人也不全是买东西，他们站在水泥做的柜台前，说当年小麦的收成，说秋天下地的种子。

160

农事多是从这里传播开。他们在这里斗嘴、耍笑，笑声很有感染力地传出来。有的站乏了，索性坐上水泥的柜台，代销店的水泥台不知什么时候成了乌溜溜的颜色。清早，太阳照进来一点，熠熠反光。

太阳光照进代销店的水泥台，只那么一小会，最多不过是几步徘徊，忽然，藏猫猫似的，从代销店屋顶上飞着跑了。

代销店里头总是暗暗的，但这并不影响代销店里的工作。从明朗的天地下，一溜小跑进了黑咕隆咚的代销店，眼睛受了太阳的炙烤，不敢睁开，但也只是一小会工夫。眼睛睁开，毛巾、梳子、茶杯……各样各色，全看得清清楚楚。

水泥台对面墙头，是个货架，货架分成方格格，方格格里分门分类地摆好，男人是香烟之类，女人用的东西摆得多：衣服上的扣子、缝衣服的针、线，这些个等着屋里的女人们从代销店一样一样买回去。

水泥柜台不如玻璃柜台漂亮，但水泥柜台似乎更有用处。那水泥柜台下面，放着一个盛盐巴的大瓷缸。瓷缸上方，有长长的木杆秤，秤上挂一个簸箕秤盘。有人要盐，售货员从秤头上卸下秤盘，腰一弯，上来，秤盘上便是灰白色盐巴。盐巴很快倒进买盐者带来的容器里面，收钱找钱，谈着话。如果是小孩子，售货员的话比平常多一些，如果这个小孩子又猴精，前天因为逃学，挨了他爸一顿打，售货员便免不了对小孩子一顿戏耍。

货架底部摆着吃食，不过是面包、点心、饼干。那时的饼干，一包两毛八分钱，用一张纸包着，透过包装纸，能摸着里面齐齐整整一排又一排的方形饼干。那葵绿色的纸张上，一个白胖胖的娃娃，张大着小嘴巴，笑呵呵地，拿一块饼干，正要往嘴里放。

一毛钱十二个糖，包着糖纸，那糖纸桃红的、纯蓝的，上面写着"什锦"。去学校的时候，口袋里只要有三五个"什锦"，心里别提有多骄傲多舒服了！为了这什锦糖，情愿给母亲跑腿，情愿极

了。母亲做着活，急需要两尺橡皮筋，小孩赶紧跑着去了，用找回的零头买了什锦糖，藏在口袋里。

守代销店，不像下地锄草担粪苦累，但代销店的店员，是村里大家公认品行好的人。

泥窝窝

脸盆往土里倒一些，和几把泥，便能让小孩子玩一个上午。

太阳从墙头上斜着走下来，这个窄窄的胡同有了色彩。几个小孩子在一溜砖台上玩泥巴。一块泥巴捏成一个碗的形状，或方或圆，尽力地捏到恰到好处，端在一只手里，猛力地扣下去，泥碗落在砖台上，便有"叭"的爆响。而扣下去的泥碗的底子爆开一个大洞，开了花。那开花也是有大有小。花儿小的，开的洞沿儿是花的，泥点四处飞溅。花儿开得大些个的，满底儿都开了。不论是花儿开得大与小，都是好的。捏泥窝，听的就是那声响。那响声，有如炮竹，还有如惊雷。

不是每个孩子的泥窝窝捏得都能叫响，也不是会捏泥窝窝的孩子每捏出来的都如炮仗般的响声，或如惊雷的响声。有的孩子不要说惊雷，哪怕炮仗的响声也不曾有，最多是一声闷响，那闷响也分高低，高的如偷着放的一个屁；低的像煮沸的米饭里冒出来的气泡儿响，还有只是小小冒出一个泡来，最次的还有连那泥碗底子还是实心的，没一星点漏气的口子。那就不要听响了，只是啪哒一下子。摔一个这样儿的泥窝窝的孩子，别提多丧气，骂自己手太臭。他留心那会捏泥窝儿的孩子的手法，留心捏泥窝窝的皮儿薄厚，口大还是小，捏的是圆形还是方形。有一次，或者果然也爆响，这个小孩子跳跃着，便像得了胜利。

小人书

一条南北的街。街上有饭店，有打制的铁犁、铁锄头，有供销社。供销社里有布匹，有圆镜子，有线袜子，有盐和火柴。

这是布匹店。布匹店里有一溜玻璃柜台。玻璃柜下面一小盒一小盒挨着。一个小盒里面一样：钢笔、铅笔、乒乓球，还有一个盒子里是一摞花手绢。

在这里，小孩兴奋地看到小人书。

小人书，又名画本，灿新的封面。

隔着玻璃，小孩一本一本看小人书的封面。看过这个，看那个，看过一遍，又看一遍，小孩说：

"我要画本。"

母亲在看沿墙高高的柜台。柜台的格子里竖起着一匹又一匹的漂亮花布。母亲似乎没听小孩说话，她在看花布。

"我要画本。"

售货员听见了，从里面拿出一本，递出来。

小孩看着小人书，新灿的封面上，一个小孩手里握着红缨枪，在笑。

母亲低头看小孩和小孩手里拿着的小人书，说不要，伸手要从小孩手里讨去还售货员。

小孩躲过母亲伸过的手说：

"我要。"

母亲伸手掏口袋，一角、两角、三角……

买到的小人书封面是个女的，齐耳剪发，穿蓝花花衣服，她背后有船，有飘动的芦苇。

小孩识字后，知道这本小人书叫《洪湖赤卫队》。

这本《洪湖赤卫队》，被翻得卷了角，被翻破纸张了。母亲糊好，压在枕头底下。

母亲不识字儿，小孩翻看，她也翻看。她看里面的人影儿，她从画本里人的说话和动作，猜那人在笑什么，说什么。

乡村里的学校

雨后，湿漉漉的泥土地。

村里的泥土地，七弯八绕。正是开春时候，天下着毛毛细雨。"春雨贵如油"，农家人一年的好兆头啊！这如丝如针的毛毛雨呀，落在脸上，湿润润地，你会感到它一点一点地往皮肤里面滋润。大雨滂沱，也让人喜欢，噼里啪啦一阵打下来，人心振奋，霎时间，干燥的尘土飞扬的大地上，积水坑坑洼洼，无穷变幻。这样的雨最多不过一个钟点。大雨过后，空气一下子清新了许多。太阳露出脸来。有时候，太阳红红的，又有雨点落下来，像是掉了队的雨滴儿匆匆忙忙地赶到了。

清早，天麻麻亮，从各家往学校的路上，走着神志似未完全清醒的孩童。小孩们沿湿的泥土地，从学校院门进去。村落里有了读书声。先是一个孩童在读，接着有了第二个孩童，有了第三个孩童。很快，读书声响亮起来。

学校里两排瓦房，瓦房中间一条不宽的马路。马路旁边，各有一排不粗的杨树。校园东边的操场上，有一棵绿柳。校园西边也有一颗树，却叫不上名，开着大朵的紫花。这两棵树给校园添了不少生气，让整天守着娃娃们生活的老师知道春秋季节。

学校门侧那一小间西房，是门房。看门房的是一个六十多岁的老人。他给学校敲钟，接送邮件。门房老人慈眉善眼的，孤身一人，一口外地腔，写得一手好毛笔字。门房里放着一张简易木桌，一把老式圈椅。

雨后的天空，晴朗如洗，发亮的树叶儿轻松愉快地悄悄细语。

操场上马路边一小塘一小塘的积水，在太阳光下闪耀着。孩子们的读书声也像被雨水滋润过，从窗户飘出来，长长的回声像一首首名曲。这个时候校园墙角从来不招眼的小草，也翠绿得让你的心发颤了。如果它还开着朵紫色莹莹的花朵，一定能让你很痴迷地走过去，掐一小枝，插在一个洗得白净的墨水瓶里，放在太阳映照的窗台。

太阳渐渐升上来，照上学校的大门，落在学校的墙壁。孩子们早读上完了。这是上课时间，学校里静下来。路过学校，听见老师讲课的声音，若听见教鞭打在黑板上，那是某个孩子在课堂上玩耍。

上午或者下午，学校的教室里会飘出好听的歌声，那是孩子们在上音乐课。

课前课后，学校是热闹的。校园是孩子们玩乐的场所，他们滚铁环丢沙包跳绳踢毽子。男孩子奔跑着，叫得天响。

学校门外坐着村里打闲的人们。年老的人抱着小孩子，坐在对着校门的地方，让小孩子看学校院里奔跑的孩子们。那小孩子便不哭闹，呆呆地望着校园里奔跑跳跃的哥哥姐姐，突然伸出胳膊要去学校那热闹的地方。

放学了。小学生在学校里待一前晌、待一后晌，他们盼最末一节课，盼放学的钟声。放学的钟声响了，校园里的小学生，跳绳的不跳了，踢毽子的不踢了，他们往一个地方跑，自觉地排成两行。他们的杨老师或者李老师看他们排好队，望一眼大家，喊："立正"、"稍息"。接着，是讲话，比如强调孩子们手脸洗干净，让娃娃们当场伸出手，挑最脏的出队，面向大家。出队的多是小男生，学生们看着他，嘻嘻哈哈地一阵笑。笑过，这个小男生羞涩地低着头回到队伍里去了。训话的内容包括哪个学生作业常交不上来，哪个值日生地扫得不干净。讲完了，忘不了最后吩咐："放学路上走整齐，挺腰、甩臂，歌儿要唱得洪亮。"

老师说完，队伍里出来一个小男生或者小女生，他（她）喊："立正——齐步走——唱——"

歌声嘹亮。嘹亮的歌声，跟着小学生一起从学校门里走出来，出了校门，三行两行的队伍成了一行。

孩子们放学排着队，唱着歌儿，一溜行儿向家门口走去，那是村落里的景观。校门口，怀抱小娃娃的年轻女人、老年婆婆，看着放学的小学生笑着。这队伍里头有她的大儿子，或者她的大孙孙。她们怀抱着的小娃娃，小黑眼珠子也在看，看排着队走过来的小学生一个个甩着胳膊，大踏着步向前走。他看这个，又看那个，看他们的嘴一张张，歌唱。

那时的小学生唱《三大纪律，八项注意》，唱《东方红》，唱《学习雷锋好榜样》。

学校是读书的圣地，是乡村的希望。村落有了学校，人们便有了精神依赖，有了生存的意义，日子过得安然踏实。

毛算盘

小学生数学课，老师上课拎一个硕大的毛算盘。毛算盘系长绳，挂在黑板上方一个土钉子上。数学老师伸胳膊刚好够着毛算盘的顶珠。

数学老师是一个女教师。短辫子，辫梢系着红色或者绿色的橡皮圈，也叫皮筋。一教室的孩童，手抄后，脖子仰起来，眼睛看着黑板钉子上挂着的毛算盘。

毛算盘方形，长一米左右，宽尺余。与每个孩童面前放着的算盘的格局一模一样，上面两排珠子，下面五排珠子。

黑板上悬挂的毛算盘的珠子，圆而扁，利于手指扳拨。女教师的拇指食指捏着毛算盘子，往上推。用食指或者食指中指夹着毛算盘往下。

孩童们双手抄后，端正地坐着，眼睛专注地盯着毛算盘。有的孩童盯着毛算盘是想着三加二或者五加三到底如何打法，看着教师的手指记在心里。有的孩童望着教师奋力拨动的毛算盘却是在想毛算盘的珠子被推上去，怎么就掉不下来呢？这样的孩童很好奇。毛算盘串珠子的杆子不像小算盘是结实溜光的秫秆，而是一样木棍，木棍周围沾着短毛节，毛刺刺的，那旋成的木算盘子上下须费劲。

常用的算盘，木头框架，漆红色。这些看着发光的珠子，串在一根结实溜光的秫秆上。小算盘的珠子，圆扁，鼓状。用手摇哗啦哗啦响。

下课时间，孩童们摇动算盘，玩"老虎吃人"游戏。算盘可以玩从一加到一百，得5050。这是练打算盘的手法，也可以当作游戏。四五十年前，打一手好算盘，会找到差事，也可以算得上有学问。打算盘讲究快而准。那算盘好手，噼里啪啦，只看见手指晃动，很快，算盘上摆出来一串的数字。有小孩从小专门学习打算盘，把它当作一门技艺。小年级数学课上印有乘法口诀。小年级的孩童，背语文书，也背数学书上的乘法口诀。

算盘在那个年月，是一种崇拜。家里墙头光显的地方会挂着一算盘。这个小小的算盘，让这个家有那么点儿书卷气。那算盘珠子，受着手指的抚摸的滋润，红得发亮。它像任何一个有用的器具，是活动的，能听见时光的走动。

还有一样算盘，不是常见的长方形，而是略长，近于正方形。这是随身的算盘。它轻便，利于随身携带，或者也可以比作当年的计算机了。

游戏

人有生以来就会游戏，只要想想幼儿时期，母亲在你手腕上系的银杆的小棒槌或者银铃铛，就知道是怎么回事。

小孩子游戏，布条、线团抓在手里会玩耍半天。瓦片、瓶子也

是游戏的对象。儿童玩过家家，扮新郎新娘。小孩送到学校，当了小学生。他们用纸张编船，编轿子，编花篮，编手枪。下课，女孩子三五一堆，撂手心手背，各成一组，跳房子。各人口袋里装有一指厚溜光的瓷瓦片，或圆或方，单腿儿踢。衣服口袋被瓦片磨得漏了底。女孩子玩踢沙包，踢毽子。沙包说是沙包，也有装麦麸装豆子。毽子用叠很厚的纸，用剪子剪成面条宽一绺一绺，折成卷，从一铜钱眼穿过，摁地下打扁，那绺绺纸将这铜钱包在里面，成一球团儿，毽子做成了。

女孩子课桌下都有一根跳绳。下课，校园的操场上，女孩子跳绳，有单跳，有双跳，有三人跳的，有两人抡绳，一溜三五个跑八字儿跳。

学针织剪纸花也是女孩子的游戏。用白棉线给父亲或大哥勾一条花边领子，常常起个头就忘记掉了。手巧的女孩子剪纸花，一把小剪刀，红纸片、蓝纸片成了似乎会跑的猪羊。

男孩子玩下棋。棋子儿是地上的石子儿、树叶儿。他们玩麻雀栽井。男孩子最好的游戏是滚铁环。小男生手里的铁环，没有专门为他们做，那铁环是打水用的木桶上的箍。

滚铁环除一只铁环，还得有滚铁环的铁丝钩。小男生走起路来，忽忽闪闪，衣服总是这里破了那里破了，不是跑着跳着给勾扯了，就是跟别人撕闹，这里那里挂下来。小男生听到下课的哨声，从座位下头拾起铁环，争着从教室门口涌出来，跑向学校的院子，跑向操场。校园里热闹起来了，嗞嗞嗞、铮铮铮、呼啦啦，各种声音响在一处。他们滚着铁环，在院子里疯跑起来了。他们扭着屁股，在院子里跑葫芦、跑八字儿，或者追赶女孩子。星期天，他们在村里的巷里转圈儿，把巷子全跑遍了。铁环碰到石头巷，跳着高儿蹦着滚。他们滚着铁环，在巷子里跑，碰到一个携筐的老爷爷、一个扛锄头的伯伯，但他们全看不见，他们只看着他们地上跑动的铁环。他们的爸爸过来，他们也看不见。他们的头上汗水淌下来，用手一抹，是一条黑黑的汗印子。

孩子们玩得这样热闹，却被一种声音打搅了。那是天空中的飞机。孩子扔下手里滚动的铁环，仰头欢呼。他们一齐大声喊："飞机、飞机——下来！""飞机、飞机——下来！"飞机似乎很听话，越飞越低，它们似乎听到孩子们嘶破嗓子的喊叫声。孩子们欣喜地看见飞机在头顶上盘旋。孩子们伸出双手，往高里蹦，孩子们欢呼着。

在孩子们的欢呼声中，飞机一点点上升，突然间窜到高空中去了。孩子们看见三行白烟在空中慢慢飘散。

染指甲

那是一种石榴花红的颜色，不是涂抹的染指甲。我说的染指甲是那种纯正美好的红颜色。那种颜色，已经不那么容易见到了，就像你们很少看见映红的石榴花。

田野里生长出来的植物，一种叫指甲藻的绿苗苗。你们拿着这篇文章，问你的妈妈，她会告诉你。

年轻的妈妈，从地头拔几棵指甲藻回来，第二天，家里的女孩儿手指甲都成了红颜色，那种火红的红颜色。

染指甲除了两棵绿苗苗，还有几大片碧绿的蓖麻叶。那大大的蓖麻叶子，叫它大麻叶。小孩子用大麻叶遮阳。下雨了，小孩子用它顶在头上。那肥大的大麻叶子，遮住了儿童的小脑袋。请你想想头上倒扣一张大麻叶的情景吧：雨天里的儿童，一个个像跳脚的呱呱叫的大青蛙。

晚饭后，妈妈将捣烂的指甲藻，放在大麻叶子上，用大麻叶裹了要染的手指头。那捣好的指甲藻，充分的绿汁。这绿的汁液能让指甲变红而不是变绿？

大麻叶紧紧包住的手指头阵阵冰凉。

这是夏季。夏季的小孩子喜欢沙堆，喜欢坐在清凉的石头上。

手指被包进大麻叶里，就像放在清凉的石头上，像放在流动着的小溪里。

大麻叶外面，用棉线绕住。妈妈说那指甲藻里面放了冰片，有点疼。不疼，染不红的。听了妈妈的话，果然觉得被裹住的手指有点儿发麻。

夏夜，满天的星斗。院子里铺着芦苇席，一家人躺下。风从墙头过来。妈妈指着天上的星星，让我们看远远的天河。妈妈说：

"可怜牛郎织女，一年一次会面的日子，就要到了。"她指着头顶，"天河走到这一块，他们就该团圆了。"

"三个星一排，中间那颗又明又亮是牛郎星，他担了一双儿女，追织女。"

她又指着一颗星："这是织女星，你看，最亮的那一颗。"

孩子听着星星的故事，没觉着怎么疼，糊糊涂涂地睡了。

醒来，猛然记起了染指甲。先看左手，大麻叶好好地还在，只是叶子蔫了，软绵绵地贴在我手上。我看右手，手指包着的大麻叶不知去向。看见那四个手指头，个个指甲儿红了，连着指甲的手指头也是新鲜的红颜色。一高兴，赶紧脱了左手的大麻叶。左右手的手指头红得一样样地好看了。

绿的指甲藻，染出了火红的手指头。

刚染的红指甲还不是最好。最好看的红指甲是染过几天后，被水洗过一遍又一遍以后，你再看那好看的红颜色吧：白白的手指头上，一小截鲜俊的石榴花红，像朝霞，像夕阳，像水中的一颗红玛瑙……那是醉人的红，透明的红，红得人见人爱，红得那不漂亮的姑娘，只要有这样的红指甲，也不由人想多看两眼了。

这样染红的指甲，不褪色。它一点点生长，像一个人的生命在一年年地生长一样。它长出一点点了，它又长出一点点了，它长到指甲的一半儿了，它快要长出手指了。那抹最后留在手指甲头头上的那点儿红，像一弯月亮了……

转灯

孩童手里有绿绿红红的转灯。

伞形，一面粉红，一面翠绿颜色，两面的中央各有支柱，二三厘米的样子。一端支地，拇指、食指捏住另一端，用力一拧，粉的，或者翠绿色的小伞，就会魔术般滴溜溜地在地上旋转起来。

从学校回来，你灰突突的，背上的书包轻快地、有节奏地打着臀部，扬起的灰尘儿，斗牛似的东跳西蹿。谁家下蛋的母鸡"咯咯嘎"、"咯咯嘎"，骄傲地、有气派地表着自己的功劳。你听见了，但又像没听见，顺小巷一个劲地小跑，一拐，看见门边的那块大青石，睄见门前的那一棵老槐，但你的眼里，这些毫无情趣，你从台阶上跑上去，"吱呀"一声推开门，一跳一跳地进了院子。

院子是土院，光得没一棵小草苗苗。这院子，母亲每天都要扫一遍的。母亲手握扫帚，弯下腰，一扫帚、一扫帚，扫得极细密。初春，母亲还在屋子里生火、做饭，屋里的门大开着，浓烟滚滚而出。屋顶上的烟囱终于有烟飘上来，屋子里依稀看出人影。门里的烟越见稀了，散出来，悠闲地飘上屋檐，飘上了房屋顶，终于到看不见。

刚放学回来的你，穿一件毛背心，额头上汗涔涔的，进屋将套在脖子上的书包一丢，从口袋里顺手一摸，在凉凉的屋子里的砖地上蹲下来。

炉子里添几根玉米秆，呼噜噜审着的火苗儿，舔着锅底；锅里的水"吱吱"地响着。地上，炉子旁边，放有几根玉米秆，玉米秆的末梢带着土，还有干泥巴。但这些你都不管，你一门心思玩你手里新买的这个有红有绿的转灯。食指与拇指捏住，一扭，那转灯旋转起来，多像一个舞蹈着的可爱的小姑娘，她多俏皮，一不想转，就撒娇般地一"咕噜"躺下，显出翠绿色的短裙了。你刚扶起她，听见母亲喊："学校里玩不够你，没看见炉子里没有了柴火？快添上，再到外面拽几根回来。"

饭熟了。

吃过，离上学的时候还有一会，这也是你玩转灯的好时候。母亲收拾桌子，洗碗刷锅，脑子里想的是下午哪块麦地需要锄，顾不上你。你又没有老师的监督，你心平气和、自由自在，一遍遍扭那转灯，一遍遍地看小姑娘跳舞。你故意把她放在一砖槽里，看她是否能蹦得上来，你故意放在炕沿边上，看她是否跌下去？有一次，你居然将她放在高高的桌子上，她从高高的桌的边沿滚了下去，还一直在转，这让你的好奇心得到大大的满足，你大加赞赏，一遍遍地让她大显神通，不幸，她又一次从高高的桌子上"啪嗒"跌下去，脚跌坏了。这转灯没有了脚，还能成个什么转灯！

打针用过的玻璃药瓶橡皮盖，古铜色，圆形。它比卖的转灯小多了，也没卖的转灯光彩。可在它中间安个轴就成个转灯了。

拿剪刀在瓶盖中间钻好眼，将火柴棒从眼里穿过。红红的火柴头朝下，拧一下火柴的另一端，看那火柴棒转得哪里还是什么火柴棒，真是一位倒立着的戴红帽子的洋小姐了。但她到底没买来的转灯漂亮。买来的转灯，全身上下光溜溜的，是穿绸缎的；手制的这个，头戴洋帽，一身的土布。但这个你也爱，看她转起来，灵巧地东扭扭，西摆摆；转快了，飞一般地，如刮过的旋风，如飘起的薄雾，又似乎是一只灰白的鸽子。那年，你做了多少这样的"小鸽子"呀！

抽陀螺

学校院子，场地大。下课，院里的孩子们跳绳、踢毽子、滚铁环，院子里一片红火。一次，老师拿出一个一头削得尖尖的小木锤，又拿出一根细鞭子，用鞭梢在木棒的尖头缠两三下，放在地上，用力抽，那个木锤就疯了似的，在地上转起来了，一会儿跑向西，一会儿跑向东。校园里的孩子们跟在老师后头。老师抽了半会，歇下来，一手抓了那木锤，说这是陀螺，又扬扬他手里的鞭子，说这个你们认识的。老师说着，把鞭梢在木棒的尖头缠两下，放在地上，说这叫抽陀螺。

第二天，下课，校园里除了跳绳、踢毽子，多了一样抽陀螺。孩子们自己在路旁拾一个木锤，一头削尖；又找一根细鞭，参加到抽陀螺的队伍里。

他们看老师抽陀螺是一回事，自己抽起来又是一回事。开始，孩子们发现陀螺很不听话，它不是倒东就是倒西，让它站起来滴溜溜转很难。有的孩子抽几下，陀螺不站，气得直哭。也有的孩子很会抽，一开始只抽三两下，后来抽七八下，很快，他也能抽着陀螺满院子转了。院子里会抽陀螺的孩子比赛谁抽得次数多。

太阳荡在山头了，孩子们满头大汗。听见老师喊站队，校园里一时安静下来，孩子们像成群的鱼儿，聚向一个地方，放学的时间到了。

木匠

对门花墙门楼的主人，是一个木匠。他有一把好手艺。他的院子里，有长木凳、大锯、小锯、凿子、刨。院子里长年有刨花。花墙门楼底，杏黄的刨花一卷儿一卷儿的，像小姑娘天生的"卷卷毛"。

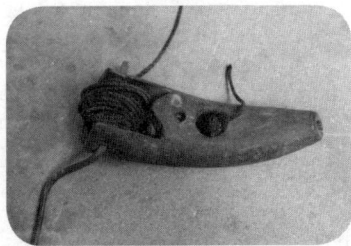

大锯、小锯、凿子，也是常常能见到。站在一边看两个人一上一下，"嚓——嚓"地拉锯。干这些活离不开长凳。那年月，长凳与人很有感情。看电影了，两个小孩子一人一头，扛着长凳，去占座。有了这条长凳，一家人，大大小小都坐了。没有长凳的人家，

羡慕有长凳的人家。我家对门，是木匠，他家里有长凳。

木匠是有用的人。家里的木锨头松动了，权齿坏了，拉地的犁，种麦子的耧，割麦子用的镰……凡是木器家具全都离不开木匠。坏了的木器儿，到木匠手里修好了，不好用的木柄物件一过木匠手儿，好用了！

玉米擦子，窄窄一块长方形木头，安个八字撇的腿子，支起来。中间凹个浅槽，装一个粗如小指的铁钉。手拿一穗玉米，头朝下，擦下去，玉米粒儿四溅，玉米穗上就有了一竖儿空白。多擦几下，玉米棒上所剩玉米粒寥寥，剥玉米就轻省了。

擦玉米擦子，是木匠做出来。

木匠家的孩子们，有儿童车，也叫推推车，木头做的，长方形，四周木雕花纹儿。这个木推车，两头都有座儿，座中间是块平平的木板，小孩子坐上去，木板上可以放一块馍，放一块饼干。对面也坐一个小孩，两个小孩子脸对脸地坐着，你的手在木板上拍，他的手在木板上拍。推推车顶得上一个看娃婆婆。

推推车，一边六个小木轮，一推，一齐呼啦啦地跑起来。木匠家孩子一个接一个，大孩子看小孩子。大孩子毛手毛脚将小孩子放上推推车，呼啦啦推着跑。有时竟将车子跑跌了，了不得，小孩子从推推车里跌出来，哇哇大哭。

木匠家里刚过岁的小孩子，脖子底下围着塑料做的套牌，软不拉叽坐在座上，他的小胳膊正好伸在身前的木板上，你一推车，他就咧嘴笑，如果你推着车猛跑，他就笑得"嘎嘎嘎"。

木匠家的推推车，推出来，就是大家的。孩子们推着木匠家里的推推车，推着推着，推出门，推到巷里。孩子们围上去，争相推。木匠家有一个葫芦板凳。木匠做广播匣，做漏勾头板，给孩子们做木头手枪。木匠家的院子，成天放着长凳，放着大锯小锯尺子和墨斗。木匠每天有做不完的木匠活。

木匠钻

木匠钻，圆木棍棒，尺余，粗细匀称，有锹把锄把的光滑，上面有皮绳缠缠绕绕。棍棒两头有铁圈束着，铁圈或者也叫箍。铁箍的作用使棍棒两头不至于开裂，短棍一端有两寸长的尖头铁器，是钻头。

一窄木板，寸宽，两头有眼，穿皮绳，皮绳与另一根短棍棒相连。这窄木板有个把手，木匠拉动木板，圆木棍棒开始旋转滚动。皮绳像有了组织，在圆棍上不断地舒卷，均匀地排列，上上下下，下下上上，像街上的彩灯，那缠绕的细条变幻闪烁。

木匠钻用来给木头家具钻孔。木匠在要钻孔的木头上划个记号。那记号是个圆圈，或者是个叉。铁钻尖头按在铅笔划的记号上，拉动窄条木板，伴随着呼呼啦啦的响动，钻头一点点嵌进硬实的木头。

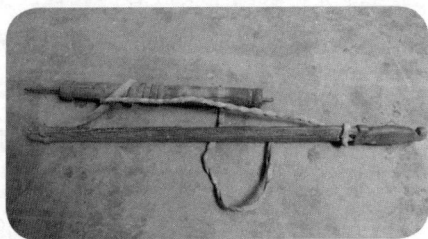

木匠坐在长条木凳上，坐在飞扬而落的刨花中间，身上落着刨花和细碎的木屑，木头味道慢慢侵袭到衣服上，侵入肌肤。他专注地牵动薄板，看着钻头进入木头，从木头上直穿而过。木匠拔出钻头，翻转着手里的木活或者将头低下去，钻到木凳下察看钻头穿过的位置有没有偏过。他用手在木头背面摸索，像缝织的女人细细摸索衣服反面的针脚。

木匠钻在匠人手里旋转地风快。木匠钻是木匠亲自制做。人与木匠钻有一种情感，就像母亲对于儿女的情感。在那个年月，少有买办的心思，全靠着勤劳的双手，靠人们的聪明和智慧。人们对于

生活是诚实的，心里是踏实的。

木匠钻歇下来了，钻头生锈，那厚厚的红锈准确记忆着它究竟闲下来多少个日子，诉说着寂寞着的光阴，回忆它以往在木匠手里旋转的快活日子。现在的它，像一位年老的人，表情呆滞，对眼前事物有一种不解的纷乱。圆柱棍棒上绳子磨出来的光滑也像铁器一点点锈着了，那是尘埃剥蚀，就像光阴一天天剥蚀生命。

搓板

一块长方形木板，錾出均匀的一折一折，如水波流动。

它是搓板，用来搓洗衣服。

女人在田间劳动，会挎一挫要洗的衣服，放到地头，歇息下来，将端到水渠旁一件一件洗。衣服里头放着搓衣板。搓衣板搭着渠，衣服在上面上下搓动，泡沫涌动顺着渠道一拐顺水流去，渠水上像飘动着游走的羊群。

搓板，多是柿木楮木。木匠手里拿着修整好的木板，用锯子锯或者用凿子在木板上打动，木节或木屑便松动落下。木板哪块留下来，哪些将被锯掉或者凿掉，全在于木匠手落处，像是天意。能留下的总归留着，去掉的木块被扫掉或者送进灶火。

凿好的木板是粗糙的，用粗砂布打磨。木头的纹理在砂布的打理下，显露出来，闪出光亮。现在，木匠手里的那块木板变成搓板。搓板的一折一折由毛糙变得齐整。搓板在木匠手里翻转打磨，手指在打磨着的搓板上滑动，是在试搓板是不是光滑，又像是要细细地看木质纹理的花样。

这样经手打理出来的搓板，怀有一样感情。这样的搓板，每一个都有出处，就像瓷质的器皿底部印有哪里制造。从张木匠或者李木匠手里打造的搓板，虽然没有刻印，却带着一样符号。木匠不管从哪里看到，都认识出自他手制作的工具，就像一个主人认识他家的财物。

　　木匠耐心地打磨出自他手的每一个搓板。搓板后来被放在不起眼的角落，被机械化时代忘记了。洗衣机由半自动到全自动，越加地省时省力。但在这个渐渐被遗忘的过程中，人与物之间的情怀被记忆留存。

理发　修面

理发

街上很多店面，挂着美容美发的牌子。一个半截儿白门帘，门帘上印着红色大字，美容之类。玻璃里面是招眼的美容照相，乌眉、红唇。

这是女人去得多的地方。

以前，这样的店，屋子的木板门上刷两个大字"理发"，专侍男人。一个又一个老汉朝这屋门走来，掀门帘进去，按着次序儿，剃头、刮胡子、刮脸。

小辫子

理发，只有剃刀。

小孩子头发留下来。女孩子留头发，一留丈八长。男孩子也有的留头发，只留脑门心一块，或者脑后头一块，头发辫成一条细辫，长长地在脑后头甩来甩去。这样的小辫子常常被抓。是邻里的大伯大叔，是学校里的伙伴们。上了学的小男生闹着要剪掉小辫子。

又有在男娃两鬓各留一块，脑后头再留一块，俗称猪耳朵头。留这样的头型原为护佑，让小男孩丑看些，却成为时尚。

剃头

剃头师傅一边干活，一边与顾客对话，说到高兴处，师傅便停下手里的剃头刀，笑几声。

顾客的脸刮得光洁了，头发刮得精光了，从长条椅子上仰起来，离开椅子，坐在一旁，接着是下一个等待理发修面的男人。

剃头部里，没见过有女人。

带把儿的剃头刀，刀刃闪闪发光。老汉子的光头是用剃刀剃出来。冬天，老汉的光头，用一条白肚子手巾围上，利索精干。夏天，老汉的光头在太阳下真正是明光可鉴了。

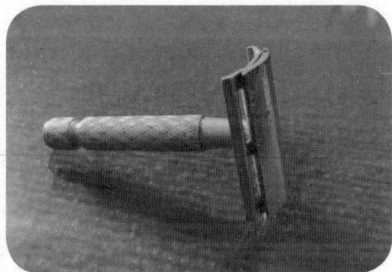

那年月，老汉光头，青壮年光头，小伙子光头，小男孩也光头。

光头的小孩子，邻里见了用手招：说过来让爷弹个光，或者说让叔弹个光。小孩子的光头常常被大人用手指弹。有的还要在小孩子脑袋上拍，拍完说：光葫芦。小男孩挨了这一下，一只手伸上头顶，尴尬地摸他那灵光脑瓜子，看着在他脑袋上弹光的那人与他的家人说笑，与邻居们说笑。小孩子最怕剃光头，一见大人招手就跑远了。

光头小伙子的脑袋可不兴人摸，有人想摸，手没上去呢，两人嬉闹地打到一块。

一绺阳光，从理发屋子的窗口进来、门口进来，照上墙上的一张年画。剃头老汉手里的剃刀，锋快地在一个老汉的头上游动，无声无息地游动。

老汉闭着眼，舒服地躺着。他的裤腿扎起来，脚上一双圆口黑

布鞋，绚白的袜子。老汉的手搭在胸前，两手交叉。他仰面躺着，外头的黑褂子敞开，露出里面的白汗衫。他的白汗衫，结着疙瘩扣，疙瘩扣也是白的。

剃头师傅围着顾客的头这边站站，那边站站，有时将窗口进来的阳光遮了一半了。

门背后，挂下来一条宽宽的蓝布条。剃头师傅拉住挂下来的一头，剃刀在上面沙沙沙，该剃哪儿，又开始了。

从外面吹过来一股风，蓝布条在门后摆动着，刮脸刀在脸上晃动。胡须刮得光光的了。他的眼睛眉毛，他的左脸右脸，他的耳朵……

抠头、挠脚、掏耳朵。

剃一回，两毛。

推子

后来，有了推子。男孩子的头发留成小平头。

推子从后脑勺上去，一下又一下，后脑勺留出来长二三分的头发茬。脑勺推完推脑盖，最后打理两鬓。

头发茬一律二三分。如果是圆脑袋，好看。脑袋长点或带后脑勺的，留平头比剃头部剃出来的好看。倘若遇上一个好的理发师，又要强三分。

孩子们都不要剃头，一把推子五块钱，村里人学会用推子推头。

有了推子，巷子里热闹了。小男娃的头就是这家叔叔或那家叔叔推理。这家叔叔推得好，那家叔叔推得更好，家长拉着小孩子，只管找那家叔叔。小孩

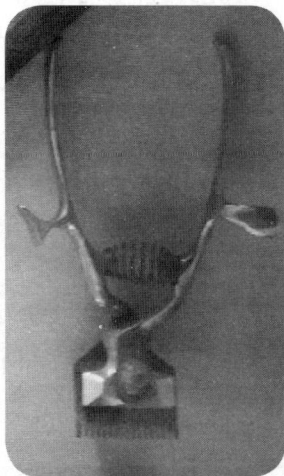

像一头小羊羔，屁股拽着，母亲拖着他。

小孩子害怕推头。母亲哄他来。他的头发实在是太长了。叔叔正给一个孩子在理发，那孩子身上披块塑料布，塑造布上落着短头发茬。拿推子的叔叔笑着说："等这个推完，叔叔给你推一个。"

小孩子任你说出花来，也不愿意。

母亲拉住他，母亲说再闹送到剃头部。

孩子安静下来，坐在院里的一张板凳上。

孩子身上披上那块塑料布。推子用旧了，夹头发。叔叔小心地推着，真夹了孩子的头，孩子会"呀"的一声叫，隔一会，又叫了一声。

有的小孩，一夹头发，就跳起来，也不管头发理得高高低低，理成个什么样子，与母亲在院子里兜圈子，怎么拉也不往板凳上坐。

院子里的人哈哈笑，连那里站着的一个小女孩儿，也张开豁牙儿的小嘴巴。

拔汗毛

女人拔汗毛。

一条长长的细绳，在女人的手指上缠绕，探测仪一样，在对面的女人脸上来回寻索。

早饭刚过，太阳照下来，落在院西。两个女人坐着蒲团，在太阳的背阴处。

来拔汗毛的女人出门走亲戚。外甥娶媳妇或者外甥女嫁人，女人才想到净脸。

细绳在女人的脸上，上上下下。女人的脸被细绳勒得红了白了。细听，噌噌噌，那是汗毛多，被拔下来了。

拔汗毛的女人，前仰后合，一下又一下，鸡啄米似的。手指上

绕着线，那线绕得很花，有一根牙齿咬着，一下又一下，狠狠地啄在对面女人的脸上了。

女人的额头。女人的额头最难拔，线绳走上去，磕磕绊绊。线从绕线女人的手指上退下来，女人用指甲在线上抹过去，汗毛下来了。

被拔的女人，眼睛闭上，这是在拔她的两个太阳穴。

探测仪不再寻索，女人的脸拔干净了。

被拔的女人睁开眼，她说："脸利落多了。"

刮眉毛

刮眉毛用拣来的瓷片，找一个齐锋的石台阶，"啪"的一下，瓷片碎成好多块。

从碎出来的瓷片里，挑出一片两片出锋的，那是黑光的能照出影子的瓷片。

手握瓷片，瓷锋对着眉毛，刮眉毛开始了。

眉毛要刮的女人，闭住双眼。女人手捏瓷片，在眉毛上边这里动动，那里动动。这是刮眉毛，也是在画画。瓷片在她手里动一小会儿，得停下来。她身子后仰，左右端详，接着刮。

刮了一只眉毛，还有一只。

刮了眉毛上面，还有眉毛下面。

刮眉毛，得小心，免得伤了眼睛。瓷片锋利，不能在眉棱上留口子。女人拔脸刮眉毛，为了明天后天走亲戚。哪里能在眉眼上留一条小血口呢？

一片瓷片好像钝了，换另一片。刮好眉毛的女人，拿镜子左右照，那眉毛细了，弯了，变得好看了。

剪辫子

学校里提倡剪发。

女学生得剪发。老师说：女同学回家把头辫子剪成短头发。

第二天，有的女学生果然留了剪发，齐齐地搭在耳梢那里，跑起来，耳梢两边的头发飞动着。额前的头发，学电影里的学生头，剪齐了。有的在头上留偏缝，梳到一边，用发卡别住。

放学，站好队伍，听老师训话。老师表扬新剪了头发的女学生。老师一个两个地数，老师说还有六个没剪。

一天不剪，两天不剪。老师说再不剪，站厕所。

第二天，厕所门旁站了六个女学生。

过了一天，厕所旁边站着的女学生少了两个。

又过了一天，厕所门旁站了三个女学生。

下课，教室里的同学跑出来，逗站厕所的女同学，拉她们的长辫子。站厕所的女同学恼了。上课的哨子吹响了，她们一窝蜂似的，哄向教室。

厕所门前剩两个女学生。

两个女学生站在梧桐树下的厕所旁。老师在上课，讲课声从窗口跳出来。两个女学生商量："就剩咱两个，咱俩不剪。"一个说。

后来，厕所门前只剩一个女学生。她高高的个子，穿红袄。她是班里辫子最长的女生。

这个高个长辫的女学生天天站厕所。

有一天，厕所门旁没有了女学生。她没再到学校来。

校园里的女生，一律剪发。

女人也剪发。剪发的女人，一天天多起来。

剪头发的女人，理发只一把剪子。她们自个对着镜子剪。

也有女人，你给我剪，我给你剪。

女人的剪发，两边耳后一边别一个头卡。耳后的头卡，黑色，

灌进去一个银白色的气眼，这样头发卡得紧实，又比只有一个黑发卡好看。

削头梳子

一个红的或者绿的方块，巴掌大小，两头有不长的梳齿，叫它削头梳子。

方形的削头梳子，两片扣成，能打开，里面静静地躺着一个黑色刀片。刃，锋利。

母亲给女儿削头发。

早饭后，母亲拉女儿站在院西边太阳晒着的地方。一只盛水的脸盆，母亲的肩上搭着毛巾。刀片，用两手指仔细捏了，放进削头梳，吧嗒扣住。女儿背着母亲，退进母亲怀里；母亲手捏打头梳，在女儿头上刮，每蹭一下，都有削下来的头发，掉在地上，掉在女儿的肩膀上。

母亲一手拉着女儿几根头发的末梢，一手削。母亲从女儿的后面走前来，看女儿两耳后的头发是不是一样齐，看女儿两鬓角的头发是不是好看地鼓起来。母亲与女儿面对面站着，母亲在削女儿额前的头发，女儿额前的头发也长长短短地好看了。

女学生的头发不再是齐齐的。用削头梳削出来的头发，长长短短地、锯齿一样在头上纷披，飞飞扬扬。

年轻女人的头发也长短不齐，在头上飞扬起来。

中年女人渐渐不用黑头卡，也用削头梳削她的头发，让她的头发飞扬起来。

老婆婆的头发束成一个头橛子。她说：现在的年轻人不像样子；说着，又一边想：我的头发什么时候也削得飞扬起来呢？

刮胡子刀

女人有了打头梳子，男人有刮胡子刀。

一个小塑料盒，长方形。打开，盒子里有一块地方，放着银白色的铁片，不同的两片叠在一起。一个圆形铁杆，两寸许，也是银白色。把铁杆拿出来，两片叠起来的铁片拿出来。又揭开一层，看见镶着一面小方镜，看见盒底层放着刀片。

刀片细密地用刀片纸包着。打开外面的包纸，里面还有一层，乳白色，薄如鸡蛋膜。男人用刮胡子刀刮脸，打开盒子，取出上面放的两样东西，再拿出刀片。将刀片嵌进相叠着的两片中间，拧上小铁杆，便是一个装成的刮脸刀。

男人用毛巾湿了他的胡子，抹上肥皂，揉揉，对着盒盖里的小镜子，刮他长得不像样的胡子。男人刮完胡子，手在胡子上摸，一溜过去，他说：时兴的刮胡子刀比剃头刀省事多了。

剃头刀多年见不着了，削头梳子刮胡子刀也像故事一样，成了往事。街上没有了剃头部、理发屋，到处是美容厅。美容厅，男人进，女人也进。美容厅里，电带的塑料壳，"呜呜"地低吼。男人的头发长起来，男人的头发套着皮筋。女人的头发，七染八染，如果还做不出花样，推个寸头，时尚风光。

乡村的文化

戏院

家乡小镇的风俗，每年的七八月，都要请台大戏，一唱半个月。邻村的大人孩子，男人女人都赶来看。戏晚上唱，白天也唱。记忆中，唱戏的日子多梅雨天气，路上尽是泥脚印。

看戏要门票，从一个大人才够得着的小四方块墙洞里递一元钱，便能拿到一张或者两张红色或绿色的门票，举着戏票排队，从一个只过得一人的侧门进到戏园子。

戏院有两扇又高又厚的木门，木门的右半扇套着个小门。小门刚过得一人。有戏的日子，这两扇门"吱扭"大开。傍晚，买了票的人们，一手攥紧票，一手高扬高脚凳或是长条凳，迎着大门往里挤，常有凳子碰了人家的头，吵嚷声淹没在嘈杂混乱当中。挤进戏院，争吵着的人你被挤东、他被挤西。他们忙着看各自的座位坐下来，前后观望，心里张皇愉快。

如果是夜晚，戏还没开，红通通的灯光照在红艳艳的幕布上，暖烘烘一片。台下叫唤声，招呼声，说笑声，嗑瓜子声，孩子啼哭声，等得不耐烦的口哨声……各样声音夹杂着如海浪打过来，滚过去。终于等来了"铃铃铃"声，从幕后走出来一个报幕的姑娘，台下一下子静下来。有时，报完幕的姑娘进去好半天了，幕布还是没有动静，这时候连小孩子也连连催。幕布终于缓缓地往两边移了，但也只是显出里面的幕布来，又是老半天，忽然有了锣鼓响，人们兴奋起来，果然一个老旦或小旦出来"咿咿呀呀"地唱，好半天进去，幕布再拉开，里面有桌椅，有山水花园、鹅毛大雪。小孩子是看不出什么道理来的，常为一个老旦唱好半天着恼。小孩着恼半天，瞌睡得半眯了眼，连连打盹，接着大睡在父亲或者母亲怀里。经过这一夜，第二天去戏院是少不了他的。

戏院唱戏，小卖摊生意火旺，卖瓜子、花生的；卖油茶、烧饼的全摆出来。每个摊前插个细杆，木杆上头挂个照明的电灯泡；有省事的用马灯照明。这时离开戏早着呢，小孩们在戏院里闹着跑。戏院的墙不高，不买票的半大小子从戏院的墙上爬上去，骑上墙头，猫着腰在墙头上跑到戏院墙边那棵歪柳树跟前，一下上了树身，骑上树杈。墙头这棵柳树上便挤满娃娃们。

戏院唱戏是年轻人的乐园。人们忙于生计，三亲六朋多不得见面。逢戏，他们走到一块，儿女们的婚事这个时候东家西家地提起来，约会地点在戏院。姑娘们来戏院头洗得润滑，衣服穿得可人。如此怀了心情的年轻人来到戏院，有"戏"可盼，有"戏"可看了。姑娘不敢瞅东瞅西的，她的脸是太阳晒着一般地通红，不管走到哪里都觉得似乎有双眼睛盯着她。姑娘出门，一般都跟一两个同伴，她们手勾手，显得最亲热。台上的戏演得正热闹，她们仰脸看得很认真，其实，她们眼前只有红红绿绿的人影子晃，唱的什么，一点没听进去，耳朵里钻的都是小伙子浪笑。她的心很慌，转头看是不行的，如果真忍不住看过去，说不准便能与哪个小伙子两眼相撞。

也有另一种情况是小伙子或姑娘，家住在小镇，他们是定了亲的。唱戏，住镇上的这家定然割肉买菜，弄两桌酒席。如果姑娘家在镇上，一个大小伙子到丈人家只转一圈就逃掉了，走时带了姑娘出去游玩。小伙子家住镇上，不能简单。请姑娘来看戏，直到戏唱完才回。他们在这唱戏的日子里最快活。如果小伙子有活干，也请三五天的假陪没过门的媳妇，而这样的假从来会被允可。两个年轻人看戏，借戏台上的人物自编自织。晚上，小伙子借着夜幕，给姑

娘递一把瓜子，披一件衣服，不觉，戏唱到了深夜。

在小镇念书的娃娃们，下了晚自习，戏唱得过半了，有时正赶上放票，他们钻进戏院，挤在人堆中看一阵，久了，觉着没意思，摸摸口袋，一两角钱买点零食，磨蹭到散戏。如果下晚自习，戏没唱到该放票的时候，他们一个个往大门中间挤，羊顶角似的，睁一只眼，闭一只眼，从门缝中间往里瞅。这个时候，戏院里的戏最有看头，最有滋味了。

戏完了，有人提早带着板凳往后走，边走边回头看。这先不急着出戏院的不是上了岁数了老人，就是怀抱着熟睡孩子的家人。出戏院的人们，越到大门口越挤，到了就要出戏院门那三两步，被挤得脚离了地，简直是被抬起来。这时，戏院门口，人影子窜动，呼儿唤女。渐渐地，戏院门口人影稀少，再往后，戏院安静下来。

庙会

乡里庙会，是圣大节日。人们换上新衣服，三三两两相跟着赶庙会。

庙院里烟雾缭绕。院里，男女老幼坐着或走动。院南一戏台，那锣声铙声，呛呛唧唧。二胡声吱呀着，悲凉或者欢快。戏人穿红装穿绿装在台上咿呀地唱着，小碎步流水一般地跑动。院中，一东一西成对的两座狮子，狮子中间有儿级台阶。从台阶上去，有一案。案是砖砌，里面插着香柱，香烟如雾，飘摇而四散。

走过案几，看见坐北面南三间，上有楼阁。此三间，两边一边一窗，中间开门。门上蓝底黄字写有"配天"两字，两边刷漆的红色木柱上，一边写"曰帝曰侯曰圣人明光日月，扶刘扶汉扶社稷志在春秋"。房角有木柱各一，一样漆红色，木柱下有石鼓。两边窗户大，有铁栏杆，似修复时换的新式窗。房檐下有色彩图案，画有云纹、花朵、桃子、山石。图画有新画旧画。新画的色彩鲜艳，不如旧色彩细致。那旧图画的花枝花叶虽是旧时色彩，有的花朵不十分完整，却有古老韵味。

庙里是窑洞样式。正门奉关公像。上方有一幅红绸，绸上挂一旗，旗上写"武圣"二字。关公高大威武，长须黄袍。关公像前挂有九面旌旗，中间旌旗上写：玉清圣境元始天尊。两边写"太清仙境道德天尊"，"上清真境灵宝天尊"。又写"道生一一生二二生三三生万物，人法地地法天天法道道法自然"，又写"玄真万福天尊，太艺救苦天尊"，又写"正一福禄财神真君"，又写"玉皇赦罪大天尊"。

像前有案，案几上安置香炉，挤在这里的人群专注地看做法事。一个中年男子，两个年轻女子。他们手握笏板，三人相对打躬，那男子与女子相对打躬，女子与女子相对打躬。他们手里竖着的笏板，上面画着符，有图案，有或方或长的红色印章，字是篆文。他们相对拜过，转圈，又拜。面对关公像，他们将笏板两只手横着端起，躬身或者跪拜。

来这里的男男女女，自带香火，虔诚地来拜关公。他们祈求正义祈求安康富贵。他们精神抖擞，怀抱着希望。拜过关公的他们，心里有了一种踏实。他们相信有神灵保佑，相信正义和善，向往着更加美好的生活。

关公左边奉土地。幼年，家户房屋门口有土地窑。窑里的土地爷是琉璃或者泥瓦。那土地爷笑开的面容，腰哈着挂一拐杖。而这里奉的土地爷，却严肃。白发白眉白胡须，披红袍，目光炯炯。左右一副对联，写着："保此方风调雨顺，佑斯地物阜民康"。观对联，顿觉土地爷责任重大，更觉得土地宝贵。

关公右边奉财神。财神爷倒是喜气盈盈。黑眉毛，黑胡须，手抱元宝，身穿红袍，对联写着："天上金玉主人间福禄寿，惟丰贶景福以德裕民财"。

　　关公庙东西有厢房，过拱门，由东边拱门出，厢房座南，面北，里头有送子娘娘。送子娘娘这里是热闹的。挤在这里的女人们来这里求子求孙。送子娘娘背后有一棵"开花的树"。树上"结"着花朵。有红花朵白花朵。据说那红花朵象征女孩子，白花朵象征男孩子。送子娘娘像前，放有案几，有点燃的香火，女人们接二连三地跪拜。

　　厢房对面，靠关公庙东墙头有一楼梯。此楼梯通楼阁。楼梯砖砌，年代久长，楼梯的砖棱被磨得圆滑溜光，连砖缝也看不到了。楼梯陡峭，接连二十多个台阶，宽不足一米，只容一人。从台阶上去，楼阁宽不足三米。坐北面南，画一关公，绿袍，身后竖大刀，坐在那里，一手握书卷，一手抚胡须。画像顶，写着："春秋楼"。楼阁两头各有一拱门，拱门顶一边一对带绿叶的桃子，桃子上写有字，一边写"瑞色"，一边写"气爽"。

　　楼阁有花墙头，抚花墙，俯视，对面是戏台。戏台空下来，戏不知什么时候不唱了。进门前看到竖排写着"关公庙"墙壁，便是这戏台的后墙。庙院内人影浮动，人声繁杂。一行两组小鼓，放在鼓架上。八抬大鼓摆成月牙形。又有两抬大鼓，一边一个。一抬更大的鼓，竖着放在更高的架子上。男子穿米色裤，红褂子。女子穿黄色衣裤，外搭红衣袍。男子提铜锣，执铜铙，抡鼓槌。一时间，院内鼓声震耳。鼓棒在鼓沿划动，一人划动或者十几人划动，发出柔和优美的卡嗒声，疾如群马奔跑，时而仰首高声嘶鸣，声乐宏大雄壮。赶庙会老汉婆婆居多，他们仰着头，不论是看戏还是看敲起的锣鼓，满脸的喜悦，那专注的神情，显然是迷醉了。那本村的老汉们，不只是沉醉眼下的热闹，一定也想起了幼年在这里玩耍的情景吧？

　　由庙西边的拱门走出来，这里厢房寂然，房里放着废旧的杂物。西墙头开有一小门。由小门出，几个台阶，一小胡同，更见幽静。下台阶，右拐，才又见人来人往。紧邻着一大院，说是村里的小学校。小学校的院子，太阳照得鲜亮。学校房檐下，一溜排撑开的戏

箱。戏箱由紫色布或者粉色布包过。两米多长的戏架子，三层或者
五层。那一件又一件的绸衣服叠好着，看上去像过家的样子。那戏
箱又被这样那样的布包好，周密的心思里透出奔波的辛苦。这里撑
起着三四个戏箱架。除了叠得齐整的衣服，有各样镶珠的帽子，有
高脚靴。有一个撑起来的戏箱衣架，不足一米，三层，上面放着叠
着的衣服。那衣服是蓝色、浅紫，薄薄的料子，想来是女装。衣箱
顶层放着一把弯着的竹圈，那竹圈外包着红花布蓝花布绿花布，那
是唱戏人的腰带。房檐系有一绳，绳上晾两件洗出来的衣服，又系
有两挂白胡子，一挂长些一挂短些。微风吹来，胡须飘然荡漾。

有一节打开的厢，里面一个打开的铁盒，铁盒里头放着几管颜
色。盒子旁边几管化妆用的笔，笔下头叠着两个小盒，上面的盒子
里有匀开的桃红色。近处又有一个打开着的瓶子，想着里面也是涂
脸的颜色吧？这节木厢是戏人的化妆台。这天唱戏人原是在这里着
衣化妆，然后从这院子里走着去上台了。

檐下一个方柱上，挂着一个旧式样的针线包。那针线包红色，
宽尺余，长不够一米。分两层。上面一层是长格子，底下一层分几
个小格子。格子里装得鼓囊囊，能看见手缝的针脚，想着这针线包
也是多年的旧物了。

从小学院里出来，庙前人流涌动。卖小吃的，卖瓜子卖杏的，
卖西瓜雪糕的。小吃摊的长条板凳一条挤着一条。凉粉饼子油茶。
三轮车摩托车横着竖着擦着人。邻近的一个巷子，小车一辆接着一
辆，本来不宽敞的过道，只留有一人的通道了。巷子的阴凉处坐着
一溜的人，他们是本村的村民，更是专程来赶庙会的人们。他们一
定是赶早来，看过戏看过锣鼓实在是累了。但他们不急着回家。他
们坐在阴凉的地方，看着来往的人群。他们喜欢这样的热闹。

这个村的村民一个个很高兴，他们家的亲戚来了，刚上市的西
瓜卖得快一些。他们得忙着买瓜桃梨果，忙着回家备好饭好菜，招
待家里来的远远近近的客人们。

午后，庙院的人渐渐少了。老汉提着自家板凳，老婆婆用手里的扇子遮着阳光，从庙院里走出来，加入到回家的人群当中。巷子里的小车少了，三轮车哗哗哗地响动，年轻人骑着摩托燕子一样擦身而过。小学校大门外，停着一辆大车，戏厢十个八个抬上车厢。那笨戏厢发出嗵嗵的响声。

庙院空下来了，院里的香烟飘散着。门顶系着的粉色的彩绸还在。明年这天，这里的庙会又是一样的热闹。

村里来了电影机

放电影是村里的喜事，头几天消息就传来了。到了真正要放电影那天，村里人无论大小都惦记着。后响，队员早早地下工，晚饭急慌慌吃过，提着板凳看电影。

这天，孩子们在学校没有不慌的。半下午，老师提早放了学。孩子们一个个背着书包一窝蜂地向一贯放电影的打麦场跑去。村里的打麦场是村里的公共场所，那里是当年的会场，在那里要过杂技，有过瞎子说书，放电影也在那里。

孩子们争先恐后地跑进打麦场，看见人们忙着挂幕，欢呼雀跃地回家汇报给母亲。有的孩子干脆不等吃晚饭，与伙伴们满地里撵着跑，钻进围在电影机跟前的人群当中，看放电影的人忙着装片、倒片。打麦场上热闹极了。

天黑下来，吃着饭，拿耳听，千万不敢听到有"突突突……"的声音，若真有那声音隐隐传来，人们慌得没办法再吃下饭。

女人家出门，总要忙里偷闲地梳头抹脸一番，邻村的人来了不少，麦场拥满着看电影的人。

电影场外面，竖着一根挂着电灯的细高木杆，旁侧是一个冒着热气儿的发电机。它满浑身都在抖，激动得像这天晚上人们的心情。

电影场里的人可真多呵，坐得密密的，乌黑一片，人声嘈杂，有的站起来，呼爹唤娘。人们自觉地前排坐低，后排坐高；那前排空着的座位，是占的座。电影场里的大人小孩在争论放电影的片名。

忽然眼前"哗"地一亮，银色的幕上，闪烁着大大小小的金星。电影场上，欢腾起来了。小孩子举起胳膊，叉开手指头，幕上便有各种形状的挥动着的手。但幕又黑下来了。

村里放电影，在电影真正开演之前，先是领导讲话。

人们天不黑就坐在银幕前了，等到这幕上有了闪烁，心急得都要跳出胸膛了，可会还是要开的。很快，耳边响起领导拿起话机清嗓子的声音："喂——喂——"。接着，领导讲话，关于分菜或者上工迟到早退。芝麻谷子数过来数过去，数到小孩子哈欠连天的时候，终于讲完了。

电影开映，字幕报上，有了人像，孩子们精神振奋，喜不自胜，大人的心情也不差。一时间，电影场静悄悄地，只有演员洪亮的说话声。如果是喜剧，演到喜人处，观众个个大笑，场上的笑声汇成一片，但随即声音小了下去，又静悄悄地了。小一点的孩子，电影的来临把他们喜疯了，玩了这半天，电影刚开始放映，他上上下下的眼睫毛，开始打架了，头一歪，枕着他母亲的胳膊睡着了。

电影场更静了，偶尔一两声咳嗽。他们睁着眼，伸着脖子，将电影演员的一句话、一个词、一个动作、一个眼神，似乎都要一一记下来。人们的心儿随着剧情，电影演员欢喜，人们欢喜；电影演员悲伤，人们悲伤。此时，电影演员的遭遇就是他们自己的遭遇。

电影放映完了。观众对于电影快要结束是有预感的。当他们一个个站起来的时候，他们会看见银幕上打出一个字："完"，或者两个字："再见"。

电影场又恢复了人声的嘈杂：板凳的磕碰声，呼唤声，孩子的哭声，大人骂孩子声……能叫醒的孩子尽量唤醒他；太小或者睡得过沉的孩子，大人就得吃苦头，像背半截麻袋一样背他回家。

一路上，说着影片里最感人的事情，笑着电影里戏剧化的某一个细节，说不准第二天就有哪个大姑娘学着梳一个电影演员式的头型哩。

公社里或者不是只一台放映机，有时两个村子都有放电影。机子能多出来，影片或许多不出来，这就有了跑片。

放电影，如果遇到跑片，村人们一边看电影一边提着心。突然，电影屏幕黑下来，人们的眼光集中在换片的灯光处。静默，然后哗然，议论着跑片。片子来了，装上，屏幕上又有了人影儿。

跑片是村里小伙子最喜欢的差事。

自行车载着小伙子在月光下飞奔，他仰起脸儿，月儿微笑着总跑在他的前面。

那年月，放电影跟演戏，一样迷人。村与村多是一码之地，喇叭这村放起来，那个村子能听见的。这村里热热闹闹放电影，那个村子也不安生着。公社里的放映队，挨村子转着放电影。电影机子刚从这个村子搬到下一个村去了，一样的电影，刚看过电影的村里人又跟过去。有时候，走到邻村的电影场，漆黑一片。本来这是让人多么生气的一件事，但他们和气地笑骂，说看了一场"磨鞋底英雄战斗片"。

盲人说书

乡村孩子们习惯了村子里头来人。村子里头来放电影的了，来耍杂技的了，或者来了一个要饭的。孩子们一看不是村里人，他们稀奇地上前。这天，从村南边拐过来这么几个人。巷口，对着蓝天，这几个像是从天上走下来。孩子们看见了，跑着的步子慢下来，仔细看他们的眼睛。他们的眼睛眯成一条缝，红红的眼圈，有些怕人。他们用自己手里的拐杖一个连一个。他们的脸往上倾，似乎天上掉雨滴了。天上是火红的太阳呢。孩子们知道他们看不见。孩子们想，他们越是看不见，怎么越是要望天？孩子们看见他们身上背着褡子，是那种布驮子。他们穿着蓝布衫。这里那里挂下来，也不十分干净。小孩子站下不走，专意等着这几个人的到来。他们看见盲人身上有一支喇叭，看见他们身上的一面小鼓。孩子们激动起来了。他们蹦起来，伸手在鼓上敲一下，那鼓发出一声闷响。一个孩子试了，其他的孩子跳着脚都想试。盲人看不见。但盲人用手四下拦着。孩子们当然不想让盲人摸到他，他们有的站远了看，有的四散着跑。

盲人微笑了。但他的笑好像是哭来着。孩子们听到盲人的问话，盲人问村里的大队在哪里。孩子堆里走出两个大一点的孩子，他们十三岁的样子，是三年级或者四年级。他们听到问话，伸出手，拉着领头盲人的拐杖。盲人的拐杖，在孩子们眼里像课本里出现的破折号，每个破折号的后面拉着一个摸索着往前走动的人。排头那个孩子，手里握着盲人的拐杖，小心地走得极慢。孩子们在一边欢呼起来了，小鸟一样地叽叽喳喳。他们高兴地跳呀蹦的，哄成一堆，跟在盲人后面。他们喊着说这下好了，晚上有盲人说书看了。

正是村里人一年里头最闲的时候。玉米才成禾苗，棉花也还没收回来，晚上不用就在煤油灯下掏那一朵一朵的棉花，拣那棉花上沾着的叶屑。那活儿有点烦心，沾在棉花上的碎屑怎么拣也拣不完的。现在，这些都先不用操心。村里的大人们，一个一个为村里来了盲人说书感到欣喜，他们也像小孩子一样心情激动。盲人说书来了，他们记起小时候看盲人说书的细节来了。或者，他们还想着上次盲人说书说到哪个节骨眼上。他们想，这回来的说书人，是不是还是那几个盲人？不知道还能不能把上次的那段续上？他们放下锄头，或者放下从哪里拾回来的一小捆麦穗。因为对盲人说书的激动，他们连麦捆上的绳头也不想解下来。他们快速地把晚饭吃下去。

他们抱着孩子从家里走出来。爸爸带大孩子，妈妈带小孩子。他们吃晚饭的时候，早商量好了。好在一吃完就出门，小孩子在

巷里广播，耍杂技的来了，耍猴的来了，都是小孩子最先知道。他们就在巷道里传开了。没人让小孩子这样传声，这像是小孩子天生的喜爱。他们把知道的消息通报给所有能听到的人，同时也传报给了不会说话的树，给咪咪叫的猫、汪汪叫的狗。村子里小孩子多，猫狗也多。村子里有了新鲜人新鲜事情，孩子们热闹起来，猫儿上房的次数多起来了。狗儿跟在小孩子的后面，刷刷刷地比平时跑得快了一些。如果谁家养了几只鸭子，你听，那鸭子嘎嘎地叫得欢实。

这天，孩子们在巷里广播得是：晚上有盲人说书，盲人说书在大队院。

大队院，小孩子都知道。村里的大人们当然知道了，他们闭着眼都能摸到村里的大队。现在听到孩子们叫唤大队院。他们坐在屋地上低矮的饭桌前，思想顺着小孩子的喊声，眼前有了一个大队院的模样儿。那是一个旧祠堂。旧祠堂有两棵高大的梧桐，坐南坐北相对着的两栋房子，各有三间，中间开门。两边一边一个窗台。那窗台是古旧的砖。那砖比现在的砖宽、厚、大。坐南的房檐比坐北的房檐长一些，像是多出一个厅子。厅子用不粗却也不细的两根圆柱子撑着。那圆柱子早脱了颜色，只是两柱子下面圆鼓形状的青石是旧时样貌。那圆圆的青石外侧雕刻着飞禽走兽，活灵活现。

南北房间的门前各有宽约一米的浅槽。这浅槽在每年的雨季，天阴下来，一下雨四五天，浅槽里积水长流。如果是五六月间的骤雨，这两边的槽，顷刻之间，成两条小河。孩子们在河里飘起他们做的纸船。那一个个各色的纸船在这河槽里摇摆着漂呀漂。祠堂的院子是高高低低的青石。这青石，一个个秃着的脑袋抹了油一般的光滑。那光，如果是天晴的日子，是透亮的蓝；如果天阴着，或者日落西山，那光变得黑油油的。

村人们晚饭后相互招呼着，前前后后向大队院里头走。大队院两扇厚厚的木门大开着。院里坐了好几圈子的人，他们围着盲人说着闲话。盲人也在笑了，他的脸略微向上仰起。盲人中间放着一张高的方桌。桌子上面放着小喇叭，放着一副亮晶晶的铜铙、一副铜锣、一面小鼓，还有一根笛子。

笛子。芦苇成熟收割，各家开始编芦席。村巷里、院子里飘着白白的薄膜，像飞动着的羽毛，却比羽毛精致。那是一种规则的长方形，像颗粒盐的结构，却晶莹透亮。拾起一片，罩在眼睛上，能看见院子里的香椿树，屋门口倚墙放着的扁担和水桶，看见屋门口的土地爷窑。近前一些，能看见土地爷窑里头光脑袋的土地爷。小孩子将这薄膜玩一会，扔掉或者捅破。一个叔叔拾这薄膜，他挑着拾。拾了好多，放在一个盒子里，很宝贝。叔叔是村里唯一一个吹笛子的人。如果村里忽然有了笛声，人们就说这个叔叔又在吹他的笛呢。

村人们围着桌子大声说笑。他们知道，一会儿，那鼓儿会嘭嘭嘭敲响，喇叭会吱吱哇哇吹起来。还有那铜铙、铜锣、笛子全发出好听的音响。小孩子跑得遍地都是。男孩子从这个人的腋窝下钻进去，从那个人的腿边钻进去。他们要站在最跟前，把盲人看个够。女孩子觉得奇怪，想男孩子那么可劲地往盲人跟前凑，就不害怕盲人的红眼睛？女孩子不要看盲人的红眼睛。盲人那红眼睛一睁，多么吓人。男孩子就不怕盲人身上跑出来虱子？盲人身上真要是跑出来虱子怎么办呢？女孩子看一眼盲人，吐吐舌头，再拼命从里围钻出来。女孩子情愿把位子给男孩子让出来，就让男孩子往前凑吧，让他们身上染上虱子吧。

男孩子可不这样想。他们还是钻上钻下地要往盲人跟前凑。他们得意地望着女孩子们，伸出手到桌子上摸摸盲人的小鼓和铜锣。他们欣喜地看着。这个晚上，男孩子心里只有盲人说书。他们回过头看盲人，他们说怎么还不快点开始呢？

盲人说书来了，村里人就像过节。家家门上锁，人人看说书。大队院里的人们，先是陆陆续续，随后就一拨一拨、一涌一涌地进

来。大队院子里的人站不下了。大门边挤满了人了，窗台上挤满着小孩子。小孩子站在窗台上，手握住窗子的木框，或者伸胳膊扶着他爸爸的脑袋。小孩子的爸爸各自守着自家小孩。爸爸背着小孩子一进大门，直奔窗台而来。家长们都想把孩子放在窗台上。每来一个大人，窗台上就多一个或者两个孩子，背孩子的爸爸或者妈妈说，挤挤吧。现在，天完全黑了，灯光照得那张放着乐器的桌子，越来越神秘。窗台上一个孩子也插不进去了，再要挤进去一个，另一个就要掉下去。后来的爸爸妈妈为了窗台上挤不进去他们的孩子，心里难过了一小会。但他们很快就把不高兴丢到脑后，参加到院子里闹哄哄的热闹气氛当中了。

院子真是太小了。人们在房檐下两条一米宽的槽子里放上长凳短凳，他们踩在凳子上，这样就比先到的人高出一大截子来。没有带凳子来的，就有些后悔。但他们来了就被这里的热闹迷住了心。有带来了凳子却看见那石槽给占得放不下他拿的凳子的，生气了半天，但总算安到别处，心里稍稍平和些。人们在队部的院子里，人挤着人，像是冻住了一样，凝在了一块。这时候，"嘭"的一声。当"嘭"第二声的时候，院子里静下来了。孩子们一个个像猴子上树一般，架在他爸爸的肩头了。他们又开腿，骑在爸爸的脖子上。猛一看，像爸爸的头上又长着一颗小脑袋。

但村里人的眼睛齐刷刷地对了那张桌子。不是对着桌子，是对着桌子放着的方向。桌子早被人群淹没了。他们看着桌子旁倚着的那根木杆，木杆上挂着一个昏暗的电灯泡，这是刚刚发来的电。盲人说书，又不是放电影，不发电也能听的。但每次盲人来，村里人都坚持让发电，他们说不发电，盲人说书就不像那么回事。

这天晚上，天气很好，星星扑扑闪闪地望着大队满院子的人。满院子的人没顾得上看这天气是不是好，没心思看天上的星星是不是明亮，他们一门心思在这几个说书的盲人身上。小孩子新奇，大人们一个个也激动着。他们天天扛锄头，扛犁扛耙，把日头从东背到西。他们在田里做活的时候，没想到说书。他们每天都不能把书跟自己联系起来，书是文雅人的事情，他们没念过许多书，他们被家事缠绕。家里都不能糊口了，爸爸们就停学不念了，活命比念书更重要。妈妈们做小姑娘时候，家里不让她念书。家里还指望她给哥哥弟弟们做针线呢，一针一线缝，白天黑夜地缝。妈妈们做小姑娘的时候，天天做了针线了。妈妈们说现在的女孩子多好啊，有书读。不识字的妈妈们看书的眼神，像是看神看仙。她们给儿女包书皮，很小心。孩子们的书本这里缺了角，那里撕破了。妈妈一边骂儿女不珍惜书本，一边拿纸来糊，或者拿蜡打书角，妈妈说蜡打的书角不会卷，不卷，书角怎么会缺了呢？妈妈望一眼女儿。女儿正跟一伙的同学，在外面玩"跳院子"。妈妈说有书不读，总是玩，玩吧，总有一天，不让你读书。

妈妈只是这样说，不舍得让女儿停书不读。小时候不能读书，这种苦难扰乱着她一生。妈妈每天收拾家，看见屋里炕上摞着的书本，她不识字，看着上面的名字，不知道是大孩子的还是二孩子的，不知道是他们去年的书，还是今年的新书。妈妈把书收拾了，放在房间最显眼的地方。妈妈说这样，她就能够在孩子回来的时候，不忘问他们一声。妈妈把她见到的字条全收拾起来，怕上面写了些什么重要内容。妈妈总是被孩子笑话。当妈妈把一张不知道什么时候拾得的字条，拿给孩子们看的时候，孩子们一看，全都大笑起来了。妈妈把孩子们写着的一句骂人话，宝贝似的藏得纸页差不多都要发黄了。妈妈不好意思起来，甚至有些脸红，妈妈说瞎子身边字据多，斗大的字不识一颗！妈妈说着，咂一下嘴巴，发出很大的声响，以遮盖她心中的难过。

爸爸们从不责骂家里姑娘。爸爸也不大理会家里姑娘上学。爸爸心里头想：姑娘不比小子。姑娘懂些字就行了，姑娘总是得嫁人。爸爸们打骂家里的小子。这个晚上，来听盲人说书的小子们，一个个都受过爸爸们的打骂。爸爸们羡慕人家家里的孩子上大学。爸爸

们把地里的活全包在身上了，他力争要让孩子当中有一个能够考上大学。那是做家长的光荣。爸爸的肚子里憋着这样一股气，他对孩子说，只要孩子能学习，他就是砸锅卖铁也不会让孩子没书念的。但村里的小子们很多让爸爸失望了。他们吃完饭，背着书包不是走向学校，是跟着几个捣蛋鬼去村里哪家屋檐底下掏鸟窝了，是偷着拿走一只水桶，去地里灌黄鼠狼了。中午放学，他会算好时间跟着放学的学生一同回来吃饭。爸爸气得把他打一顿。爸爸以为他受到了教训，但他终归不进学校门。爸爸气得眼泪都掉下来了。爸爸对他没了指望，把希望放在小点的孩子身上了。

喇叭吹起来了，锣鼓敲起来了。盲人摇着脑袋，在说在唱。村里人一边听盲人唱，一边望着盲人。他们的脚踮起来，前面的人遮了他半张脸了，他这样踮起来，不但盲人的脸能够看分明，声音似乎也听得更真切一些了。盲人说的是张飞，说的是刘备。他们只管听。他们除了听，就是哈哈大笑。他们今晚挤在这里，为了这开心的笑声。他们只管望着盲人摇晃的脑袋。在这清凉的夜晚，他们是快乐的。盲人开始说书以前，村人看着盲人的红眼睛，心里装满着同情。可是现在，村里人看着他们一个个戴着墨镜的模样儿，心里有些羡慕。盲人开始说书，变戏法似的，一人脸上扣着一副墨镜。村里人羡慕戴眼镜，眼镜也是文雅人的东西。村里人看过多少场盲人说书。他们开始说书，把墨镜戴上了。他们看不到自己戴墨镜的样子，他们戴上墨镜是为了给村里人看。盲人戴上眼镜说书，看着都不像一个盲人，完全是一个有身份的人了。

现在，说唱盲人的嘴里春蚕吐丝般地，在不很亮的电灯光下，每一句都闪着绸缎一样的光泽。每场表演，一个说书人，演一到两个角色。某个盲人善演女角色，每次一出声，笑得一院子的人肚子痛。人笑得肚子难受得不行，可也不能弯腰，只能一边擦眼泪一边听他的表演。这是笑的眼泪，是喜悦。却也有心酸的眼泪，当李逵的老母亲被老虎吃掉的时候，院子里的女人们哭了。女人们跟着演李逵的盲人哭。那盲人哭得眼泪哗哗的，院子里女人们的眼泪也哗哗的。这就是盲人说书。他们笑，他们哭。在这个清凉的晚上，大队院里，哭一阵，笑一阵。一场完了，会响起洪钟一样的叫好声。村里人说：再来一场。村里人抬头看天上的月亮。月亮清亮亮的，橘黄颜色，静静地朝下望着院子里的人们。月亮也好像被这里的欢笑迷住了，忘记了走她的路。围在桌边的村人们，看几眼月亮，他们说天还早呢，再来，再来。

盲人估摸时辰。他可是看不见月亮。但很快，二胡响起来了。梆子敲起来了。这回说的是《西厢记》。梆子响处，张生出来了，莺莺出来了。随着二胡板子响在一处，莺莺会张生的那个明亮有月色的夜就在眼前了。大队院里的梧桐，似乎也变成柳树，垂下千丝百缕的枝条了。村人们激动得心要跳出胸膛，他们高兴地听着盲人咿咿呀呀地唱。听到细致处，他们各自隐去了。院子里的男人们一个个变成张生，院子里的女人们一个个变成莺莺。月躲闪着有些偏西了，钻着挤着到桌前的小子们，一个个脑袋一点一点的，磕头虫似的，要睡觉。站在窗台上的一个个大大小小的孩子，趴在大人身上了。那些被大人扛在肩头的孩子，他们也累着似的，一个个抱了爸爸们的头，只有梆子最响的那一声，才打搅了他，但他们也只是抬一下头，眼睛又迷糊了，腰随着弯下去，又一次伏在爸爸们身上了。爸爸们并不摇醒孩子，他们或许还有些喜欢孩子们终于安宁地入睡。《西厢记》迷了他们的心。听着《西厢记》，他们的心又一次年轻起来。

村里人有滋有味地听盲人说《西厢记》，听着说书心里害怕着盲人那末后一声鼓响。天很晚了，男人们不愿意从《西厢记》里的柳树下走出来，女人们站在院子里，头脑里出现了许许多多个张生。那张生一个个都从这鼓点子里来的。女人们在心里说，说吧，一直说到天亮吧。

村里人们就这样一边想一边听盲人说书。他们崇敬盲人。你说

盲人的脑子该有多大，能记下这么多的东西。他们咋就记得这么多，这么好呢？有好事的，去问盲人。村里人想知道盲人是怎样练出这样的功夫的。盲人可不给你说他们是怎么练的这功夫。盲人听到问，头仰着，微微笑。村里人从旁观察盲人，他们看见盲人的嘴巴，念经似的，常常在动。如果认真注意盲人的嘴巴的话，你还会听到有一点点的声音。一个正常人，真要是想事情，他的眼睛是闭着的。盲人想事情，他的眼睛不用闭，他的眼睛睁着也是闭着。一个盲人，真是太容易想他的事情了。村里人看见盲人，会拉着盲人的拐杖，给他领路。盲人来到哪个村，就在哪个村子住下。这个村除了管饭，好心的女人给他们缝补。但是，村里人对盲人到底是怀着一丝敬畏。村里人知道盲人十有八九能掐会算。村里人说盲人眼睛看不见，心灵！村里人说，盲人不看天，能知道哪天刮风、哪天下雨！他们把盲人越说越神，越说越神，到最后，村里人说，说书这个手艺，就是老天爷专门派给盲人的。

一个盲人喇叭吹完，拿起铙钹，两手举在头顶，对着天空，一阵响亮的锵锵锵。他们眼盲，但他们坐在桌前，要拿什么，手伸到桌子上，一摸就摸着了，像长了一双明亮的眼睛，藏在两大片墨镜后面。桌子上那几件乐器，他们交换着用，他们个个是全把式。盲人拿来的乐器，村里人也有拿起来，戏耍一通，有的居然也能像模像样吹几声曲。

月亮西斜，那鼓声锣声越加清晰响亮起来。盲人说书到最后，总是把那铜锣敲得那颤音钻进人的耳朵，像回声，嘤嘤嘤的。走出大队院门的人们，听书人还要把头回一回。他们的头脑里头，哇哇哇响着，锵锵锵响着，响声合起来，这是一晚上说书的终曲，是一晚上最热闹的鼓乐。

盲人说书，在一个村子能待三天或者五天，然后到下一个村庄。他们各村流窜，村里给盲人发劳务费。盲人也会笑。他们摸着钱，笑了。你是瞒哄不了盲人的。盲人会摸票子，单单这一项，就把心明眼亮的人比下去了。村里人知道盲人会摸钱，他们试盲人，把一块钱当两块钱递给盲人。盲人当然看不见那钱是两块钱的绿票面还是一块钱的红票面。但盲人摸半天，盲人说那不是两块，是一块。盲人仰着脸，看着一伙的人。围着的人全笑了。盲人也笑起来，你从他们的笑容里看得出他们的脸上除了笑容，还有一种自安自得。

小孩子们这几天因为看够了盲人，这时候的盲人对于他们就像他们天天念、天天念的课本一样，让他们有些不耐烦。他们甚至不再看盲人，他们跑去玩他们的骑木马。他们看够了盲人，觉着骑木马比看盲人更好玩。村里的大人们看着慢慢向村外走去的盲人队伍，同情在他们心里又占了上风。谁让他们是盲人呢？！盲人可一定不这样想。他们又像进这个村庄时候一样，一个连着一个走出村庄。他们的脚下虽然磕磕绊绊，但他们一个个头仰着，朝着太阳的方向。他们融在太阳的光辉里，觉得太阳把他们照得暖融融的，觉得太阳光照进他们的心里了，照得他们的心一片亮堂堂。他们一步一步走着，泻进他们心里的阳光，从他们的内心直透出来，他们一个个变得像透亮的蜡人儿。盲人中的一个忽然唱出声来，是《苏三起解》，先是一个盲人唱，后来他们几个合唱起来。

盲人离开这个村子已经很远了。村里的人们各自忙他们的农活，他们没看到被太阳照着的透亮的盲人，更没听见盲人们自娱自乐。偶尔有听见的人们，他们也不会去细究这件事情。他们再有能记起盲人的时候，是他们的孩子被老师在吃饭时间留在学校里头罚背书。这时候，大人就责怨自己的孩子，他们说你在学校是咋念书的呢？老师让背书，你咋就不快点背呢？你是不是一边背书，一边看天上的云雀子呢？说你不争气呀，盲人都还把书背得滚瓜烂熟呢！家长越说越气，说到最后，狠心地说孩子真是白长了一双眼睛！

孩子听见了说：咱家有人会说书吗？一屋里人的眼睛全都白长了！

娶媳妇

喇叭高唱"今天是个好日子……"

村里娶媳妇。

娶媳妇院子上空有搭好的大帐篷，屋子里里外外有着忙碌的人群——搭戏台的男人们、洗菜的女人们、蹦跳着玩耍的孩子们……男人女人一边忙手里的活，一边在一起热闹地谈笑。这家屋院里的帐篷和门两边的红对联让人感觉出喜庆的气氛。

开饭了，米饭一盆盆端上来，热菜一盆盆端上来。他们跑一回又一回，大家各自到碗筷筐里拿碗筷盛好了吃。

院南或院西是厨房，几十桌的席面，他们知道该准备多少，知道得多少碟凉菜、多少碟热菜。村庄过喜事儿大多在消闲的冬季。因为冻，他们双手通红。小孩子馋猫一样往厨子跟前凑，厨师忙里偷闲扭扭小孩子的耳朵，让孩子称呼他。孩子叫了，他又为难小孩子说他听不清楚，等小孩子大声地叫好几遍，他才放了他，笑着从凉拌牛肉盆里给小孩捏一撮。小孩子伸手接了，跑远些，便大声叫他的外号。村庄上的人喜欢给人起外号，差不多每个人都有一个符合自己特色的外号。小孩子这一叫，近近远远站着的人听见了都笑。这厨师也不恼，边忙边大声说："我单等你小子娶媳妇的那一天……"这小孩子也不听，只顾拿着蹭来的肉，一路跑了。

娶媳妇，席面两茬。头茬席面在新媳妇回来前。端盘子的一趟趟上，鸡肉猪肘吃着，人心慌乱，有小孩子的，大人催促："快吃，新媳妇回来了。"最后四碟菜上来，忽然的一声炮响，"新媳妇进村了！"男人女人放下筷子，席桌上的人大多散了。男人迎客女人接嫁妆，多数人跟着去看热闹。

鞭炮震天，那"咚叭"声，响得地面颤动。人们捂了耳朵，往后退，再往后退。只见那一身红绸缎的女子，躲到送嫁人的堆伙里，任凭男方家嫂千呼万唤，又拉又拽，她才一步步跟着跨上夫家门的台阶。依旧是"今天是个好日子",不过,这有板有声的不是喇叭而是乐队,又是吹又是拉,比喇叭还要热闹!

院子里的人塞得严实,媳妇进门,爱闹的人们一哄而上,拿住新娘的公公婆婆、拉住伴娘伴郎,蹭了锅底的黑往脸上抹。这下,公公的脸花了、婆婆的脸花了,伴娘、伴郎的脸花了,哄笑声四起。有的用红蓝颜色将新媳妇婆婆的脸涂得像个小丑,还把她的短发绑一头的小辫,"打扮"出来的公婆,为了给大家看。这些闹不够的女人们挟持着婆婆到新媳妇面前,新媳妇看一眼,忍不住露出了笑脸,这才算完。

典礼开始。大伙又一个劲地闹,闹腾得新娘新郎多鞠多少躬!

二茬席面开始,这是热闹的又一个高潮。新郎新娘一桌桌挨着敬酒。老年人接了酒杯正正经经地喝了,到男方嫂子的桌面,一对新人是走不动的。哥哥嫂子嬉闹说笑话,闹着要新郎连喝几杯。到一伙兄弟的桌面,闹得更厉害。一通敬酒下来,新郎官醉了。

娘家人要回,新娘出来相送。娘家人一个个坐上车,新娘双眼一热。她眼前,车有些颤动,终于,车离她而去,只留下扬起的一股尘土……她望着远去的车影子,嗓了眼有些发哽。周围小孩子们,一脸的好奇让新娘变换了心情。她转身回来,琢磨着哪件家具放在哪里最合适。

亲戚们说着告别的话,村里帮忙的人们各自回了家,院落变得宽敞起来。乐队早走了,喇叭卸了下来,"今天是个好日子"的歌声永久地留在人们的心里。这是新人生命中仅有的一天,有谁不称赞"这一天"是美好的呢?

猴戏

嘭、嘭嘭、嘭嘭嘭的鼓声,夹着河南唱腔。这是串村的猴戏。

　　村里每年都有耍猴的。两个男人，个头不高，穿衣不很整洁。其中一个担个担，一头是个带锁的小木箱，另一头是被褥卷儿。一人牵两只猴，有时猴儿后面跟着一个小猴。猴极伶俐，一会儿看这个一会儿又看那个。村里的小孩，一见这就雀跃欢呼成一片，一直紧跟着他们到了村中央的打麦场，围了他们转圈圈。

　　男人其貌不扬，却是艺人。他们会唱。唱的是河南梆，村人听得多了，也听得懂。有听不懂的，这样的热闹也是要凑的。来这里不只是为听，还为了来看。有猴子，这是热闹的。

　　猴戏开场，那小木箱打开了，里头红红绿绿。但那箱子不敞开，松松地关着。这是秋后，红的太阳照在耍猴的场地，照着耍猴人。一个男人拉着猴，开始唱。熟悉的河南唱腔。那被牵的猴子直着身子走路。它穿了小红袄，头上戴了唱戏的女人行头。或者是男人的相公帽。耍猴人一手拾了细绳牵了这猴，一手执鞭，呀呀呀地唱一会儿，说句什么，那猴对准小木箱一窜，一手揭箱，眨眼工夫，已脱了头上行头从箱中另摸出一个行头来，在头上戴得端端正正。小孩子连同大人都把眼睛全对准那只似乎具有魔力般的小木箱。原来这里头装的是给猴儿准备的古戏里的行头，有小姐、丫头、相公、老夫人、老公公。如果猴子戴上老夫人或老公公的行头，那猴便挂了一根黑黝黝却光滑无比细如小指的木棍，腰儿弯弯，一步一摇，学老头、老婆走路，像模像样地。人群里免不了发出一阵哄笑，这是村人们最欢快的笑声。

　　那男人唱一回，歇下来。小猴儿端过一个小竹箩，照着围观的人走一圈，它的眼睛看着围观的人，眨巴着。小竹箩里头落着一分两分的硬币。小猴儿看钱掉进小竹箩，朝着众人鞠躬作揖。

　　耍猴人唱几回猴戏，晌午到了，围观的村人们慢慢散了。有家户做了饭端来给耍猴人吃。那耍的两个男人靠着墙吃过，带着他们的猴戏，转到下一个村子。

　　不见了耍猴人，但猴戏里的唱词在村子里流传，只听唱：

"一生子两岁时经常怀抱

只累得两腿酸麻心无怨

三生子四岁时学说学走

走一步叫声妈娘心喜欢

五生子六岁时刚会玩跑

怕火烧怕饭烫又怕水淹

到七岁送到学校把书念

怕我儿不聪明又怕师严

怕同学到一块欺辱与俺

怕我儿不用功惹事生端……"

乞讨者

家人围着桌吃饭，看见他从门里进来了。他说：给一块馍。

他是一个中等身材的男人，不知道他有没有老婆，不知道他的家世。

每天早饭时间，他都来。如果有哪天没来，村人们就说：

"今天怎么没来呢？"

这句无头无尾的话，是说乞讨者。

有的乞讨者手里一只碗，肩上一褡袋。有的乞讨者说他们那里遭水灾、旱灾，或者他们的孩子上不了学……要钱。但这个乞讨者，两手空空，从不要钱。他说：要一块馍。他渴了，说：给一碗水。

他的手也不像见过的乞讨者那么脏。他的手总是洗得发红，脸洗得也干净，只是身上穿的衣服开花了。

他来了，走到院里，主人看见是他，从盘子里拾起一块馍，递出去。他的嘴巴说着什么，他不停地要说什么。他说着要说的话，接过递来的馍。这时候，他说："多给点……"

主人回到屋里，在刚才的那个馍上再掰一份给他。有的主人不会再给他了，嚷他。他回身边走边嘟囔，他说的什么，谁也听不清。

他走出院门，去另一个家。

小孩子去学校，常常碰见他。他从一家出来，手里的馍淌着热气。小孩子看见他，停下脚步来。在孩子们眼里，他是多么稀奇的一个人。

孩子们睁大眼睛，他们的眼睛似乎在问这个乞讨者：你怎么就做了一个讨饭的人呢？

他在主人给他的这块馍上计较好半天，计较馍的大小，计较主人递馍的那只手是不是干净。当主人知道她的那只手受到不干净的怀疑，转身回去了。这个乞讨者便从门里走出来，他的嘴动得像念经一样了。

大人们称乞讨者是傻子。这不是挖苦，是说这个人是个真傻子。这个乞讨者似乎不傻，据说他能打会算，是个精明人。人们说他聪明过头了，就傻了。

早饭后，小孩子上学的路上，一家一家走过，小学生就一个变成两个，两个变成三个了。他们走着，说着他们早上吃的什么，谁今天穿了新衣服。他们走过石磨，套在石磨上的木杆悬空，像女人摇摇欲坠的髻。走过圆月一样的碾盘，这会儿碾盘上没人坐，天太冷了。他们再往前走，看见一截垒起来的新打的土坯。它们一个个摆开，一层又一层，从这边的空隙能看到那边。这时候，他们看见了乞讨者。一个用手一指，几个孩子全跑起来，跟上乞讨者，仰着脸看他。有一个问：

"你家里还有人吗？"

一个问："谁给你衣服穿呢？"

"他刚才到我家了……"一个悄悄说给一个。

"也去我家了……"听的那个孩子说。

乞讨者不回答任何一句问话，他只管说他自己的。他手里是一个冒着热气的红薯，他用洗得发红的两只手托着。他看围着他的孩子们，看准一个孩子，递过去，那个小孩子笑着躲开了；他又递给另一个，另一个笑着跑远了。望着跑远的小孩子，他将红薯放在这些个土坯上，走了。

小孩子看他走远，一伙笑着跑过来，凑在那块红薯跟前，一个用手指尖极快地点了一下红薯，说还热得很呢。另一个也伸手去点，每一个都点过一次，但他们都不要吃。一个喊：迟到了！急雨似的，他们争先恐后地朝着学校跑去了。

那土坯上的红薯鸟雀啄了吧？

乞讨者会剪纸。如果哪家愿意给乞讨者一块馍、一碗米汤，乞讨者看碗吃饭，不干净的碗他是不要的。他吃了喝了，坐下来给人剪花，不大工夫，一张红纸就成了红红的好看的窗贴。

冬天里，他常常出现在村庄，披一个破棉袄，手洗得发红。

小孩子长成大孩子，出外读书了，不像小时候常常看见他。有一天看见他了。他走着，背驼得厉害，脸也不像往日的干净，深深的皱纹刀刻一般。他旁若无人，当年的小孩他是不认得的。这个世界上，他谁也不认识。

他破旧的棉衣披着。他的衣服似乎永远只是那么一披。但已经不是小孩子见他时候的模样了，他的一只棉衣袖子都要拖到地上了。

他摇摇摆摆地走远了，念叨声比原来小下来，只有他自己能听见。

这是我最后一次看见他。

第六章
土地里的果实

麦

玉米

红薯

醋柿子

麦

拉犁

自留地下放，地分了，牲口也分了。

家口不多，地亩少，长年饲养牲口，却只忙收秋打夏那几天，小家小户斟酌再三，牲口卖掉了。到了收秋种麦，这些人又想起牲口，念叨着说："唉，唉，有牲口就好了。"

没有牲口，他们拉犁种麦。沉沉的黄土泥，泛着潮，铁犁深深地插进泥土，拉犁的人们，腰弯着，双脚轮番向前，一步一步迈着，绳从肩胛深深勒下去，硕大的汗珠，从脸上冒出来，顺腮帮子滑落。

人们的脸是绛色的，手心的肉像长着倒刺，太阳红红地升起或者西落，他们迈着发颤的脚步，什么也不想，只是从南走到北，从东走到西，一回又一回。

离他们不远的那棵柿树，像个即将分娩的女人，稀稀落落的树叶，遮不住一疙瘩一疙瘩通红的柿子，它们的脸朝下，挤在一块，笑红了脸，它们是嘲笑一个个伏行在地的人们吗？

这样一个上午或者一个下午，要回家了，即使铁打的汉子，也双腿发软，扑在水罐上饮水如牛了。

种麦

好听的耧当响起来，"叮叮——当"、"叮叮——当"，这是清亮而醉人的声音，唱歌一样，把人带到一个个烟雾缭绕的早晨。

玉米秆卧倒了，田野，黑沃沃平整整。那笔直的垄，一条又一条横着、竖着、斜插着。这里空气清新，不由你不深深地呼吸。如果你有一副好嗓子，一定想高歌一曲，放出你心中跃跃欲试的百灵。

"叮当"声隐隐地，不知从哪道梁背后传来。你一边走着，抡动手里的粗麻绳，唱起来了。

耧插进松软的土地里，有药香飘来。耧斗里正好倒够一个来回的麦籽。耧前三个或四个人，拽着绳出发了，每走一步，脚都深深地陷进去。人们以某棵小树或者某块光石头作记，知道走到哪里是一半了，走到哪里一多半。他们好像不是种麦，只是为了这个记号来来回回地奔走。

来来往往，麦行均匀了，状如蛇行。麦行多起来了，一行行的纹路，画得一地都是。

庄稼汉坐在地头望着，困乏的脸上，涌出甜蜜的笑意，这是他们辛劳苦作的结果，是收获的开始，是希望。

割麦

麦熟的季节，庄稼人有事没事，提镰到地头转悠。

麦地离家二里地。这二里地，对一个庄稼人来说，走来走去，不像是二里地，倒像三步或三十步，转眼就一个来回。

一个响晴的日子，家家出动，这是收割麦子的日子。

金黄的麦子跳跃着，它们在等待。

父亲是头镰，母亲跟着，小孩子一会跟在父亲后头，一会儿跟

在母亲后头。母亲拿手帕擦脸，转身，看见孩子这里割割，那里割割。母亲说："在一块地方割。"

一会儿，又说："割麦半截坎吗？麦茬放得太高了。"

孩子还在半地的时候，父亲母亲的镰到头了。半晌午时候，母亲喊孩子："去，井边有人打水，拿上小桶，你也去。"

孩子巴不得，扔了镰，拎着小水桶，跑去了。

父亲来喝水了，母亲来喝水了。他们看着一地割了和没割的麦子，他们不歇，他们说："麦子上场，绣女下床。"

麦子割倒，一堆一堆的，隔一截铺一大片。看看日头，快到回家的时候了。母亲放下镰，走到麦铺跟前，搭一撮麦，两麦头在母亲的双手里，一拧，就绑在一起了，这是打麦绳。

母亲用打好的麦绳，揽那么大一铺割倒的麦子，只见母亲用一只膝盖，抵住揽住的麦捆，熟练地打好结，一个麦娃子就在地上躺着了，大小不等的麦娃子，一个个都是那么乖，从地这头躺到地那头。

孩子这时候的任务，是将结好躺着的一个个麦娃子，抱着竖起来，让它们的脸儿朝向阳光。小麦娃，孩子一下子就让它立起来了。大麦娃可不好干，出一身汗，终于让一个大麦娃站住了，唰的一下，麦娃又躺到地上，母亲就骂："麦娃子经得起这么摔么？"

孩子们提起要到地里割麦子，那劲头要多高有多高，可只是一上午，下午就蔫了。有时候，人们正割着麦呢，天上，乌云上来了。人们放下镰，将割好的麦子缚捆。这时，不是将捆好的麦娃子竖在地上，是要背它到麦场，给它盖上雨布。

天黑了下来，闪电来了，呼啦啦，雷声传过来。父亲们一背背五个麦娃子，母亲们一背背四个麦娃子，孩子们不背麦娃子，他们在雨地里奔跑，他们大声地喊："下雨了——天下雨了——"一边喊，一边跑得看不见了。

大人们急得像热锅上的蚂蚁，麦娃子一个个往麦场上运，雨布用大石块压好。雨停了，太阳出来，鲜亮亮地照着人们流汗的脸。

聚在麦场上的人们，你望望我，我望望你，这一场混战，他们的脸都像墨笔画的了。他们说一气，笑一气，用手绢擦着脸说：今晌不干了，老天爷也哄人。他们闲散地仨一堆，俩一伙，他们在开老天爷的玩笑。

一个说："这老天爷，阴一会，阳一会，咋着了？"

一个答："老天爷要下雨，天宫娘娘要嫁人。"

麦场上的人，哈哈大笑。

碾场

打麦，最早的记忆是套了牛，带着石磙碾场。

家户养牛，有黄牛，有黑牛。牛的两角尖尖的，眼睛好大，这样的大眼睛，在小孩子看来，又稀奇又可怕。

麦子快要收割了，老年人在自家场地洒上水，用耙拉了，而后用碾子碾，边碾边洒水，碾瓷实了，盖上麦秆，晒上几日，麦场就光得像家里的炕。

麦子熟了，收割三五天，可以碾场了。一大早，太阳红红地爬出来，麦捆子一个个打散。待太阳的热劲上来，碾场的人家，拿笤帚、簸箕，拉了牛，赶往麦场。

牛拉着石磙吱扭吱扭一圈一圈转。开始，麦子埋过人的膝盖，转几个来回，麦子伏贴了。那牛拉石磙，似乎在原地转，可那人，那牛，转着转着，一会儿在东南，一会儿又到了西北。

牛背上热汗淋淋，白气升腾，麦圈儿它转几十遍了。麦场上，清早还是暗黄色的麦秆，这会儿，鲜亮的太阳底下，成了灿亮亮发着白光的麦条子。

该"起场"了，用木杈挑了这金黄的麦条子，下面便是厚厚一层颗粒硕人的麦粒，你仔细看过庄稼人这时候看麦粒的眼神吗？他

们的双眼里闪耀着喜悦和光芒。

用木权挑过两遍三遍，麦子扫成堆。这时候的麦堆，可不是你想象的金黄，麦壳没出呢，该扬场了。

扬场

碾场的主人，在邻近一个麦垛的背阴处坐了，草帽在手里握着，忽忽闪闪地扇，与麦场上的人议论收成的好坏，麦颗的大小。你千万不要以为他偷懒，他是在等风呢。风一来，他比谁都感觉得早，跳起来，手握木锨，麦子在半空飞翔，白的麦壳子，像隐隐约约的云，顺风的方向跑远了。

风向好的话，用不了多一会，纯颗粒就出来了，红光光的。

好事多磨，风过来了，才搭木掀呢，风不是过去了，就是转了风向，麦场的白壳子乱飞，扑在扬场人的身上，扑在扬场人的头上、脸上。

一个女人，头上系手帕，或者扣一顶大草帽，手握一把大竹扫帚。她也在等。等好的风向，等男人的木锨飞起来，那时，她手持扫帚，扫麦堆上扬不尽的麦壳子。风来了，木锨扬起来，她双膝落在麦堆前，扫帚左一下右一下。扑簌簌下落的麦粒，打在她头上戴的草帽上，打在她的两只肩膀上。

打麦场的上空，是七高八低的木锨，是满天飞舞的麦颗粒。

场扬完，麦子装袋的时候，夕阳只剩一抹红了。

脱粒机

一台大如牛的机器，在麦场上拖过来拖过去。拖它，呼啦啦地响。

一个宽宽平平的槽，是传送口。打散平铺的麦娃子，从这里由皮带传送进去。那高扬着的、烟囱模样、竖出机身、头儿拐向前方的，是一个敞着的吹风口。麦壳子、长长短短的麦秆，从这里扬出去。

机身下的外侧，放了长长的布袋，放了大大小小的蛇皮袋。脱粒机开始工作了，一大垛麦娃子全从皮带口送进去，麦粒从出籽口流出来。

脱粒机脱麦，得看天气。脱粒机正脱麦子，雨来了，停了脱粒机。脱好的麦子收回家，没脱的麦娃，雨布盖了。

脱粒机脱麦，得五六个人。劳力少的人家，脱麦搭帮。两人将麦娃子散了，递到传送口。传送口跟前一人，这些麦娃子，经他手送进传送带。打散的麦娃子，麦头朝前，从平槽一排排地进去。这个平槽，朝里看黑洞洞，再多的麦娃子都能被它吞进去。

一个人，戴了草帽，拿了木杈，站在吹风口，将堆积起来的麦秆、麦壳子，转移到另一个地方。吹风口的草，不停地突突地往外冒，一股一股地往外冒，像云像烟飘出来。脱粒机轰隆隆地响着，他手里的杈，永没有停歇的时候。

一个人蹲在麦粒出口，她手里的布袋伸向麦子出口，麦子流进布袋里，流满一袋子，再流一袋子。

脱粒机吼着，是一只惹怒了的小老虎，等脱完了，它才安顺了，静静儿立着。脱完麦子，经过紧张劳动的人们，相互看一眼。他们都成了只剩下两只眼睛的怪物，从头到脚都是黑，鼻孔里的黑也钻满了。

用脱粒机，得排队。挨到黑夜，脱粒机和一班人马，在电灯底下劳作。黑灯瞎火，人又急，往皮带口送得紧了，脱粒机弄脾气，塞住了，停下来，把人急得跟陀螺似的……

现在，不受脱粒机脱麦子的罪了，更不会用牛拉石磙碾场。收麦子的季节，地里是轰隆隆的收割机，麦子直接进家门了。

看场

麦子打成颗粒，要晒。

晒麦子，叫看场。

太阳红红地出来，晒得场地热烘烘，一袋袋的麦粒倒出来，各自摊开。麦场上横着的竖着的，那麦子铺了一片又一片。麦子摊开，大人们去地里忙着点种玉米或者锄麦茬。

学校放麦假，小孩子来看场。一个水壶、一根竹竿或者一根树条是看场的工具。有的在竹竿头绑着一条红布，扬起竹竿更容易吓跑鸡或鸟雀。

晒谷场上鸡很少的。晒麦子了，各家户纷纷将鸡圈起来。看场主要看麻雀。小孩子戴一顶一顶草帽，帽壳儿大，遮了眉眼上。

小孩子坐一会儿感到热了，有些发蔫。麻雀来了，孩子振作起来，手扬竹竿撵走它。

打麦场上的草房，泥壤糊的墙头，没有窗也没有门，只是三堵墙头，用来遮阳避雨。泥抹的草房里头，地上铺着新的洁净的麦秸，一伙儿小孩子在上面滚卧翻腾。泥房里有一个老爷爷。老爷爷头发光了，胡子白了。他跟孩子们一样，在这里看场。但孩子们看自家的麦场。老爷爷看整个儿麦场。泥房的墙壁上有一个大铁钉，钉子上挂着一个大水壶。看场的伙伴带了一本小人书，他们挤一块儿翻着看。孩子们看两页小人书，观望各家摊开的麦子。有麻雀在啄食，小孩子拾起竹竿，抢跑几步，麻雀飞了。小孩子呵斥回小泥房，飞了的麻雀又来了。孩子又得去撵麻雀。几次三番，孩子们为了这页没看那页没看，闹不高兴了。

老爷爷乐呵呵地看着小孩子。他用麦秸编几个草娃娃，发给几个小孩，让他们将草娃娃站在各自的麦场，又教他们把头上的草帽给草娃娃戴上。果然吓住麻雀。但时间不长，一只胆大的麻雀冲下来，其他的麻雀随后也冲下来。原来，麻雀也会侦察的。小孩子见了，一竹竿打下去，麻雀没打着，竹竿落地的那块麦粒倒是四处飞溅。小孩子跑过去，将溅出摊子外的麦粒一粒粒拾起，那是"颗粒归仓"的年代！

现在的小孩子，没有看麦场的经历了。打麦场或者也消失了吧。

玉米

种玉米

麦子熟在五月。大热天，人们在就要成熟的麦地里，用铁铲套种玉米。脚踩铁铲，一脚下去，一手从肩背上的布包里，拿出两三粒玉米籽，洒进扎进铁铲空出来的地方。铁铲抽出来，籽粒遮严了，只等在地的深处，发芽儿。如果芽儿精神气足，顶出地皮儿，就是一棵玉米苗。套种玉米，额头上的汗水会涩了眼睛，脸上的汗水，一滴一滴全滴进脚下的泥土里头。

收麦季节，套种的玉米苗高两三寸。收割麦子，总怕踩了玉米苗。如果哪个一镰刀下去，伤了玉米，会遭家里人的埋怨。

麦子收回家，地里的玉米就长到快尺把高了。这时候得拣苗，拔掉长势不好的苗儿。玉米苗有的一窝三棵，如果个个长势旺，那也得狠心拔掉一棵或者两棵。如果一窝里头只长出一棵来，那让人稀罕，得好好留着它，巴望着这棵独苗长壮实了。如果一窝子里头是两棵苗，这就让人有点为难，不知道该不该拔掉一棵。拣苗的妈妈们左看右看，终于拣掉一棵。妈妈们拣苗，是蹲着往前走。她拣一会儿苗，站起来舒舒腰，用手绢擦擦汗，或者用帽子扇扇凉。她们戴草帽，或者戴一顶细漂丝布帽。可是，她们的脸还是在这样的热天里，被烤得通红了。

施肥

七月，小道两旁，是半人高的玉米。矮胖的玉米株，一棵一棵挨得很近，不是它们的根挨得近，是它们长出来的叶子。那墨绿色、宽而长的叶子，像姊妹们伸出来的长胳膊，相互缠绕，亲密地相伴。它们一棵棵，根儿圆润粗壮，是硬实的翠绿颜色。施肥，一个人用锄头在前头刨坑，一个人在后头施肥，如果不兼顾的话，还得一个人在后头把刨的坑埋平整，用土掩住雪白的化肥。

肥料往玉米棵子底锄头刨好的窝子里头送，如果是孩子们帮忙，妈妈会准备一个小瓷盆、一个小铁铲。妈妈说不能用手抓化肥，说那碳肥一股煤烟味，光闻着就把人熏得晕头转向。可妈妈们一急就直接去用手抓！化肥放在地脚头，或者拉到半地里。妈妈教孩子将一窝子里头放两铲或者三铲。铲完盆里的化肥，再用盆去肥料袋里装满。这样铲完一盆，再铲完一盆，不知道铲完多少盆，化肥袋子里头的肥料一袋成半袋了，半袋成一底儿了，这块地也就该施完肥了。

钻进玉米地与在外面完全是两个世界。玉米地淹没了一切。它里面，静静的，能够清晰地听到蛐蛐们的叫声。你会看见蛐蛐们黑油油的，或者黄铜铜地在地头这里那里地蹦跳。它们吃得多肥啊。你还会听到一声两声的青蛙叫，不时会有一只大青蛙跳过来。如果是小青蛙，你心里一喜。凑近它，看着它一蹦一蹦；如果是只大青蛙，你就不会有那一份心情了，你慌忙往一边躲，生怕它朝你蹦过来，你甚至将眼眯一会，再睁开，它或许还在，你会喊你的妈妈。青蛙不咬人，但大青蛙的样子真是太丑了，小孩子见了都害怕。有时候，从半空中飞进来一只蜻蜓，这是孩子们喜欢的。那蜻蜓像天上的飞机，闪着它银亮的长长的翅膀，让你看不完全清楚，不一会消失得无影无踪。布袋虫爬得很快。它是黑色的，好像还带着一些儿橘黄色的条印，长短一寸的样子，形状比

麦秆粗细，稍扁，就像装粮食的长布袋。它脊背上，一节一节的，不管高还是低，都走得过。它无声，静静地，这里那里爬，像急着赶集。它们多有遇到同伴的时候，遇见了，它们头前各自的一对夹子相互碰碰，才过去，像是相互打过了招呼。玉米地里的布袋虫真多啊，它们跑得到处都是。

但这时候的玉米地可不是好去处。没有人喜欢在这里头呆，都只想跑出去。你不能只穿背心裤衩，玉米锯齿一样的叶子会割得你身上这里那里全是血口子。如果你穿长袖衣服，六月天气，把你放在蒸笼似的玉米地里，那汗水湿了衣背，湿了一身。

满身的汗，从玉米地里钻出来，头仰起，看见湛蓝的天，看见熟悉的道路，这时候，心像开放的花朵，一点点舒展。顶着火热的太阳，妈妈在前头走得飞快，她一边飞快地走，一边吆喝孩子们回家。妈妈急着回家做饭，她知道孩子们疲乏得走不动，知道孩子们的肚子咕咕叫了。

施上化肥的玉米，很快怀孕了，绿缨子红缨子出来了。那红的是流光的牛毛颜色，那绿的是新亮的嫩树叶的浅绿。不管是流光的红，还是新亮的浅绿，它们从成穗的绿色褴褛中，露出头来，仰着，像小孩子脑后那一撮头发。

玉米熟了

渠水在太阳光下闪着亮，铮铮响着，偶尔会有大的声响传来，像小孩子的叽里咕噜，又像风吹来小姑娘的一句歌唱。那歌声婉转，银铃一样的。一渠的水跳跃着向前，顺着渠道拐着弯儿，一直到正灌溉着的玉米地里。水山头像爬坡一样，一点点往前湿着地。那白白的干裂的土，经水漫过，成了深深的泥色了。水一直朝着地头涌来，水山头一会儿跑到这里，一会儿跑到那里。太阳光被密密麻麻的玉米叶子遮蔽了，但在这暗的被遮蔽住光的玉米地里，有明亮亮的太阳光这里那里，一星点，一星点，极亮的，钻石一样的光芒。

小孩子跟着大人来到地头。小孩子欢喜地看着淙淙的流水。他松开拖着他的手指头，从还没来得及湿水的地方，一溜烟钻进密实的玉米地里头，他去踩那水山头了。大人们说踩水山头长个儿，他要长大个儿。小孩子只顾这里那里撵着踩水山头。他听见妈妈在唤他了。妈妈看见小孩子钻进地里头，怕孩子湿了新做鞋。妈妈说，玉米地里有狼，你就在里头待着吧。小孩子听见说有狼，从玉米地里哧溜钻了出来。

田野里是无垠的玉米。从田井里抽出来的水，串门似的，由天边的东头，一直浇到天边的西头。这方圆几百里地，除了居住的房屋和大大小小的道路，全是一人多高的玉米地。地头湿湿的，人是不敢踩进去。一脚踩进去，玉米地里的胶泥，会粘住你的脚，你死劲拔，才能拔出来。如果阴天，或者连阴三五天，阴雨不断，十天半个月，玉米地里静悄悄的。天晴了，有老鹰在天上飞。响晴的天晒上两三天，玉米地里的湿泥就变得花白了，就有胶泥卷起来。那胶泥摸着，粉一样光滑，一层细末，沾在手肚子上。如果再晒几天，玉米棒子长结实了。那一层套着一层的绿，一丝丝变得发白。一棵玉米上面最少长两穗，多者有三穗、四穗。它们不在一块地方长。这两个在上一点的棵子上，那两个在下一点的棵子上。它们多是一对儿一对儿的。它们两两相跟着长，往往一穗个大点，一穗个小点，一穗朝东，一穗朝西，像成对儿的鸳鸯。长大了的玉米穗，缨子全是锈红颜色，样子也不像它们年轻时候湿润，它们像抽去了里面的油脂，变得发硬发干。有的玉米穗子，长得龇出里面红的或者白的玉米颗粒。这样的玉米穗有些像一个人的牙齿长得露在外面，丑丑的。但就是这些长得露出来的玉米粒报告给庄稼人更可靠的消息：玉米的颗粒变硬了，玉米成熟了。

收玉米

玉米成熟是喜人的一件事情。家里人急着要吃到新玉米面。在他们的想象中，那玉米面黄的崭黄，白的崭白。他们想象一边吃着崭新的玉米面，一边说新产玉米的收成，说新玉米面吃在嘴里味道的好坏。他们一边吃一边赞叹新玉米面多甜啊，多香啊。这些想法不是一个小孩子所能品得了，也不是一个小孩子所能想象得到。这个时候，小孩子有小孩子的想法。他们看着玉米原来绿油油的棵子，变干了，不是棵子变干了，是玉米的叶子。成熟了的玉米的叶子干得扭成刨花状了。你摸它它会碎的，碎了的小茬，会扎了你的手。它们的水分全跑到沉甸甸的玉米穗上了。

玉米有成熟早的，人们在用镰头刨，一棵棵放倒。女人来地头了，姑娘来地头了，不懂事的小儿子在地里乱跑。一家人在收自家的玉米。他们的地头或者还放着一个空着车厢的小平车。那女人那姑娘不停地把手一扬一扬，每扬一次，都有一穗儿甩手而出，像甩手榴弹一样。甩出去的玉米穗儿有大个儿的，有小个儿的，它们一律很准确地成堆儿散放着。它们的皮有的还有些儿绿，有的皮白如晴天里的云朵。成熟了的玉米穗儿，掰下来堆在地头，是显眼的，一个个很饱满。小孩子两三个在地头玩着玩着，打起仗来了，玉米穗儿在地头乱飞，田野里回荡着啾啾——啾啾——的枪声口技。

他们又争相拾起地里头的空秆子，在上面咬来咬去。他们在拣甜甜秆。有的玉米秆甜，小孩子像吃甘蔗一样吃玉米秆。小孩子钻进玉米地里，他们说挑细的，挑根子是绛红色的，那一定可甜了。可是照着去做，拾起来，咬一口，哎呀，他们叭叭地喷几口。他们接着挑。他们会挑十几根，夹在腋窝底下。他们数着数，说这是大哥的，这是大姐的，还有二哥二姐姐，最后，把父亲母亲都加进来了。

学校里头放秋假。家长们说这些小毛猴，放他们假做什么，只能添乱。可他们就是放假了。家长们又说，人家老师家里的玉米也成熟了。

玉米掰回家，在院子里堆了好大一堆。这些玉米是要一穗一穗剥皮，扭辫，晒干，然后收仓。

小孩子见掰回来的玉米堆，满心欢喜。这些小孩子将玉米堆看成土堆、沙堆。他们跳上玉米堆拾起这穗拾起那穗，他们知道从里面挑嫩的玉米让妈妈给他煮着吃。八月，是美食的季节，天底下的果实熟透了。就不说田里红透的柿子，果园里的桃子和红枣，只是院子里的这些玉米，就有好些吃法：可以煮着吃，可以将它剥成一粒一粒的玉米，放上盐，倒在烧热的油锅里，出来就是黄生生咸而油香的玉米粒了。如果嫌剥粒热炒麻烦，将整穗玉米，连皮放进火堆里或者架在堆火上烤，等玉米皮焦黄，剥开，吃那里头的玉米，那香比得上现在的烤香猪。

剥玉米、扭玉米辫

剥玉米，将玉米穗的叶子剥开，露出金黄或雪白的玉米棒。叶子也不完全摘掉，留三四叶、五六叶。留的这些叶子用来扭玉米辫。

仓库的场院大，那玉米堆，东一堆，西一堆。玉米堆周围有闹腾的孩子，有年轻的媳妇，也有七八十岁掉光牙齿的老太婆。这个场院太热闹了，男孩子们追跑着，玉米堆是他们作战隐蔽的山头，他们跑上去，又跳下来。女孩子在编娃娃，这个手里编出个带金丝的小姑娘，那个手里是一个光脑袋的娃娃。她们我看你你看我，一个被比下去了，随手一扔，挑一穗长缨子玉米，从中揪下红缨子、黄缨子。揪出来的红缨子、黄缨子可好看了，红是嫩红，黄是嫩黄，油亮油亮的。

娃娃们小心翼翼地拿着揪出来的缨子，再从大堆大堆的叶子上寻白白的玉米叶，将手里的缨子，夹在白的叶子里，一下子"娃娃"

就有了"头发"了，有了"头发"的娃娃就像"小姑娘"了。

娃娃的闹腾声外，是老人们大声说笑。老婆婆说着话，动作却快。这里是按照玉米辫的辫数记工分，辫儿越多，工分越高。在这忙乱中，笑话接二连三，女人们脸上总是带着笑的。随意的一个笑话，脸上的微笑便受到冲击，一个个的嘴巴张得很大了，哄笑声连成一片。小媳妇只顾干活，少说话，她们听，有时也笑几声。小媳妇们凑一块，她们会将听来的这些重新说笑一番。

一个婆婆从仓库大门口进来了，怀里抱一个吃奶的婴儿，婴儿时而哭两声。小媳妇见了，脸红了，抬身接了孩子，就地撩开衣衫一角，孩子立刻安静下来。场院里的女人们，与站在一边看孩子吃奶的婆婆，说着一个新话题。

剥出来的带叶子的玉米棒，一个个码齐整，堆得高起来，便一穗穗扭玉米辫。

先拾两个带叶的玉米穗，系在一块，然后拾一穗搭在右手扭两下与左手的叶子辫起来，接下来的玉米穗一个个扭着辫起来。一穗穗的玉米，头朝下，一个挨一个像排起来的队伍。它们的叶子辫成一条粗麻绳了，像成串的玉米棒子的脊梁。辫三尺长，就不再续了，手里的叶子多扭两下，拾一片叶子，撕一绺，像绑辫子一样系住，就是一条玉米辫子。

玉米辫，一条条，横着的，竖着的，分别组成一个个方阵。

八月的阳光，照上黄玉米辫，照上白玉米辫。玉米辫，一辫辫一行行排列着，齐整得像待发的队伍。偌大的场院，各家扭的玉米辫分开摆着，纵横交错像一个个方阵。

玉米辫盘起来

半晌过去了，场院里有了男人。男人望几眼玉米堆，望几眼剥玉米的女人们，他们受接连不断的笑声感染，脸上也带着微笑了。但微笑着的男人们走过玉米堆，一直走到仓库的房檐下。房檐底下有几根柱子：下抵地，上顶檐，一根根巨人似的站着。人们用它串玉米辫子。三尺长的玉米辫，围着柱子，盘圈儿，一条龙盘上去。一根根柱子从下向上，胖起来。

起先，男人站着就能盘，高到双臂够不着了，架木梯，一节一节往上盘，盘到脖子仰起才能看见，盘到屋檐下。

一竿子玉米竖起来了。竖起来的玉米柱，在太阳下光闪闪的。玉米辫一天天盘在玉米柱上，太阳晒干它了，风吹干它了。

屋檐下有两竿子玉米盘起来了，还有一竿玉米盘到半截。两个男人，一个站在地上递，一个上了梯子盘。太阳照着他们的脸，盘玉米的一个说了句什么，递的那个，看一眼走过来的小媳妇笑起来。小媳妇双手拎两条玉米辫，步子走得碎，飘向玉米柱子，飘向盘玉米的男人。这是刚才给孩子喂奶的小媳妇，随着碎步的动荡，她的两只奶子，跳得像石子激在水面上。

小媳妇走近玉米柱，玉米辫放在站着男人的脚下了。

小媳妇送了一回又一回，她记着送的辫数，两个男人也记着辫数。

七八岁的孩子，帮他的母亲，拎着一辫，几步一歇，总算拖到玉米柱下了，小鸟似的飞回母亲跟前，弯腰又要拎。他的母亲不敢让他拎了，他拎到柱子下，玉米辫子都要散了。散了的玉米辫子是不能算一辫的。

梯子上盘玉米辫的男人，上了最高的一个梯台了。木梯上垂下一条绳，绳头是一个挂钩，挂钩拦腰勾住玉米辫，一手提，一手接了玉米辫，顺手一扬，搭上柱子了。

一个小孩子仰长脖子，看吊玉米辫。母亲在唤叫了，母亲说，看玉米棒子下来，砸着你的头。

女人们都交玉米辫。有的一急，把别人的玉米辫当成自己的，提着就交了。老婆婆是小脚，没有小媳妇走得快。人一老，就变得

可爱起来了，你看她左拐右拐，差点被玉米皮绊得要跌了。

交完玉米辫，女人们看一眼本子上记着的辫数，拍拍身上的玉米缨子，一个个拉着孩子，走出仓库的大门。落在后头的女人，不是老婆婆就是小媳妇，她们在玉米叶堆里挑挑拣拣，她们手里有了一大把红红的玉米缨子，她们说玉米缨子揩婴儿的屁股最好了。

玉米叶蒲团

老年妇人将暄白如小孩子皮肤的叶子，一叶叶挑出来，系成把。这样挑上三十把、五十把。忙月过了，她们将积攒的玉米皮拿水蘸了，坐下来，编蒲团。编蒲团也叫扭蒲团。

那蒲团，一股连着一股，是一个圈。圈从中心开始，起头还只是一小圆环，一圈挨着一圈转过来，成了一个大圆环，再到后来，就不是环，是一个圆圈。这个圆圈一直到脸盆口大，有的比脸盆口还要大。

玉米皮辫出来的蒲团，耐磨。坐三五年，还是老样子。只是颜色从原来的白，成了古铜颜色。

蒲团多圆形，也有妇人将蒲团扭成方形。又有在蒲团上扭一个手柄，拎着行走。

蒲团，在家院的台阶上，在巷口的石墩旁。娶媳妇嫁女的牌位前，老人去世的灵堂两边。蒲团，是孩子们手里的玩具。他们将蒲团当作铁环滚动，又将蒲团当作盾牌。

蒲团是老婆婆的伴。老婆婆从门里出来，手拎蒲团，随时席地而坐。闲月在邻家门口，在村子巷口的槐树下。忙月，在打麦场，在自家院子的玉米堆旁。

蒲团，是家用的器具。每年扭几个十几个，自家用或者拿给亲戚朋友。蒲团成了友情交换的礼物。

红薯

薯苗

三月的天气，欣欣向荣。三日一小集，五日一大集，这时候的集市上，一街就有半街红薯秧。根儿桃色的红薯秧苗，用细布条捆成一小把一小把的，一把五十根，五分钱。

街上，人流熙熙攘攘，你挤我，我挤他。你东瞅，他西看。他们大多是看红薯苗。有一个，走几步，蹲在一家秧苗前，这是看上这家苗儿了。农家人买东西都得有个标准，比如买枣，得先看成色，见绛红的枣子，抓一把，捏，枣子在手心里有弹性儿，那是好枣。这样的枣子，不用尝，一定肉多味甜核小，一掰抽好长的丝。

买红薯苗一样，要看农家的"好把式"。如果在哪家根苗前蹲下，一定是这家的薯苗根儿短，壮实，胡子又多。再看那秧苗，墨绿的叶子，润泽，片片叶子向上，如睡得呼呼的小婴儿，又仿佛使足了劲往上蹿的小宝宝。一个种田的好手了不得。比如这买薯苗，就得跟"把式"才能买到一棵是一棵的好薯苗。"把式"在一个卖摊前蹲下了，他也蹲下了，讨价还价。其实，价钱也没多大商量头，不过是多搭两把薯苗。

买卖做成，付过钱，将小竹笼放在身前，薯苗一把一把数着搁进去，像数一个个有生命的小鸡，轻拿轻放地，一点儿也不让碰着。

大太阳下，沿路要走几里地。他们展开预先备好的毛巾，湿了

水，盖在薯苗上。如果是个带盖子的竹笼，阳光从竹笼细如针尖的盖眼里钻进去，洒上湿毛巾。

买红薯苗，只能专心专意。

"买了薯苗，你还想逛街吗？"赶集买薯苗的人们，常常会这样说。

先逛街，后买薯苗，又怕好薯苗被挑完。那不好的薯苗，两棵不如一棵，不如不买。

栽红薯

买回薯苗，与家人收拾桶担，带上水瓢，来到一块红薯地。

栽红薯在旱地。

旱地的红薯甜，蒸熟咬一口，里面像一粒粒可以数的沙子。

旱地作物，靠雨水。旱地里的杨树、槐树，一年比一年粗不了多少，它们到该绿的时候绿了。大家结伴种地，你种什么，他也种什么。这块旱地，大家都来栽红薯。

春天里，是穿坎肩的时候，小伙子是一件白衬衫，姑娘们是花衬衫。哪家有新媳妇，栽红薯这活儿，干得会比平常又轻省又快乐。

来地头顺带挑满满两桶水。到地头，小伙子一撂扁担，褂子脱下来，找一个树杈挂起来。他的上身，一件衬衫，或者火红的球衣。他并不急着干活，扭东看西，寻找能跟他说话的伙伴。他们打着招呼，或者一人一个响亮的口哨儿。他们开玩笑，相互逗乐，一个喊：你媳妇看着你呢，可不要像以前那么偷懒。

一个回：你嘴巴还那么臭啊，小心你媳妇晚上不让上炕。

地头劳动的人们快活起来了。

玩笑开两句，小伙子接过媳妇手里的锄头，一步两个坑儿，埋头一路走。他身后出现的两排坑，一前一后，也如行人的脚步，在小伙子背后延伸。

小媳妇从篮子里抓一把红薯苗，左手松松地握着，右手拿一棵，指头搭在薯苗的低腰处，三指护着苗根，手心不碰苗根，手指拥动泥土，薯苗落进泥土中。眨眼工夫，苗儿像早就长在那块土地里一样，欣欣然，张开它新奇的眼睛。

小媳妇是蹲着往前走，每走一步，插两根薯苗。这蹲着的走姿，像戏里蹲下身子快走的丑角儿，一样是工夫。薯苗每一根都从左手递到右手，须栽得不深不浅，薯苗头头儿昂扬。新媳妇右手不停地插进，快如流水。小伙子前头挖，新媳妇后头插，小伙子挖一截，回头看看，两人对着眼，微微一笑。

如果人手多，插过苗的小坑，有水渗进去。这个浇水的人，可以是老人，也可以是小学生。

苗全插上了，小丈夫歇着，媳妇用瓢舀了水，一个坑一个坑地浇。桶里的水舀完了。小丈夫担起晃晃悠悠的两只空桶，去担。新媳妇埋下头，在收拾浇过的薯苗坑。她两手将坑边湿土，合抱住，往苗根底一拥，浇过的坑合拢了。新媳妇干着活，时而抬头，她看到丈夫担着两桶水，一步比一步快地向着自家地头走来。

刨红薯

天凉了，站在村口，红薯地一块地挨着一块地，绿茵茵铺满着。

霜降过了，用镢头铲红薯地，大块大块的红薯，一个个从深褐色的泥土地里跳出来，像新落地的娃娃，滚上地皮。新出的红薯，湿湿的，皮儿是新鲜桃红颜色，娇嫩得如小孩子的皮肤。

清早下地，不到中午，满地的胖娃娃，东倒西歪，挤挤挨挨，挤着眼，舒舒服服地晒着太阳。

　　红薯拉回家里，是家里的食粮。蒸着吃、煮着吃，还有一样烤红薯。洗好上笼是蒸，下锅里是煮。烧烤红薯，最是轻省。冬季，闲着的炉灶嗓眼里头放上两三块，一会儿，满屋烧红薯的香味儿。但红薯也有复杂的工艺，比如，红薯可以做成粉条、饸饹。

醋柿子

柿树

开年的春天，麦子醒来，柿树也有了活气。干巴巴的黑树皮不再是去冬的萎缩，黑皮之间的枯白变成浅的黄。抬头，树枝也活过来了，一条条富有生气地尽力向上伸展，尽力向东南西北伸展。它们的伸展也各自有讲究，不是直直地伸开去，而是弯曲着，各式各样地弯曲着。这样的弯曲让你一看似乎是老早，早到不知道是哪一年就已经那样儿弯曲着了。这是一棵老柿树，千枝万条，错综纷披。

这时，树上还不曾见绿叶。

不要急，有了鹅黄的树枝、树条，跟着就有了点点绿意。只一个芽儿，嫩黄，如初生小鸡的嘴，小小的两瓣，张着。就是这么小的两个瓣儿，才几天的工夫就大如小孩子的手掌了，又几天，这叶子不再是嫩黄而是深绿了。叶子也壮实，厚厚的，风一吹，呼啦啦，唱歌一样。

不知道是哪一天，又有了新的发现。那两片小嘴儿似的叶子长大了，分开着，中间居然有了果实。这果实被柿花罩着。柿树的花朵，白里透黄，像一个四四方方的小篓子，要说它是花，也对的，篓子的上端，朝外翻卷，像喇叭。没有人像赞美桃花那样赞美柿花，它却在该到来的时候，来了，呼朋引伴，一年比一年多。

柿树开花的时候，你去看吧，绿叶纷披中间，闪着点点的银白，太阳照下来，红莹莹的。这时候的柿树像一个大乐园，一个个穿花

纱的姑娘们，在树上闪烁着奔跑。她们在干什么？是在捉迷藏么？

花开花落。柿花落的时候，地面是花的海洋，黄的落花点缀着润湿的泥土，落花神色暗暗地，多少有点儿伤情。但它那有些斑痕的脸上很满足，抬头看，一个个如小指头的绿色果实裸露着，生气勃勃。这些绿色果实在柿花多天的呵护下，长成了。柿树底下落有多少个柿花，柿树上就结有多少个柿子。这是柿花的骄傲呢。

不懂事的小孩子，拾了地上的柿花，放进嘴里，涩涩的味道里，有些甜呢。但大人不让小孩子吃，说吃了屙不下。柿花落的那个月份，真有小孩子屙不下的，大人骂他吃了柿花。

有的小柿子才指头大小呢，落了。小孩子在柿树下面拾，装进口袋拿回家，将这些小柿子一个个用线穿了，系一个圆圈，戴上手腕。

很快，麦子收了，玉米长出嫩绿的苗。人们锄禾苗，累了，在柿树下面歇凉。这一歇，左左右右田地里的人们，都聚来。中年人在树下拉家常。年轻姑娘小伙子们上树玩捉迷藏。

捉迷藏也叫"打瞎驴"，将一个眼睛蒙上，其他七八个、十几个在"瞎驴"身上打。说打，也不是，是逗，是拍。有哪个手来不及离身，被捉住，伴随着惊叫声，一片的嘻嘻哈哈，成为下一个"瞎驴"。这样的游戏，有情趣，也最热闹，笑声不断，口哨声传到很远。

有的游戏到树的末梢，大气也不敢出，那是"瞎驴"逼近了。这时的树梢已弯成弓了，你不是被捉，就是跳下树。差一指头的距离，"瞎驴"退了回去。幸运者憋住笑，"瞎驴"再回头，那人早抓了另枝逃掉了……

快活的年轻人，麻雀一样地，遍布柿树的枝枝权权……

柿树一天比一天丰满，多是成对的双胞胎，也有成串地结着，一垛儿三四个。这些柿子红了脸的时候，玉米收回家了，绿绿的玉米秆铺了一路。

风凉了，吹在人身上，吹着柿树。新种的麦子地，麦行子上面这里那里是夕阳红的柿树叶。又是一片红红的柿树叶子落下来，接着，又是一片。柿叶越来越少，遮不住的是累累果实。

秋天，柿树是火红的，是地头的景观。这大片大片的火烧云，映得人间仙境一般。

柿子熟了

玉米到家，麦子种上以后，地里头火红一片的是一棵又一棵的柿树。熟了的柿子一个个小灯笼样的，挂在树上。柿树的叶子也红了，一片又一片，连成彤红的夕阳。绵绵细雨浸湿了它们，它们愈加丰润，在秋日的和风细雨中，招摇出一片静寂。

这是人们熟悉的收获季节。

一只只筐子收拾到院中心，一条条麻袋从屋里拉出来，扔进大大小小的筐里，扁担放在肩上。这一天，柿子要收回来了。

地头的柿树，等待着，等待着人们收获。年轻的男女们高兴地爬上柿树，很快地，地下火红一片了，如天上的火烧云。一阵接着一阵的噼里啪啦，火烧云在蔓延、游移，一个个图像清晰了，又模糊，走出一个似马非马的图像来。

树上的人们尽力摘着红果实。如果柿子挑在树梢，年轻人冒着跌下去的危险爬过去，仿佛不这样，就失了年轻人的勇气。

人们一边摘着红果实，一边说话，大张口地笑。他们七嘴八舌，没有情节，没有主题。不觉，一树摘完了，年轻人上了另一棵树。

树下的人忙着给筐里拾，一筐满了，接着下一筐。

地里头，柿树空了，只留红了的树叶。这时候的柿树，像一个嫁了姑娘的老人。

人们将这一筐又一筐的红果实运回家里。他们用小平车拉，用扁担挑。扁担放上肩头，两筐红红的果实离地了，一前一后，晃悠着，吱呀呀地响出连声的节奏。柿子不知道是喜是忧，它们不出声

地紧紧挤在一处，听吱吱呀呀的响声。它们掌握不了自己的命运，它们有的只是好奇。它们惊讶自己离开了抚育它们七八个月的树身，现在被放在筐里，一个上坡，一个下坡，这是要往哪里？

它们看见平整整的梯田，一行行新的湿润的土，小麦在一点点地露头儿了。它们看见村舍，有鸡鸣狗叫的声音。它们听惯了这样的叫声，只是没有像今天听得这样清晰。它们经过一棵大槐树，转过一个被磨得溜光的石碾，看到一个挨一个的房屋。从一个圆拱形的门进去，是一个干净的院落。当它们从筐里一个个滚出来，滚到这个院子里的时候，它们知道注定是要在这个院子里。但它们不知道人们要它们干什么，就像它们不知道为什么不会永远生长在树上。

人们知道要它们干什么。担筐的男人或者女人，把它们倒在院子里的西墙角或者东墙角。

一筐又一筐的红果实回来了，一条又一条装红果实的麻袋回来了，院子里滚了一地的红果实。一天的收获，人们将地里头的"火红"搬到了屋里。院子里的柿子与下午的太阳对照，映得屋子的门窗红了，墙红了，院子全红了。

旋柿子

一筐一筐的柿子被移到屋里。人们在一堆柿子旁边，放一架自制的小机器、一个小板凳。

柿子去叶，插上机器，右手一旋，柿皮儿完完全全被削掉了。

我怀疑现在的削苹果机子，是仿民间旋柿子器具制作的。庄稼人旋柿子，起先只是一块小铁片，在它上面开一小绺缝，叫它旋刀。旋柿子，左手握柿子，右手握刀片转动，一个柿子旋出来了。

开旋刀口，有技巧。旋出的柿皮薄厚，在于铁片开口宽窄。旋刀口开得窄，柿皮薄，旋出来的柿子大。旋刀口开得宽，旋的柿皮厚，旋出的柿子就小了。

再好的旋刀，在手里握得时间长了，手心乏困。人们想着给旋刀装一个木座，有轴，有旋杆。轴上装一个铁的三角叉，柿子插上去，右手握旋杆转动，柿子与旋刀相贴了，柿子脱了皮。

这就有了旋柿子的小机器。

削苹果机，与旋柿子器具，一样的叉子，一样的旋杆。它们有一样不同：家户的旋柿子器具机座是木制，削苹果机是钢铁。

被旋的柿子多起来了，柿皮淹没了机器的底座，堆积起来，波涛一般，往上涌动。被旋的柿子一个个摆放在架起来的木板上，一行行排整齐。

日升日落，旋好的柿子们一个个变软，瘪下去，成饼状，上面敷一层雪白的霜，人们叫它柿饼。这些柿饼有很好的前景，它甚至跟随列车走南闯北，到大城市，或者运出国外。

那些半边软了的柿子，用小刀切成两份或者四份，称"柿分"。柿分，也晾在太阳底下，待它成了暗红色，吃起来绵甜。晾晒的柿皮上面有了雪白的霜，也甜。但柿皮吃多了，肚里扎拉，膨胀起来。

软柿子，也是美味。蟠桃一样的软柿子，大而瘪。玉米面蒸出来的斧头（一种馍的形状，像斧头），吃一个玉米面斧头，吮一个软柿子，是种田人的零食。

那些这儿有个疤、那儿蹭破了的柿子，不能旋，却有用。人们将它们一起收拾到一个大大的瓷瓮里，等着发酵。

淋醋

民间有造酒的说法，淋醋或者也是造醋吧。

四月间，石榴花红艳艳的时候，人们身上的衣裳由棉变夹衣，由夹衣变单。

这是淋醋的好时节。

年前收获的柿子，装在屋角那只大瓷瓮里。麦子开始拔节了。春风一天暖比一天，出门，双手都不要袖着了。

每个时节做什么，人们不会有半点遗漏，比如，到了这淋醋的时节，家家做着淋醋的准备。

淋醋，一个小瓷瓮，几个大瓷盆。瓷瓮是陶瓷瓮，瓷盆是陶瓷盆。家户屋里淋醋，瓷盆多凑不齐，相借。

开春，这柿子瓮就不叫柿瓮，叫它醋瓮了。揭开醋瓮，看见去年一瓮通红的柿子，现在变得干巴巴的黑。你拿来长长的擀面杖，从醋瓮伸下去，用劲一挑，里面是红红的柿肉，颜色与去年的新柿子一样，只是软到完全模糊。将擀面杖再伸下去，一个硬硬实实的柿子，昏头昏脑地滚出来。这是醋柿子。

醋柿子酸，酸里带着甜味儿。春天的中午，放学的孩子们一进家门，手拿擀面杖伸到醋瓮里去。

母亲说，过几天淋醋，你们吃不到醋柿！

过几天，用擀面杖在醋瓮里挑好几下，挑不出一个完整的醋柿。

母亲真要淋醋了。

淋醋先搭醋。搭醋，将淋醋的用具，收拾到一块儿搭起来。淋醋的用具，是一高一低两条木凳，是几根木棍，还有一个淋瓮。淋瓮是那个小瓷瓮，瓷瓮底端有一个眼。

木凳支起来，淋瓮放上去，用绳子把那几根棍子绑好，固定住淋瓮，让它结结实实待在这搭成的框架上面。固定起来的淋瓮，前高后低，成一个仰望着的姿态，像极了一个能射向远方的探照灯。

淋瓮里面装了红红的柿瓤。去年收回来的红红的硬实的柿子，到来年，发酵成一瓮柿瓤了。屋里屋外散发着醋的味道，醋味的散布，让邻居们知道这一家还是那一家在淋醋。

醋搭起来。淋醋的女主人在搭醋的木凳上搭一件男人的裤子，掐一朵石榴花儿，插在淋瓮旁。这是讲究。传说有个醋姑姑，爱打扮，也爱男人，用老百姓的话说是爱汉子。淋醋的人家为讨醋姑姑高兴，先掐一朵红石榴的花儿，将一条汉子的裤搭在木凳上，醋姑姑高兴了，淋出来的醋是上好的。

搭醋还要搭在屋里少有人去的地方，免得陌生人冲撞，醋姑姑怪罪。

女人吃醋，或者是从这里来的吧。

红红的柿瓢和着麦秸，放进小淋瓮，按比例掺进去水，堵了淋瓮眼，让水彻底地渗透到柿瓢中。第二天早上，开始淋醋。

醋从淋瓮的底端淋出来。堵淋瓮眼的是一根秫节。将秫节从一头剖开，去心，留住另一头的秫节疙瘩，将空心的秫皮撕成绺。那撕成窄条的秫皮像暑天家户窗口飘动着的纸绺绺。这秫节疙瘩是淋醋的开关。停淋，把秫节往下拉紧，秫秆疙瘩在淋瓮里头拌住，醋一滴不流。到了放醋的时辰，将露在淋瓮外面的秫节往上送，霎时，瓷盆里有了水滴的响声。盆里的醋多到小半盆的时候，淋醋的声响在瓷盆里激荡，发出滴溜溜的声响，如四月间叮叮咚咚的雨声。

秫节是淋瓮的一个开关，也是一个过滤器。应该说秫节是淋醋的再过滤。淋醋，第一遍过滤是淋瓮里头和着柿瓢的麦秸。麦秸是网，拦住了柿瓢，是第一过滤。过淋瓮眼，醋沿着秫节条子落下来，是清澈的水流，这是第二遍过滤了。

一遍淋完，再渗进去水，照淋第一遍的方法淋第二遍，完了，第三遍。三遍完了，倒了淋瓮里的柿瓢。这倒掉的柿瓢叫它醋糟。这是些无味的东西，随便倒在院子里。鸡来了，鸟儿来了，用爪子扒拉着，从里头觅食。

一大瓮的柿瓢，用淋瓮一点点淋过，少则需半个月。淋醋的日子逢到下雨的天气，那就热闹了。外面的天下大雨，屋子里头下小雨，哗哗啦啦，叮叮咚咚。母亲坐在窗前，安静地做着活计。淅淅沥沥的淋醋声，让屋里安静。这是母亲的音乐，是她心中的乐声。

　　院子里的醋糟多起来，旧的变黑，与新倒出来的鲜红，形成对比。淋醋末了，院子的一角全成醋糟了。鸡们在里头不停地刨。醋淋完了，醋糟完全变黑了。有一天，打扫院子，扫成一堆，慢慢地，这些醋糟成了积肥。而院里是久久挥发不掉的醋糟味儿。

第七章

乡村野趣

芦苇

芦苇地 | 芦苇熟了 | 编织苇席

草帽

掐麦秆 | 掐帽辫儿 | 卖草帽

油菜花

油菜花 | 菜籽熟了 | 筛菜籽

蓖麻籽

蓖麻籽 | 拾荒 | 旱烟

芦苇

芦苇地

芦苇地是少不了水的，记忆里，家乡那片芦苇地长年沼泽。三月，芦苇初露尖尖角，像牛角、又像月牙儿，顶尖呈紫色，稍稍往下便是桃色了。

早饭后的阳光照下来，那沼泽地明亮亮地一片喜气。芦苇地靠边有一溜儿青青的拉蔓草，草地上开着粉红的打碗花、紫莹莹的鸡冠花……打碗花像一把把粉红色的小伞，却朝着天，人们叫它喇叭花，它多像一只只小喇叭呀，你朝东，他朝西地，时时向人们传播大自然的消息。那鸡冠花，深紫，微微透着浅蓝，大人、小孩过路，总要掐一把。叫它鸡冠花没错儿，那鸡冠花的花冠，与鸡冠子像极了，看着它，就似乎听见公鸡的打鸣声，响成一片。

芦苇吃水，长得快，一天一个样。芦苇长出绿叶了，芦苇与孩童一般高了——芦苇勤奋地拔着节儿往上蹿；深秋，芦苇长得钻天，密得叶子厮闹在一起。

芦苇秆白胖白胖的。这时的芦苇地最诱人，特别是小孩子，踩着湿湿的地，弯腰，小心地钻进去，不多远，发现一颗颗比葡萄大的绛红色的果实。这果实摁它，硬，名字叫不出，摘下来，咬一口，甜，于是年年见它摘了吃。这红果实无肉，只有一层厚厚的皮，里面是一个很大的硬核。但就是这皮，孩子们爱啃极了，吃够了，摘一些装口袋里回家给弟弟妹妹吃。

　　但不能乱摘了吃，这湿湿的芦苇地里，还有一种红果实，没有小手指蛋大呢，软，圆溜溜的，透明，颜色与我们吃的西红柿像极了，模样却有点儿像茄子，人称"野茄子"的。这可苦了孩子们了，初次钻芦苇地，小孩子大多错将这果实摘下来，放进嘴里，牙齿还没用劲呢，"扑哧"，苦汁流一嘴……

　　但它红得令人爱看。大孩子们知道它苦，一串一串摘了它，不是吃，想办法把它挂上自己的耳朵，当耳垂。阳光下，它晶莹透亮，赛珍珠。只是才挂上呢，它就蔫了，或者女孩子跑着跳着，不觉丢了一只，剩下的一只索性也不要了。有捣蛋的男孩子，他也给自己弄两串挂上，脑袋晃着，两腿跳着，逗女孩子。

　　有一种绿色的果实，周身像我们吃的菜瓜一样，有几条浅浅的小沟，但与菜瓜比起来，那大小可是一个星星、一个太阳了。这绿色果实，皮是不能吃，掰开，里面有一排一排玉一样的小豆豆，吃它，无味，却香。这果实也欺生，摘得手熟的孩子，一伸手摘那绿得发白的果子，掰开，籽实洁白透亮；如果手生，摘一个欠火候的，掰开一咬，涩得嘴巴子都木了。

　　更新鲜一些的是某一天，一个好运气的孩子进去，摸东摸西，突然发现了一个圆溜溜的大西瓜，或者一两个大甜瓜。那西瓜一样是红红的瓤，甜，与我们吃的没什么两样。大甜瓜，更别提了，比我们买来的还要好吃。像这样好运气，一年最多也不过两次，能碰上这两样，是要受孩子们羡慕的。

　　有一天，村里人们聚向巷头，男人们手里都捞着铁器。有人发现芦苇里有一种伤人的兽。男人们聚起来，深入芦苇地里搜索了一回，果然发现了一个很可疑的洞，但终究没见那兽。

　　冬天到了，芦苇的叶子被西北风吹得一天比一天黄。芦苇的外皮，蝉壳子似的褪在一边，里面的芦苇秆，嫩黄色，如雏鹅绒毛一般。芦苇直上云天，顶端的灰色花絮，活泼泼地在人头顶上飞，挂上人的眼睫毛，落在人身上——这是成熟了的芦苇给人带的口信——收

割吧，芦苇熟了！

芦苇熟了

当芦苇林一片杏黄、芦苇缨绵如狐狸尾巴的时候，芦苇熟了。

人们以等待麦子成熟的心情，迎接这一天的到来。麦子管够人吃；这些芦苇是人们全年的花销。

有了这一天，村人们在大冬天里就有了干头。

人们眉开眼笑，一手提了镰，一手拎一条或几条麻绳，快腿快脚地来到芦苇地，各占了自己的一份，"喳"、"喳"地割起来。割过的芦苇像一只只标枪，坚挺地竖着，密匝匝的。大人害怕小孩子跟进来，但见进来就骂。有的小孩，不顾那一声紧似一声的叫骂，只管伸脚往芦苇茬的深处走。每年的这个时候，都有小孩子被刺伤——或者膝盖，或者嘴角，最怕的是眼睛。

芦苇茬不只是跟小孩子过不去，大人一样挨整，常有扎了脚底板的；轻了，一跛一瘸地来帮忙扎捆子；严重一些的只能待在家里干着急。

收割芦苇，你听，芦苇林热热闹闹，一里外听得见人声，再看看从芦苇地到村庄这截小路，大人、小孩、男人、女人、那十七八岁的大姑娘、那二十出头的小伙子，你去他来，水一样地流。有的割，有的运，有牛车，也有汉子用绳捆了三五捆，往脊背上一放，汉子斜扭着身子，风快地在走，芦苇秆颤颤地打着颠儿。

十一二岁的小孩也能当劳力，扎一捆，将根部让他合手抱了，尾部在地上扫帚一样地扫来扫去。小孩子这样拖，一天下来，也能往回拖十捆八捆的。可这些不懂事的孩子，才开始跑了两回，就败了兴致，在路边结集伙伴玩起来了。

十七八岁的小伙、姑娘懂事了，知道他们多运一捆，父母就少运一捆。他们听着大人们放浪的玩笑话，不动声色，谁也不瞅，低了头，扛起芦苇捆便走。小伙子是健步如飞，姑娘家却走得好看，一扭一扭，身软如蛇，又如一尾拍打着尾巴的美人鱼。

大人看着自家的小伙子，长得墙头似的高了，再穷的日子也有指望了！庄户人，盼的就是儿子，哪有比望着儿子一天比一天壮实，更让人高兴的事情呢？

小伙子可不这么想，他有他的心思。小伙子与姑娘相遇了，不开口，只是眉眼里含笑，只是喝醉酒般地红了那张脸。他们不敢停下来，他们就这样心跳着一闪而过，各自赶着步。

如果小伙子与姑娘是一前一后相随着，这就更有想头了。原本想歇歇的姑娘，不敢驻足，怕歇下再起不利索，惹下笑话；她咬牙，挺腰，怕的是心气一松，芦苇压肩，走出怪模样落下话柄！小伙子扛着芦苇捆，一手叉腰，更是一路小跑了。

一对小夫妻，你一回，我一回，各跑各。他们不是相跟，就是相撞，那一句话，一个眼神，一个笑，一个动作，荡漾在心底，想一想，这干活的意思大着哩。

这样的忙日子，最多不过十天。十天一过，被割的芦苇地里，那竖着的芦苇茬在太阳下放着光。

这芦苇地，到明年又会密密地生出一层"尖尖角"！

割芦苇不像割麦子，麦子割完，是颗粒归仓；芦苇到家，庄稼人嫁姑娘似的急着将它往出打发。你听各家各户院子里的响声，哔哔剥剥炒豆子似的，那是在扭芦苇皮；那开芦苇条的声音，"嚓、嚓"地，像军人齐刷刷的脚步。芦苇末子，在这嚓嚓声中解放了，飞得满院、满屋顶，调皮地沿上人的眼睫毛……小孩子满院里追跑，拾这些透亮的膜子，这张拾起，又觉得那张更好看。他们将这白膜子，贴在脸上，堵上嘴巴。喜欢吹笛子的，拾芦苇膜，叠厚厚的一叠，备用。

家里多得这么一个收割的季节，就多一份收获；小伙子、姑娘

们多得这么一个季节，怕就多一份相思了吧？有了这些，这个冬天，捂在心里，天再冷，蹲在席页上也都热乎乎地，总觉得时光过得快呢。

编织苇席

两三盏橘红色的煤油灯，被门缝里的寒风吹得摇摇晃晃，两三团黑影，随着灯摇摇摆摆也在墙壁上上上下下地晃。

数九寒天，天上的星星似乎都该睡去的时候，屋地上铺着正编织的芦席。煤油灯放在地上，每人跟前放一个。这两个或者三个正忙着的人，是男人、男人的媳妇，再加上他们的姑娘或者小子。

席眉子在灯下泛着白光，在他们手里欢快地做着舞蹈。在这深夜，席眉子那神情倒像刚刚睡醒过来。这个时候，席子要收边了，一人占一行，织席者的心倒也不急不慌。他们的手粗糙，经他们这粗糙的双手，那席子的边溜直，像尺打的线；那花纹是"人"字形的，横看纵瞧都如大雁的队。没有这本事是不能收织席边的，这席子明天是要被背到集上卖的！

从芦苇到炕席需要一整套程序。天不亮，将一百根一捆的芦苇，搬到院里。杏黄色、光洁的芦苇秆，长四五米，用"木瓜"开成四条或五条的席眉子，抱成捆，拣一块平平实实的地，摊好，滚来碌碡，来回推——过来了，过去了，又过来了。小孩子喜欢凑这样的热闹，跟着他的父亲推——其实是跟着在喘喘地跑，跑得他大冬天满面通红，热汗直流。太阳出来了，一点点往上飘。终于，硬硬的席眉子变得柔软起来，拾一根在手，弯得像从小练武艺的小孩子的腰。这样，生眉子就成了熟眉子。

早饭后的太阳穿过门缝，射到屋子里的地板上。在这一线线的红光里，有数不清的乱翻斤斗的尘粒。忽而，这尘粒加了速度地纷乱起来，男人开始排席底子。他的身影够着这光线了，尘粒像被逗弄了一般，慌乱地逃。

先拾几根席眉子，横排几根，竖排几根，前边织织，后边织织，左边转转，右边转转，很快地，他的身子下面的席子足够两个人脊背对脊背地蹲着了。

女人把屋子收拾利索了，两口子，背对背织。

庄户人，话不多；自家人，话更少，屋里一片席眉子的唰唰声。那席眉子跳跃得让人眼花缭乱。他们的眼睛盯着席眉子，但提提放放，似乎不是用眼，而是用心，凭手指的感觉。照这样，盲人也会编织席子喽？

村子的编织手艺，是一个会编织席子的孤寡盲人传下来的。这个盲人，织出的席子个个漂亮，上集，卖得快，价钱又好。村里谁家儿子结婚大喜，一定请老先生编织席子心里才踏实。村里对有手艺的人，从来恭敬。这盲人无儿无女，却有很多的徒弟。他凭编织席子的手艺，晚年有靠。

晌午时候，这页席子该收边了。收工后，女人赶忙做饭，男人伸伸腰，开始给下一页席备料了。

一天两页席，这第二页席让男人多少有些懒怠。料备好，盘了席底子，饭熟了。

吃过饭，男人是一定要上炕伸伸腿的。这一歇，十回就有九回迷糊了。

女人打发了念书的孩子，刷碗洗锅，给猪倒食倒水，回来，见男人还在炕上，伸手推推，再推推。男人有点恼怒，忽地坐起来看见媳妇眯着眼躲到席页里，男人拖了鞋笑微微地蹲在席子上。屋子里很快又是一片"唰唰"声，像蚕吃桑叶，又像春风掠耳。

"有前晌，没后晌"，是说后晌短。说后晌短，这后晌真如一根针，穿一下就过去了。入夜了，这席子有个形状，男人困了，想站起来直直腰。人乏了，编织得就慢；编织慢了，人就显得越加不得劲儿。这样反复几次，整得人有些饿，便走下席子，从红彤彤的

灶下取出几个煨得正熟软的红薯。顿时，满屋子好闻的香气。这时，任外面狂风肆虐，这家人围着喷香的红薯，盘腿坐了，香香地、热热地吃完，擦擦脸，除去这一天全部的疲劳，用新的力量、好的兴致，又开始了编织。

席眉子在手里也似乎多了些兴奋，舞动得更欢了，仿佛要在这男人和女人的手底流出一段又一段好听的歌。他们睁着热烈而迷醉的双眼，他们想的是什么呢？大概是在想赶集，织出的这些席子，能卖个好价钱吧？不，他们的眼里分明有一种迷恋，他们倾注全部的热情，给手下的这页席子，要把它编得好些，更好些，这不是只为了要一个好价钱吧？

快夜半了，男人对着收工的这页席子，兴致不减地这边瞧瞧，那边看看。女人早铺了炕，看一眼男人说：

"快睡，明早还得开席眉子。"

草帽

掐麦秆

收麦季节，麦场上，有了一个又一个麦秸垛。麦秸垛是一个个麦娃子组成。将麦娃子头朝上你挤我我挤你地堆成一个圆，又将麦娃子头朝里一个挨着一个横摆在圆的上面。这样一排排摆上去，就是一小垛。每天都有麦娃子回来，不几天，就成了一大垛。摞到不能再摞，麦秸封顶了，另起一垛。

麦场热闹起来了。孩子们跑着，尖声叫起来，那是他们在藏猫猫。他们拉成一长串，叽叽嘎嘎，那是老鹰捉小鸡。麦场上的孩子们，他们这儿一堆那里一伙，从这个麦秸垛蹿到那个麦秸垛，有的是欢乐。

老婆婆也来了。她们是打麦场上特有的风景。她们扭着小脚，拎一个蒲团，腋窝下夹着半新不旧的一块包袱，包袱里裹着一把小剪刀。

到了麦场，她在这个麦垛前逗逗，在那个麦垛前翻翻。这些牙齿几乎要掉光的老婆婆，将田地交托给儿孙们，她们有自己的干头。

老婆婆仔细地将麦秸垛一垛垛看过，在相准的麦垛前，蒲团"啪嗒"一扔，就地坐下来。

麦秸垛的主人过来了，他从背后就认出坐在他麦秸垛前的老人是王家婆；王家婆稀罕上他家麦秸秆了。他路过麦场，路过自家的麦垛，见老人知趣地就了麦垛根子掐。麦秸垛的主人走过去，笑着

从高高的麦秸垛上，唰唰地扔下几个麦娃子来。麦子上了麦场，就如上了自家的炕，不像在地里那么怕摔。老婆婆高兴地笑了，望着眼前这个年轻的麦秸垛主人。年轻的麦秸垛主人与老人开玩笑说："别光顾着赚钱，明年记着给你大侄子一顶新草帽。"

老婆婆愈发笑得张大了嘴巴。

一晌午，老人掐出一大捆的麦秆。不过这麦秆只有掐出来的末节光溜，每一根麦秆还有两节得掐。未掐的这两节一节比一节细，最细的一节与胖胖的麦穗相连。

该做饭了，老婆婆将掐好的麦秆用带来的布包袱卷了，起身将剪下来的一堆麦穗，用手全推到麦垛的根底，顺手将坐过的蒲团也靠在麦垛底下，这是说她下午还来这儿掐麦秆。她得忙几天，到麦场开辗，她的掐麦秆只能接近尾声了。

老婆婆这些日子少说也掐一老捆麦秆。这一老捆麦秆就是这样一小捆一小捆地夹回来。她宝贝似的用布条捆好，放在院里遮雨的地方。这些还只是从麦秆上掐下来的毛活。她先得照顾家人辗场打麦晒粮。掐麦秆的事情往后推一推，到麦子入库，屋里生火，掐它也不迟。

天说凉就凉了。老婆婆安安稳稳地坐在暖和的屋子里，掐她的细麦秆，掐她更细一点的麦秆子。老婆婆盘腿坐着，腰稍稍弯下来，两肘分放在两个膝头，左手抓一把要掐的麦秆，用左手的拇指和食指递出一根来，右手接着，拇指的尖指甲上下那么一颠，脱掉的麦秆皮落在炕上。左手一根根地递，右手一根根地掐，弄到末了，老婆婆身子左侧的麦秆，光溜溜齐整整，如光身子的小娃娃，光洁得可爱了。身前却是一堆你搭我、我搭你粗暗的麦秆皮。掐出的这些光溜溜的麦秆，用布条捆好，不再放到院子里，而是堆在一个墙脚。老婆婆不发愁小山一样堆在炕上的麦秆皮，她三下两下挪下炕，抱一怀麦秆皮从灶眼里送下去，再抱一怀。有多少麦秆皮都能在欢腾跳跃着的火苗中消失。

掐了头遍掐二遍，这样掐两遍以后，中间那不粗不细的一节麦秆，闪着缎子般的光了，那更细的一节麦秆，如六月天的日头，耀人的眼睛。说得形象一点，这三节粗细不一般的麦秆，从粗到细，就像磨面机磨出来的粗麦面、细麦面。这里还有一比：这粗麦秆如了无风韵的黄脸婆子，中粗的是略带些媚眼儿的妇人，而这最细的，苗条可比十八岁的妙龄姑娘了。最细的麦秆，老婆婆真是太宝贝了，用它辫做的帽子才是大价钱，一年的收成好不好全在这细麦秆。中粗的价钱虽然要价不高，却还能卖几个钱。那粗的麦秆，做成帽子多是送人，或者给自家人留用。

这样有比较，麦秆就不能胡乱放，一样一样捆成小捆，再分别捆成三大捆。小孩子不能乱动，见老婆婆掐帽辫子实在手馋，求老婆婆答应她用最粗的麦秆学着辫。

掐帽辫儿

春夏，沿巷坐着的老婆婆没有不掐帽辫儿的。她们用自己的劳作换回几个钱买盐、买调料、买火柴用。

老婆婆坐的大碾盘，在一棵老槐树下，夏日里，人坐在上头乘凉；春冬季节，她们也坐在上头，只是多个蒲团。

冬季，树叶被一夜一夜的西北风刮光了，但没有了叶子的枯树，经日头一照，红洋洋的。这没风的天气，招人喜欢。碾盘紧靠一家院落，在这家院落外的南墙根处坐下，一晌午，你的棉袄都是热热的。这些老婆婆在无风的日子，在这南墙根下坐着，说闲话儿，掐帽辫儿。她们不论坐哪儿，都坐蒲团。她们在蒲团上坐下去，两腿轻快地交相叠成八字儿，金黄色的帽辫，从两脚腕交叠处很快地往上长，越来越长，长到老婆婆的下巴尖了。老婆婆松松脚腕，一大截闪亮的帽辫，被收到她脚前的一个塑料袋里。这样，不管老婆婆

掐得多快，也不管老婆婆掐得有多么长，塑料袋聚宝盆似的，有多少都能装得进。塑料袋里送得多了，东扭西扭，将它们取出来，两只胳膊，一只脚，把帽辫盘成八字儿，细布条系了，刚才还挤挤攘攘的塑料袋空出好多。

掐帽辫儿的老婆婆，腋下夹着个包裹，包裹两头黄澄澄的，那是一卷刚从水盆里捞上来的麦秆子。每天晚上，将第二天要掐的麦秆——一小捆或者一大捆放进一大盆清水里面，轻轻按一按，让它们灌足水。第二天一早，将它们从水盆里捞出，洒净。这时的它们可不像它们干的时候一折就断，湿了水的它们颜色比原来深一些，却比原来柔软。如果干的麦秆儿是一个个说话脆声脆色的小姑娘，这湿过的麦秆儿，我该说她一个个像什么呢？摸摸她柔和的肌肤，看看她羞涩的面容，怎么看都像一个风情的待嫁女子。这些待嫁的女子们被老婆婆用小包袱卷成卷儿，一个个经由老婆的手，上了帽辫，轧成帽子，分戴在做田人的头上了。

掐帽辫儿用七根麦秆，底子就搭成了。掐七八排，必有一根太短，当添上一根，短的便退出来。这样的帽辫儿，可不比姑娘的发辫光溜。隔一寸长，便有一个麦茬留下来。若将这丈把长的帽辫儿摊在炕上，绝不像盘曲宛转的花蛇，只像爬行着的大蜈蚣。

老婆婆们坐一块，晒着暖和，掐着帽辫，说着闲话儿。说王家媳妇嘴刁，张家媳妇说谎。说一回，笑一顿，不觉包袱里的麦秆剩十几根了，剩七八根了，眨巴眼将剩的一根也插进了帽辫，这才像梦了一觉似的，看看太阳，是做饭的时候了。

掐帽辫儿白天能掐，晚上照样掐；也不点灯，摸黑掐。一天掐三四卷麦秆，三四卷麦秆能掐丈把长。

早饭忙过后的老婆婆，想起她的猪，想起她的鸡。剩汤剩菜"哗啦"倒进猪槽里了。晶亮的白玉米或者黄玉米，随着老婆婆飞扬的双手一颗颗落到院子里，看鸡们勤奋地啄食，老婆婆安下心来，自顾自夹了备好的麦秆包裹，拾了装有帽辫的塑料袋，插上门，自在逍遥地边走边掐起来。这是她们的日常课，她们有了这日常课，说得那样开心，笑得那样开朗，毫无拘束的，就像掐这金色帽辫儿，想掐多长就多长。

小孩子书不愿读，就是家里的帮手了。扫院子，割猪草。女孩子家学掐帽辫儿，也是一卷儿麦秆，老婆婆教她夹在腋窝。小女孩子起先觉着腋窝底下夹着，别扭得慌，将那卷麦秆放在就近一块石头上，要一根，取一根。老婆婆看见，瞪一眼，说那样就不是女孩子的样子了，再说那样也真是太慢了。女孩子便又学着样儿夹包裹。女孩子夹着包裹，只能站定掐，不敢走动，一走动，麦秆不是倒在脚前就是被丢在脑后头。老婆婆看见了，有些不依不饶："麦秆怎么说丢就丢？这每一根都是过了手的，工夫是能丢的么？"

有的婆婆一边掐帽辫儿，一边照管小孙孙。小孙孙恼了、饿了，哇哇大哭。老婆婆舍不得让孙孙哭，可也舍不下手里头的活。她低头在包裹里找寻，挑到最后，终于有一根被抽出来。这一根，不是颜色有些暗，便是稍稍有些弯曲。老婆婆将这根麦秆从中间折住，三扭两扭，便有一个虫子模样从手指间冒上来。老婆婆一边小猫小狗地叫着，一边将手里的"虫子"放在孙孙眼前的空地上。这"虫子"一着地活了似的，翻腾着打着转儿，老婆婆手里掐着帽辫，口里念：

"活虫，死虫，疙了了虫。"

小孙孙不哭了，呆了似的看半天，用手指试着触，"虫子"不动了，一个姿势摆在那儿。小孩子又要哭。老婆婆拾起"死虫子"，又扭那么几下，放在地上，"虫子"又活起来，打着圈转，孩子又看半天。

将一盘帽辫儿，全打开，撒在炕上。这又是一道工序：掐"蜈蚣腿"。

掐"蜈蚣腿"须讲究，留得长了，不好看，留得短些，又怕帽辫散成窟窿儿。老婆婆掐帽辫儿有些年头了，下手是不会错的，快而又准。一会儿工夫，帽辫儿光溜溜的，真如黄毛丫头又细又软的

长辫子。将这又黄又亮的辫子放进一口大瓷瓮里，小碗里放了硫磺，醮一醮，拿出来，这些辫子愈加灿亮金黄了。

一盘又一盘的"8"字形状帽辫儿撂了一撂，又一撂。该是钉帽子的时候。钉帽子更是细活儿。钉草帽就是一团白线、一根针，从帽顶中心开始，一早上只能钉那么几圈。近看，那从中心泅开一圈浅比一圈的帽辫，扣在那里，极像一个不紧不慢爬行着的蜗牛。想象中，那芦苇席子铺出的炕，犹如潮刚落的海岸，那扣在离针线笸不远的一个亮晶晶的小东西，就像一只花纹漂亮的贝壳。老婆婆不想那么多，老婆婆心情有些急迫地钉帽子。一顶又一顶的帽子，在她的双手中终于成型。

市上卖的草帽儿，细麦秆掐出来的帽子比粗麦秆掐出来的草帽，价钱上差一倍。细麦秆，掐帽辫时候急人，钉帽子的时候更急人。一圈转过来，与没转圈还真差不多。没有几分耐性，这活真做不成。以这样的心境钉出来的帽子少掏钱，能给你吗？粗帽辫儿就另当别论了，不说那掐起来一会儿一大截子，只论这钉帽子，那可是一上午一顶新草帽了。

卖草帽

崭新的草帽泛着金光，很抢眼。集会上，街道两边的草帽一家比一家撂得高。草帽儿撂成撂，很有意思，远看如麦场上的草垛子，又如麦场上一个又一个的胖娃娃。

买草帽多是到快要收割的季节。各家户每年的这个时候要给家里添置草帽，多者三四顶，少则一两顶。他们这时候来赶集，头上戴的旧草帽破了，一边塌了下来，戴得很不端正。他们知道家里屋墙上挂着的草帽旧了，乌铜色，没有光泽。他们买草帽的时候，蹲下，一手将新买的镰放在脚旁，便与卖草帽子的行家对话了。

"多少钱？"

"一块钱，人家卖一块五。"

"八毛。"

"这哪八毛拿得了？你看这成色，这做工……"

讨价还价后，总是买了。过两天要收割，那天气，身上的油都要被晒出来，怕是这天下午就要动镰。

他们说：麦子熟一晌，一会儿一个样呢。

这会儿的人们掐着指头过日子，该买的看见了就买，动镰的那十天半月哪里还会像现在逍遥地赶集？

新草帽就那么三顶两顶地扣在旧草帽上。他不会忘记蹲下时放在脚旁边的镰，拾镰在手，起身寻思着买其他了。

买草帽与新婚的女子有关。麦子收割完，娘家人"走麦罢"。也没什么稀奇的，庄户人家的事，不外是几个白面馍馍。但这"走麦罢"有一样不该落下的就是这新草帽。姑娘回婆家，娘家人提笼戴帽，走亲戚。

在热热闹闹的集市上，新出嫁的姑娘，跟在母亲背后，买草帽。买这样的草帽得细心挑。草帽辫儿细不细密，做出的针脚是不是又小又好看，都看过了，还要仔细察看帽边儿的结口是否看得明显——这是近看；如果都没有问题，那就得将拿草帽的那只手伸出去，身子往后略略一仰，眯了眼，端详帽子顶端圆不圆，这才决定拿不拿走。

母亲将新买到手的白亮亮的草帽再细细看一回，随手递给不离她左右的闺女。姑娘接着草帽，她那双油亮亮的眼睛，添满了光彩。这光彩，是太阳光下的草帽映的，也是从心底里溢出来的。

集上的人渐渐少了，一垛一垛的草帽小了下去。这些草帽儿是老汉拿扁担一步步挑来的，是老婆婆拿包袱裹好，扭着翘翘的小脚一步步背来的。现在，望着各自跟前已不多的草帽儿，他们低头开始数怀里零零整整的票子。他们不急着再卖，剩这不多的几顶，家里人用得着。再有多出来，打发给邻里亲戚。

油菜花

油菜花

　　黄黄的油菜花，点缀着绿的枝秆，点缀着一望无垠的麦田。它是初春人们眼里的风景。望着它，能使烦恼的心境平和，平和的心境陡生激情。微风过处，看呵，这些菜花如一群群花枝招展的小姑娘，走着跳着，不停地晃着她们的小脑袋。

　　菜花将大地装点成一个大花园。蝴蝶飞翔环绕着芬芳的菜花，墨绿的枝秆一枝枝涨得饱满，生气得像一个个年轻的小伙子，他们愿意将身子藏在花的下面，将美好托上头顶。

　　菜花在太阳下很幸福。

　　过往行人一眼先看到了菜花。大块的，汪汪洋洋；小块的，如一片明镜。菜花的美从行人的惊叹声中可以听到，在行人的眼光里流露出来。有的行人驻足，弯腰，鼻子凑在菜花上。他们才舍不得掐下一枝菜花呢，这些可爱的小生命，让她好好地生长着吧。

　　锈色的、小米粒大小的颗粒种下泥土，从小在风雨中飘摇，居然长出这么娇艳鲜美的花朵来。

　　大自然的赐予。

　　菜花开过，大把大把的锈红色的菜籽倒出来，这是鲜亮的菜花，是对劳动人民的报答。这些锈红色的菜籽，在不长的日子里，便是黄澄澄的菜籽油。

菜籽熟了

鲜亮的菜花落罢，菜籽枝秆变成土色的时候，菜籽熟了。那曾经灵动的枝叶，现在成干瘪老头老太太了。但捏开细辣椒模样的长长的外壳，里面排满着密实的米粒大小的籽实。它们一个个小宝贝一样地安详地做着香甜的梦。

成片的菜籽熟了，各家各户一镰一镰割倒，小心地装上车拉回家。菜籽太小太轻，脱粒机用不上，只能放到自家院子里用棍敲打。

晒在院落里的菜籽的枝秆，干成柴了，菜籽壳干得张开了小嘴。人们用棍子敲打，用棒槌敲打。

"扑——扑"。

"嗵——嗵"。

人们的双脚踩上去，年轻的、年老的。年轻人的脚步像敲得正起劲的鼓点子，他们不是在踩，他们在跳。年老的人，沉着地踩，一脚是一脚。他们用他们的双脚跟菜籽对话，旁的人不能知道他们的双脚说了什么，不知道他们脚下的菜籽又说了什么。这是脚与菜籽之间的秘密。

院子里的太阳只走了一半。院里，男人们黑黑的额头上，汗水点点滴滴。女人的汗水滴湿了她的前胸后背。在太阳底下，女人湿润着脸，她们的脸不是平常的粉色，是深红，打了彩一样的。

各家都有敲打菜籽的声音。声音从墙头扬过，此起彼伏的敲打声，东南的、西北的，连成一片。

一堆菜籽变成两堆儿，院西的那堆儿，还得敲打。那土里混了黑芝麻似的籽实，分在院东，是打好了等着过筛的菜籽堆。

院子里的太阳，只剩下大门口那么一点。院西被敲打着那一堆，一会儿比一会儿小下去。院东藏着籽实的土堆，一点点地增高了。院里的人们说着笑着，他们看着土里头的菜籽说是珍珠，是玛瑙。

筛菜籽

一个长方的大型木筛，倾斜成照脸的镜子的角度。

这筛子装一张大铁网。木锨铲起混着土和枝叶的菜籽，撂向筛子。溜下来的这些碎杂，当柴烧。漏到筛外是红红的菜籽。

一院菜籽棵，打出过完筛，小小一堆红红的籽实。它堆在院子里，是那样的小。人们骂菜籽：披着一张老虎皮，假威风。

又是一张圆形的铁筛。筛子底下的两条短木棍，呼呼啦啦地在筛子底下翻滚。铁筛像喝醉了酒，在两根木棍上，摇摇摆摆。珍珠般的菜籽一拨一拨地倒出来，玛瑙般的菜籽一拨一拨地倒出来。它们热热闹闹地挤在一起，被倒进一个袋子里，被倒在一张布单上。

院子里的日头没了，双手握着筛子边的女人，力气全在两只胳膊上，她的两只手跟着筛子摇呀摇。她的胳膊上满是尘土，眉眼上满是尘土，还有她的头发，她的黑头发成了灰头发。

天黑下来，这是一天的工作。

蓖麻籽

蓖麻籽

中秋时节，开春点的豆子、种的蓖麻一天天地收回家。院子里，铺了干净的花单，花单上面晒着蓖麻。

女人坐一个蒲团，或坐一个矮矮小板凳，用鞋底在簸箕里用劲地"咔嚓"、"咔嚓"地搓。搓一会儿，两手端了簸箕转身朝没人的地方扇簸碎了的蓖麻壳，如此再三，簸箕里大多成了乌溜溜油光光的蓖麻籽。女人翻搅这些蓖麻籽，挑出上好的蓖麻，给明年留种子。她们将这蓖麻种子另放身旁一个早准备好的瓷盘里，瓷盘里又光又亮的蓖麻占满了盘底。

蓖麻籽全身花纹，像一张脸谱，是戏剧里的花脸小生！忽然地，对土地心生敬意。一粒蓖麻籽下地，就有一棵蓖麻树长出来，长高，分叉，然后绣成一疙瘩、一疙瘩的蓖麻花，每疙瘩蓖麻花上面都有一个红缨子出来，像一盘珍馐上面那点亮眼的点缀。等有一天，这红缨子落了，这疙瘩花变成一粒粒小球，像一个个小圆脑袋。秋收时候，蓖麻成熟了，水水的蓖麻树一天天变干，变硬。

人们剪回蓖麻枝晒干，搓开，收在盘子里……每个小脑瓜子里都有三五个蓖麻籽呢，每颗蓖麻籽都是一花脸小生。它们看起来一个模样，两两相比，各个不同，像树上众多的叶子……

土地，给我们一个多么奇妙的世界！

拾荒

小孩子常去地头，跟在大人背后、跟伙伴们成帮结队。

太阳红洋洋地照在身上，小孩手里提一个小铁铲，或者臂弯处挂一个竹篮，或者手里拿长长一截才努嘴儿长出绿叶的柳树枝条。这些不醒事的小孩子，看见爷爷奶奶们、大叔大婶子、自己的父母亲，扛了铁锹或锄头，从他们身旁走过，到一个或远或近"四不像"地头，开始了他们的劳作。

这"四不像"地头，不是靠山，便是多有砖头瓦渣，或者在沟里，或者在半坡。它们没有一犁耙宽，谈不上机械操作。这小块地能种十几行麦子、二十几棵蓖麻树、一小块棉花地，或者种几棵西红柿辣椒茄子。

这叫拾荒。

蓖麻一树一树，长势并不比平地差，结籽一样颗粒饱满。那肥圆雪白的棉花，一朵朵眉开眼笑；西红柿在太阳炙烤下，青绿一点点地变红了。辣椒也一串串挂下来，青得发黑。茄子紫莹莹油亮亮的，好大呵，谁路过，就照出谁的影子。

十几行麦子收回家，主人唠叨说这点麦子是拾荒拾的。话里充满骄傲，脸上露出丰收的喜悦，感受着劳动的快乐。

榨油时候，将拾荒拾来的蓖麻加进去，仿佛这样一加，榨出来的油，能够多出好多。

拿拾荒摘来的那点棉花，为儿女们缝一件棉衣，或者做一双棉鞋，做母亲的就自夸起来：拾荒也能拾出这点儿来，明年多拾两块吧。

蔬菜就不用说了，摘菜的时候，望着这又大又红的西红柿，望着这红了一串又一串的辣椒，还有这紫莹莹的茄子，你从心底里赞叹这片神奇的土地了！

春季里的人们，他们知道什么时候该落什么籽。天地之大，土地神奇，落下什么籽，就开什么花。可爱的黄色是瓜秧，西红柿是小白花，亮亮的紫色是茄子花，各样的瓜各样的花朵颜色。

庄稼人十分讲究，有人在某一地动了一锄，这个地方，就绝不会有人再动它。庄稼有了果实，乡亲们从荒地旁边经过，边走边看。他们三三两两说着，走着，羡慕人家谁家的果实落成了。也有偷偷摸摸的，比如红薯，路过方便，前后不见人，蹲下来，挖两窝，尽管偷者做得很隐蔽，主人到地里一看，就知道哪块缺了一窝，免不了嚷嚷几句。

但第二年，还拾荒，她说：种，咋不种？偷怕啥呀，咱吃的总比偷的多。

记忆中，拾荒的爷爷奶奶们，多已仙逝，父母叔辈们也一个个年岁大起来。岁月的流逝，似乎带走了拾荒。但地是歇不住的，那不种庄稼的土地，各样草儿发疯地往上长。

思念拾荒。

旱烟

冬天，两个老汉蹲在一个背风处，手持烟袋管。那是木杆烟袋。烟袋碗子是铁的，是铜的。他们怀里有一个旱烟袋，旱烟袋有皮的，有布的，口上系根细绳，束紧。

见过针绣的旱烟袋。那针绣的烟袋，红红绿绿，花儿叶儿，极有韵味。

一根细管，一端是装烟的烟袋锅儿，一端是嘴儿，玉石装成。女人把翡翠玉石戴在耳朵上，戴在手腕上。老汉天天不离吸烟管儿，将这些装在他的烟管上。

烟袋和烟袋管挂在男人的裤腰带上。老汉的裤腰带晃着烟袋管，晃着烟袋子。

老汉吸烟管，不急。吸着烟管，想着事情，老汉的大小事情，

从烟管里跑出来。传说，一个老汉拔一根枯蒿，做了管烟袋，正吸着，被人看见了。那人说老汉的嘴里吐出来的不是烟，是一朵朵莲花。他说老汉的烟袋是个宝贝，用财物交换。那人得到烟管，却吐不出莲花来。故事到底怎么个不去管它，这个古老的传说让闲下来的老汉们，比赛谁吃烟袋能口吐莲花。

后来，烟袋成了旧物。

几个老汉蹲一块，抽的是纸烟。纸烟，一张二指宽的条子，手指在纸条上划一沟浅浅的槽，在口袋捏一撮黄的烟叶放上，摊匀，然后卷。

卷烟。卷起的烟卷，竖起在他手掌中，转几圈，蹾两下，舌尖一抿，两指在竖起的烟底端，一掐，衔在嘴里，点着。这样一个动作，却有卷得好，有卷得不好。卷得不好的，烟抽不到一半，散了架。一个男人，白扔点烟叶不算什么，但他会为卷不好烟脸红。

老婆婆也吸烟，一样是卷纸烟。

老婆婆卷纸烟，不像老汉们那样上心。老婆婆寻来一绺纸，摸来一撮烟叶，放上。她眼睛细眯着，一边说话一边卷，像手里正纺着线或者正缠着的一个穗子那样随心。烟点上了，老婆婆一样吞烟吐雾。她的手搭在盘起的膝盖，那烟头儿闪着火红的光。

旱烟，自己种。

初春，旱烟长着菠菜一样宽宽的绿叶。那叶子比菠菜的叶子厚，有些粗糙。

田野里，旱烟棵子过膝，一身的烟叶。秋天，旱烟地一片金黄，只等收了。

旱烟晾在院子里。干了，叶子焦黄。将旱烟揉碎放着，是一年的旱烟。

卷烟纸不发愁，家里有念书娃，缺不了卷烟纸。两指宽的条条，孩子们在学校一人一天写三张，三两个孩子，够大人卷好几天的烟了。卷纸烟的男人口袋里，有的是旱烟叶子和纸条儿。

商店里卖盒装烟。

学校里的老师、复员回来的军人、守柜台的售货员、村里的大小干部，他们抽商店里的纸烟。雪白的衬衫，上衣口袋渗出来隐隐的样子，红红的，那是什么？一盒烟。

村里人买一盒商店卖的盒装烟，家吃的是卷旱烟。他们抽旱烟才觉得过瘾。

第八章

乡村年俗

年

过年时节，霓虹灯闪闪烁烁，如妙龄女子妩媚的眼。艺术照相馆门前的巨型画幅发出诱惑的光。这些在乡下是见不到的。每到这时候，我的心像长了翅膀似的飞回故乡，耳边似乎听到乡下鸡鸭欢叫和偶尔的狗吠。过年的色彩再没有比乡下更浓厚的了。廿三送灶爷辞旧岁，除夕接神迎新年，大年初一挨门儿给本家长辈们行大礼。这些给孩子们留下许多有趣的记忆，让孩子们能长时间地咂巴过年的滋味。

每个村庄都有杀生的好手。乡下人在过年前两三天，放一口大号铁锅在三条泥腿子的临时炉子上，灶膛里泛着蓝焰的火苗欢快地在锅底下跳跃。十几个娃娃围上来，大人们拿出少有的温和，只管让他们从旁待着，末了，赏他们一个猪尿脬，他们你追我赶，一哄而散。散了小孩来了大人，偌大的两扇猪肉一小会便分个精光了。

年前家户院里放着一个大瓷盆，盆里放着宰了的两只鸡，正在褪毛。瓷盆旁放着一颗猪头，几只猪蹄。那猪蹄用烧红的小炭锨烙过了，有些地方还得用拨火棍烙。比如猪蹄子腿上皱起来的地方，比如猪耳朵后面。父亲忙了整整一下午。院子里全是烙铁的怪味道。那味道真难闻，滋啦啦的声响，听着也怪不舒服。西院放了两个大瓷盆，盆里放着猪肠子。那肠子，像卧着的蛇，一桶水哗啦进去，那荡漾着的肠子，像要跳起的蛇，惊得孩子们跑散了。羊逢年，免不了被宰杀。女孩子远离杀生，如果是宰羊，她们守着看，为了要几只好看的羊拐。将羊拐擦干净，用红纸包住，羊拐便染成可爱的红色。

母亲每天往后屋里不知道要走多少遍，端着油灯，打着手电筒，或者也可能是划一根火柴。母亲从后屋端出一碗粉面，和在肉里面。母亲的手就那样插在一只瓷盆里，搅动。那粉面和着碎肉，像花朵。屋外饭厦底下的油锅哧哧啦啦响，那是和好的碎肉粉面团，放进锅里了。油炸的香味从饭厦散出来，飘得满院都是。

交流会

城里人过年，或者一天可过得。乡下人过年，前前后后个把月。乡下过年前有一个"大集"，也叫"交流会"。交流会十天或十五天，放在年前，也能说是过大年的专利。乡下人在这些日子里分了工：男人买油盐酱辣子；女人买针头线脑，给一家大小买新衣新鞋，给自己添条新围巾。街市上每天有好多的人，准备过年，要买的东西真多啊，打早来街市买了一天，到家时发现落下一件什么东西，明天再买。

第二天的街市还如头一天的热闹红火。男人头戴"火车头"（军用棉帽），女人头上系方围巾，胳膊肘挎小篮子。北街的衣服挂了一墙又一墙，南街卖棉花卖菜卖水果。十字街卖调料卖瓷碗瓷盆。交流会与逢集一样，只是多了年货。新年画摆了一街，明星的脸一张又一张。灶神财神一叠一叠放着，火红的鞭炮长长短短地码成垛儿。各样的灯笼大大小小，等着它们各自的主人。

交流会是相亲的好时候。东家的男子、西家的姑娘在交流会上见面，亲事或者不成或者就成了，男子十八九，女子十七八，订了婚过两年该娶的娶，该嫁的嫁。也有在交流会上自己看上眼的，交流会便成了男女青年约会场地。坐满人的戏院他们多是不去的，他们去电影院。交流会上的初见，或者就注定他们的一生的姻缘。每年年前的交流会不知要成全多少个有情人结一生的情缘。

炸麻花

炸麻花，是年的信号。

村里人只有过年才炸麻花。

麻花，油食，村人不称麻花，叫它"扭股子"。

炸麻花是为自家吃，也为了走亲戚。村里逢年走亲戚，提篮里放着蒸馄饨，馄饨上面搁十根八根麻花。

正月里的果盘里，盛糖果、花生、酒枣，带有几根麻花。

麻花是城里人的叫法，村里人炸麻花，叫炸扭股子。其实，这两样叫法，都不错的。称它"麻花"，为了这油食一根一根，模样像姑娘的长辫子，再要比喻，那模样也太像一根绳，也有人叫它"油绳"。

老百姓有自个的叫法：叫它扭股子。听起来有些绕口，但是，但凡做过这油食的，了然在心，它是两股合一股，叠三股四股而成，是"扭股子"扭成的麻花呢。

一张大面案，忙活的人围着面案。邻居相互帮忙，人手多，活做得快。

将备好的面，从大瓷盆里拉出来，均匀切开，这叫"起子"。案上有半碗黄澄澄的油，从碗里蘸油抹在切好的"起子"上，两个两个地重新送进大瓷盆。

开始搓了，手伸进瓷盆里摸一个"起子"出来，在案上搓。"起子"两头延伸，不觉三尺多长，将一头折回，两股延伸到一定长，相向搓，叫"上劲"。看两股扭合成一股，一点点扭花，那搓着的人将两股开口捏在一处，一手一端，一端往上滚一端往下滚，合的股子越扭越花，像一根结实的麻绳了。只见这股"绳"，上下跳跃，落在面案上"砰砰"作响，在这一上一下跳跃中，那搓家眨眼之间，两手交替，猛然间一手悬空，那面食虫似的扭动，花绳交叠成不足一尺好看的麻花了。股子两个端头圈起来，一端一个，像刚往外露的蛇头。若蛇头不大，或者两头有一头没勾住，扭好的股子要散架。

搓麻花，搓条子简单，"上劲"也容易，两股成一股扭成麻绳在面案上砰砰作响似乎也不是难事，只是最后那一眨眼的交叠自动旋成麻花，堪称绝活。像酿酒，该做的都做了，味道如何，只待酒酿出来，尝一口才知道。学搓麻花，一步步照着做，最后一步也如看在眼里的那样匆急地交叠，一提，只缓缓地动一两下，放在面案上不是扭得不花，便是合错了，松散着扭不成一根。

过了正月，扭股子剩得不多了。家里刚学爬的小孩子瞅屋梁上挂着的篮子，把拇指伸进嘴里，哭。母亲知道他是饿了，上了炕，从梁上的钩子上拿下篮子，从里头拿出两股麻花，递给他。剩的那点麻花就这样一点点地给吃没了。

除夕

过年的前一天是"月尽"。到了这一天，"年"的味道就浓些了。"咣咣咣"的剁饺子馅的声音如振奋人心的号角从各家传出来。

要过年，屋里是煮熟的食物香味、新炸的麻花香味，连同放在瓷瓮里的馍香味，一并儿混合着。后屋是界墙隔出来，做储藏。储藏室一溜摆着几个盛麦子的大瓷瓮、一个酿醋瓮、两三个盛面的瓦瓮、一个高高的笼架、一条旧木供桌。供桌上放着黑漆漆的牌位，放着烛台、一个长杆子油灯，旁侧放着盛油瓷罐。刚除过尘，这里的每一样虽是旧物，但一个个擦抹得干净利落。后屋一个铁钩挂着一大吊猪肉。那猪肉寸把厚的膘，白生生。人走过不小心迎头碰上，那吊猪肉便前后摆动，如吊在半空的沙袋。挂猪肉的铁挂钩，三个钩叉结在一起，像开起的莲花，那尖锐的钩头，向外弯成一个弧度，显出一小点精致，在后屋不很明亮的光线下有那么点晶亮，却散着惨白的光，冒着冷气。猪肉的肋骨，尽管洗过，还是血红色。为了那大半扇猪肉，过年前后，小孩子不大去后屋。

墙头有旧的贴画痕迹。年前大扫除那旧贴画从墙头上揭下来，留给母亲剪鞋样或者袄样裤样儿。墙头上贴画的地方，像是一块块补丁。新买的年画要照着原来的痕迹贴上去。新画展开，铺在炕头。炕头也很热闹了。

新画是四条幅，两大张或者四大张，是《苏三起解》《打渔杀家》《打金枝》《五女拜寿》《屠夫状元》一类的戏画，每张画里有八幅小图画，小图画下面注着几行小字。年画也有单张，是张大嘴巴笑哈哈的娃娃。那娃娃穿红兜骑鲤鱼。那画里的鲤鱼在河心游走，有水滴泼溅出朵朵浪花。或者娃娃怀里抱着一个玉米穗儿，那玉米穗儿胖，颗粒饱满，娃娃抱在怀里，比娃娃看着都要肥大。

贴年画似乎专是孩子们活。这个说这张贴在对门墙头，那个说还是贴在炕头墙上，争执不下，让母亲裁断，照着母亲的话去做。年画按在墙头，大头钉握在手心，问母亲端不端正。母亲在擦萝卜，仰头看，说左摆或者右摆。

年画贴好，那墙面连同整个家也成崭新的了。接下来贴对联。屋门的对联，父亲来贴。门上的对联，一家一个样。那是邻居张三写的，那是邻居赵六写的。村子里总是有几个写对联的好手。临到过年，家家买红纸，裁好，送到会写对联人家。会写毛笔字的邻居们，每到过年时节，写字的桌子早早摆开。他在屋里弥漫着蒸笼或者充溢着煮萝卜味儿的热气中，写毛笔字。他的家人在炉灶那里烫着猪头或者猪蹄子，伴随着滋拉滋拉的声响，冒出一股一股的轻烟，带着那么点烧焦味儿。写字的人，一笔一笔写他的字。他写了一条，放在一边，接着又写。整个院子，连同重新垒过的鸡舍和打扫干净的牛棚，看着都是要过大年。

贴红对联，图画钉是不能用的，墙头的砖门楼，只有粘上去。自家烧的面糊，刷在墙头，对联贴上了。若是土打的墙门，寻来短截儿秫秆，按在红纸对联上，用小图钉钉好。这样，大门口有了灿新的红对联了。

年画门神贴好了，对联贴好了。屋外，一棵树的旁边，点着的一堆柴草烟火，慢慢地小下来，成了一小股。父亲宰杀的鸡收拾好了，猪头烙干净了。门口挡门杆放上了，挡门杆两边各放一块炭。父亲从屋里拎出一张四方桌，摆在院中央当供桌，供桌下面搁一大块炭。过年与炭原有着密切的关联。

院子的供桌上放上香炉，放上"天地众神"。天地众神是一张版印的细软纸张，用一根干净的竹皮子夹着，放置在供桌前。红红绿绿的众神像，正中写着长长一竖行："天地三界十方神位"。小孩子看着门上的新对联贴好了，看着屋门上的门神贴好了，看着父亲搬来一块炭放在院子里，看见炭上面摆了供桌，看见一根竹皮子竖起来的"天地众神"，看见神像前放着香炉。小孩们站着看半天，用一支竹棍当马骑，将"马"打得飞快。这样来回跑着，天一点点黑下来。院里桌子上的"天地众神"看着有些模糊了。小孩子跑累了，歪在母亲旁边看母亲捏饺子，心里期盼着。他们的新棉衣还叠在柜子里。他们的新鞋子，在鞋包袱里。快快过了这个除夕夜晚吧，明天天不亮就能穿到新棉衣新棉鞋了。

母亲下好饺子。院里的锅里煮着臊子菜，切好的海带丝放进锅里，将切好的豆腐放进锅里。母亲在洗盘。那盘不是瓷盘，是漆红的四方大木盘。过年，家里的东西全都能派上用场。

最神秘的是除夕夜接天神、敬财神。小孩子跟屁虫似的跟在大人后面，竞相磕头。那小一点的孩子，人家都站起来了，他才忙忙地下跪，不等膝盖着地就又忙忙起来了。

除夕夜是忙碌的。母亲除夕夜最后一件事是从柜子里给孩子们取过年穿的新衣服，把新衣服一个个铺在孩子们的被脚头，或者还有两个扣子没钉，或者还有几针要缝……母亲不瞌睡，她为孩子们守年夜呢。

大年初一

大年初一，小孩子为了穿新衣服，醒来好几次。要在平常，日头半竿他们的梦正做得酣呢。清晨的院里，东方不见一丝丝光

亮，天地混为一片。孩子们一个个急着从被窝里爬出来，新的背心、新袄新裤新袜子全穿戴好。这一腊月盼着的过年，终于如愿地来到了。

穿新衣的孩子们从屋里跑到院里，从院里又跑回屋里。灯光从屋门照出来，照到飘飞的雪花。大雪是年味里的一样。过年不下雪，年过得带着不真实。上天似乎了知民意，每到过年，大雪纷飞。院子是洁白的，屋脊是洁白的，树枝头也是洁白的。穿了新衣服的孩子们，激动的心让他们快活起来。哪里的一声炮响，"叭"的一声，小孩子又紧张又欢喜地惊叫着。但这笑声，被母亲制止了。母亲说不要大声笑，说话放轻些，这样才不会惊动神灵。大年初一清早，大声唤唤是不行的，更不许打喷嚏，说这样会惊动天神。如果有谁真正忍无可忍地打了一个响嚏，家人除了忍不住笑得叽叽咕咕外，一点儿都不会受责备，倒好像因此更添了不少喜庆气氛。

屋里静静的，母亲不让小孩子大声说话，母亲自己说话也很小声。母亲悄悄告诉一个个孩子，让他们到院子里的供品那里去拿一糖果或者枣子吃，说这样小孩子一年里头不生病。母亲又吩咐不要多拿，多拿就不灵了。小孩子一个个，这个拿了那个拿。我悄悄从神灵跟前拿一粒糖果或者一颗枣子，拿的时候，心里藏着愉快。

院里噼噼啪啪燃起一堆柏柴火，浓烟一股一股地冒上来，"轰"的一声，火光窜出来，映红着半边天，一院子都是光亮。据说"柏柴火"能赶跑污染空气的怪鸟。穿着新棉袄棉裤子的孩子们，远远地围了柴火，伸出胳膊，烤得浑身上下暖烘烘的。在这红火光亮的院子里，摆在院里的供桌上的木盘里头放一吊煮熟的刀头（祭天地用的肉）。刀头尺余，弯曲着，能看见一条条肋骨。刀头旁边放着些糖果花生柿饼核桃枣儿。香炉里的香火早被这腾起来的火光比下去了，只见那香火冒出的那一丝丝烟，东倒倒西歪歪，丝丝缕缕地上升。火光里，桌子上供奉的天地众神烟雾缭绕。

母亲也出来了，母亲能得闲，一定是该孩子们吃饺子的时候了。

柏柴火渐渐小了，东方有了一丝丝亮。孩子们一个个争着往屋里跑。又不是挨饿的年月，但诱惑力来自饺子里面包了一分的钱币。照传下来的说法，这是对一年运气的推测。对于孩子们，这成了一种有趣的游戏。孩子们在这有趣的游戏角斗中不知不觉已吃了平日里的双倍。一大家人，最多两个钱饺，吃到的当然眉弯眼喜，那没吃到的孩子甭提心里那股别扭劲。

但这不高兴很快就会过去，大家要出去拜年了。对于小孩子们，拜年是欢快的事情。从外头转达一圈回来，压岁钱多得从口袋里直往外溢。哪里还顾得为没吃到钱饺难受呢？

年前年后，下雪。大年初一，地上的雪铺了厚厚一层了，天上还一丝丝地往下落。院子是洁白的，屋脊是洁白的，树枝头也是洁白的。走在雪地里看见身后留下扭扭歪歪脚印的孩子们在这雪天雪地里跑着、跳着，用雪块相互激打。在孩子们热闹的吵闹声中，在这里那里的鞭炮声中，人们度过隆重的大年初一。

扎拐

扎拐子就是踩高跷。

正月里穿新袄新裤子，看闹红火，耍龙灯。

"嗵嗵嗵"、"锵锵锵"……

一街的人，红红绿绿。那化了妆的人，脸白一块，红一块，横竖地排着队，肥的薄绸裤子，风一吹，像翩翩起舞的蝴蝶，锣鼓队的鼓点子重重地敲响着。

鼓声渐远，扎拐子过来了。

街道两边，一边一行。那人全晃在两根木头拐上。那拐有丈把高，前走走，后晃晃。那文静的相公，羞涩涩的小姐，这是《西厢记》里的一出，那个丫鬟，手里还提着一盏灯笼呢。穿着白袍的白

蛇，穿着青衣的许仙。许仙头上戴一顶一走一忽闪的毛边帽子，那眉眼，那神情，如戏里走出来的一模一样。

观众正一个个地端详，扎拐子的中间道上，跑上来一个戴黑丝绒帽子的老婆婆，她穿连襟的绸衣服，腮上抹着胭脂，腮帮上涂着一块大大的黑痣，一看是个丑媒婆。媒婆手里提一根烟袋。那烟袋尺把长，走一步，吸一口。

媒婆是男人扮装。他的手多大呀，在头上蹭那么一下，又放在他的脸上，妖里妖气模仿女人的样子。他的木拐比别个人的木拐都高，像半空中飘着，忽地飘到西，忽地飘到东。他突然跑起来，端着的两胳膊肘往后奋力地戳，东颠又西扑，跑到"小姐"跟前去了，跑到"丫鬟"跟前去了。眼看着"她"要跌倒了，"她"却嘻嘻笑着竖直腰杆又抽起他手里的烟袋了。

又一个小姐样，她的手里握着一个木牌子，木牌子上写着"金枝"。她前走后挪，前走后挪，好半天，也走不了几步。黑丝绒婆子跑过来逗这"金枝"了。

这是一个挎着簸箕的农妇，她的头上包一方蓝帕子。

这是一个扛锄头的老汉，戴着草帽，嘴边画着胡子。

提篮的，担担的。

织女来了，手里端着一个木梭。

牛郎来了，担一副儿女担子的牛郎，在一只金牛的角上飞奔。

嘣嘣

一个坐着的半老头儿，头上戴一顶旧了的草帽，身前放着一个条筐。条筐里东倒西歪放着些大肚皮玻璃瓶，蜡黄色，亮亮地，如树上爬着的蝉蜕。

这玻璃瓶，长脖子，老头儿从筐里取出这个吹两口，又拿起那个吹两口。

"嘣嘣……"

街上的人流，东去了，西去了，他们左看右看，一边看着，耳朵里装满了这种声音。

老头儿唱起来：

> "买嘣嘣，买嘣嘣。
> 买个嘣嘣吹三响，
> 家里富贵又安康；
> 买个嘣嘣呼啦啦吹，
> 明年不知道你是谁。"

卖嘣嘣的老头，一边念一边逗蹲在筐旁边的小孩子。小孩食指含在嘴里，一胳膊放在膝盖上看老汉唱。老汉唱完，小孩子笑了。老汉看着小孩，说："笑什么！买一个，将来一定考个官。买不买？"

这孩子不好意思，站起来，向后退了一小步。又一个小孩近前看着筐里横七竖八的嘣嘣，他的手里握着山楂，小嘴巴红红的，一动一动。

看大肚皮的嘣嘣是一回事，买一个自己吹，是另一回事。不掏钱，那卖嘣嘣的老汉不让试吹，掏了钱才答应，直挑到你满意。老汉教你吸气，呼气……你果然会了。"嘣嘣，嘣嘣"，你激动起来，这是你自己的声音。

街上手里拿嘣嘣的孩子，一会比一会多。有一个孩子想起老师教的歌曲。他试吹了一遍，自己哈哈哈笑了。再吹，还是笑。但两次笑得不一样。第一次哈哈大笑，是喝自个的倒彩，第一次吹也太离谱儿了，好好的曲儿吹成那样，真要笑掉大牙了。第二次笑，就带些儿自信，有勉励的意思。吹得多了，口顺了，吹得真有那么点像模像样。

吹一曲，再吹一曲，吹不够，迷上了，直吹得两腮发酸，下巴

都要掉下来。

街北街南，街东街西，到处能听到嘣嘣声，各样的声调，各样的声色。日渐偏西，老汉跟前筐里的大肚皮嘣嘣，剩七个八个的了，剩两三个了，到底全卖光了。

问卖嘣嘣的老汉，他说：嘣嘣也叫玻璃脆。他家卖这玩意三辈子了。照他的话推算，爷爷辈也玩过这玻璃脆，听过嘣嘣儿呼啦啦地响。

嘣嘣儿容易碎。孩子吹乏了，或者又看见什么稀罕物，将嘣嘣儿往口袋里一插，飞奔而去，嘣嘣儿不是掉地下了，就是在口袋里压碎了。

年年春节，有嘣嘣的声音，卖嘣嘣的吹，买的也吹，直吹得一街呼啦啦响。

秋千

正月里，村里人急着栽秋千。

有备好的秋千杆，檩粗细，长长短短三根。两根竖杆，三丈多。短的，做横杆，是秋千顶。横杆竖杆固定成"门"字状。秋千顶中间系一块红布，或者插一面小红旗。

现在，秋千卧在地上。村里的年轻小伙七七八八、高高低低都来了。中年人来了，老年人也来了。栽秋千离不了年轻小伙，也用得着老年人。

妇女们仨仨俩俩，袖着手，站在一旁看。妇女们一年到头闲这么两天，她们来凑热闹。秋千顶上系的红布就是女人们从家里带来的。她们还给秋千系上铃铛。那铃铛看上去，铁锈了，摇它，很响亮。

村里的"笔杆子"，拿着写好的对联来了。浆糊是才烧好的，冒着热气。几个人上前接住，又是一阵忙。忽然，人群里一阵哄笑，有一个的脑门上长了一只"红眼睛"。原来，有调皮的用浆糊在红纸上粘粘，点在这个的脑门上。两个年轻人扭在一块，就地摔跤，逗得男女老少，看戏一样地热闹了。

几个老年人围着一块碌碡，一个蹲下来，手在半边翘起来的碌碡下面将地面抚平，让碌碡放得更平稳。栽秋千，一根竖着的秋千杆下面，叠放着三块碌碡。

但秋千不栽在三块叠放的碌碡上。

两边叠放着的碌碡上面，各放一石墩。石墩上下两底平平，口面比碌碡小，周边一圈花纹。

但秋千不栽在石墩上。

两个石墩上，各放一井轱辘。井轱辘立起来，露出井杵眼。这井轱辘面又比石墩小。

秋千不栽在井辘轳上。

一边一个井辘轳上面，各扣一石窠，石窠遮住井杵眼儿。

秋千不栽在石窠上。

一边一个石窠上边，各放一个铁球。

秋千栽在这圆圆的铁球上。

老年人站远些，中年人也退后，小伙子们分成两拨，一边三根粗绳。秋千要从地上立到半天空。

这是人心振奋的时刻。号子拉响了："一——二"、"一——二"。

"当啷——"，秋千架离了地，接着，"当当啷啷"地，随着脆脆的铃铛响，秋千架摇晃着忽忽悠悠，越升越高。绳定处，半空的秋千上，红布飞扬。

秋千底下，一片欢腾。

小孩子巴望秋千快快栽起来。看秋千架颤颤悠悠立起来，小小的心飘荡着，嗷嗷叫着争着要坐上去。却是一伙的年轻人，揽了秋千绳一脚跳上去，一来二去，人悄然间离地两丈多高了。

　　一旁的年轻人眼红了，看秋千晃到低处，乘势跃上去，抓稳秋千绳。这意外的举动，让旁观的惊呼，那秋千铃铛如鼓，急骤地响起来。这歇不住的铃铛，怕一直要响过正月十五，响到要拆秋千的那一天。

　　两个年轻人面对面地，你弯膝，他弯膝，越飞越高，高得惊呼声四起。这对年轻人下来了，那对又上去。人在秋千上晃，秋千本身也在晃，一边站着的人心悬着。

　　年轻人的瘾过足，一伙的小孩一哄而上，揽了绳，却又一次被年轻人揪着耳朵撵开了。年轻人推一个老汉坐上秋千，推一个老婆婆坐上秋千。老婆婆咧着没牙的嘴，笑着，慢慢地在秋千上悠三两下，嚷着说风扇得心慌。

　　你坐一回，他坐一回，日头要下山，大人们一个个回家了。小孩子"哄"的一下，一窝蜂，秋千板上立时绣成一疙瘩，你推我推你，任谁都不下去，你出左腿，他出右腿，都要上秋千。

　　以后，小孩们见天来秋千底下玩。这些小孩子呵，正月里头做梦也是荡秋千。他们仨仨俩俩，一个坐上去，一边一个推，或两个坐上去，一人推，怎么好玩，怎么能在秋千上多坐会，孩子们就怎么着玩。偌大的秋千成了小孩子们的玩具了。

　　元宵节到了。

　　正月十五赏月，哪个不赏月，变个大老鳖。元宵节晚上，男女老少连怀里抱着的小娃娃，都出来了。

　　正月十五，家家门口挂花灯。秋千架，一片红火。人们在十五月圆的晚上，争相在秋千上坐一坐。据说，正月十五荡秋千，能长命的。

　　老年人一个换一个坐过。小孩子一个换一个坐过。怀抱小孩子的年轻媳妇，也一个挨一个坐过。村里的小媳妇比不得村里的大姑娘。村里的大姑娘，在这天晚上，三五成群，来到秋千架下，上去疯一回，笑得叽叽嘎嘎。小媳妇不敢，小媳妇荡秋千全为着怀抱里的小孩。

秋千到正月二十几，还在那里站着，风一吹，铃铛哗啦啦响开了。该上学了，小孩子走在上学的路上，坐上去，荡两下。放学回来，一窝蜂似的，绣在秋千架下了，一个挨一个，你荡荡，我荡荡，不荡不回家。

新春二月，秋千连小孩子也不觉得新鲜。它像个孤独的老人，默默守候。有一天，大伙把秋千放下来，秋千杆收到仓库里，碌碡滚到打麦场，再过三两个月，得用碌碡碾场呢。石墩，这家门口一个，那家门口一个。各人认出自家的石墩，抱回去摆在自家门口老地方。井辘轳安回井口，吱喔喔唱起了它的老歌。

来年正月，人们从仓库里重新抬出秋千杆，重新搬动碌碡，碌碡上放上石墩，石墩上放井辘轳，井辘轳上放石窠，石窠上面放一个铁球，铁球上架起秋千架，人们就又一次在空中，欢快地飞腾。

滴滴精

一种手拎的炮花，长四寸左右，周身圆鼓鼓，一端有一小节是空的，瘪瘪的，用来手拎，也可以用来张贴，粘在墙上，粘在炕沿上。饱满的炮花头，火光一碰，"哧"的一声，精花出来了，"哧哧"声不停地响起来。如果是晚上，黑的安静的夜，这四溅的火花就像天上的一颗颗明亮的星。

这是小孩子游戏。他们粘好滴滴精，站远了，一边拍手，看滴滴精花飞溅。

滴滴精的炮药味好闻，是一种炮药香。滴滴精只有过大年时候，街上才摆，十支、十五支一把，一把三分、五分。每年，家家户户买滴滴精。粘在墙上的滴滴精，粘在炕沿上的滴滴精，让屋里的角

角落落充满了好闻的火药味儿。

滴滴精圆圆的外皮，用一种暗色的薄光纸，上头密密麻麻印着黑字，大大小小错综排列。这是记忆中最早、最好的滴滴精，用一绺红纸缠好，一小捆一小捆齐整地摞在支起的木板摊位上，等人来买。

小孩子一会儿一根，一会儿一根。孩子多的人家，十把买得，十五把也买得。

滴滴精，人工制作。有户人家制响炮、鞭炮，也制作滴滴精。滴滴精跟红红的响炮放在一起，跟长长的鞭炮放在一起。过年前后的货摊是红色的海洋。在这红色的海洋里，有散发着油墨味道的滴滴精。它们一根一根缠成把，码成堆。

这样的货摊，出现在多年前的街市。元宵节，滴滴精走街串巷。欢天喜地的十五晚上，哪里有四溅的精花，哪里就有孩子，有人群。滴滴精走着、跑着，跟着一串的笑声。那惊讶的叫声，那恼着了的哭声，多半也都是为了滴滴精。

滴滴精，"哧哧"的焰火四射，随即悄然消失，与天地间的大气混合了。那一个个火花四溅的"灯笼"，洋溢着喜气，是孩子们的喜悦和欢乐。

枣山

正月十五过元宵，蒸银子罐，浑身眼；给男人蒸麦秸垛、蒸布袋，给女人蒸织布的梭子，给女孩子蒸巧姑姑。屋门口猫眼放一只蒸出来的小狗看门户，屋里的窗口放一只蒸出来的小猫捉老鼠。水瓮里放着白瓷碟，碟子里放两条蒸出来的小鱼儿，擀面杖在水瓮里搅动，那白瓷碟在水里转起来，碟子里的鱼儿游动起来了。正月十五蒸枣山，摆在灶神门帘前。

枣山的底座，两头朝上弯着，翘成鱼尾巴样。底座里头是叠起的山窝窝。那山窝窝，将面搓成滚圆的面条，用一颗枣将面条旋成一个圆圈。那旋出来的圆圈像一个个蜗牛，盘踞着。这样旋出十多个蜗牛，将它一个个摺上去，叫装山。

装山，须一层层往上摺，底层是五个，上去成四个，成三个，往上成两个，顶上头是一个面捏石榴，石榴嘴张开着，像嬉笑着的小孩子嘴巴。

"山头"上落着飞鸟，有小猫小狗、松鼠小蛇。这些小动物，一样是面捏，粘贴在山上蒸出来。蒸出来的山头，插几小枝柏柴，离远看着绿绿的，像一座真山。

灶神前，正月十五献蒸山，或者有米面如山之意，或者有攀登之意，里面藏着的全是纳福求祥。过了正月二十三，或者时间放得更长些，便能搬山。山在灶神前放了这些日子，干掉了。所说的搬山，就是将"山"吃掉。山没到搬的时候，孩子为了吃个新鲜，或者为了哄孩子哭闹，将山头的鸟儿搬下吃掉的，那小猫小狗松鼠小蛇一个个搬下来吃掉。搬山，那一卷一卷的带枣的蜗牛般的旋涡，一个个放进嘴里消化掉。

灯盏棚

临近正月十五元宵节，村里搭建灯盏棚。

搭建灯盏棚，村大的分片，村小的两三个，分别建搭在村人们近于集聚的地方。

灯盏棚有固定的，多于临时搭建。几页席子围起来，有棚门棚顶。棚有对联，棚门对面的墙头有搭建的灯台。灯台一溜十多个，一墙的小格子。格子里放着一盏盏的小灯盏。那灯盏，浅浅的，灯火跳跃着。一壁的小小的灯盏，飘飘忽忽，耀得灯棚亮闪闪的。

灯盏各样的，有瓦做的小口灯盏。那灯盏一口杯大小。有瓷质

的灯盏。有用萝卜、胡萝卜根做的灯盏。将萝卜根部削平，切出一个适当的高度，从中挖一小垛，添上油，放一截棉质的灯眼，一个小灯盏做成了。萝卜根灯盏，在灯光照耀下，那白萝卜做的灯盏白灿灿，胡萝卜做的灯盏黄灿灿，给一壁的灯盏增添着别样的色彩，真是一壁的金山银山。

那灯盏是各家各户送来的。送灯盏的人家多是这年新生了小孩。元宵节这天晚上，这家早早地吃过，一个端了准备好的灯盏，一个抱着新生的小孩。这晚上，不只是送灯盏，还准备好炒熟的豆子。一家人来到灯棚前，送上灯盏，抱着小孩子在灯棚前跪下。将炒熟的豆子撒在灯棚下，这叫散豆子。一地的小孩子迎着撒下的豆子，拾吃。

灯盏棚由各家小户筹建，按规定交份子钱。份子钱每家几块。新生小孩家的份子钱交得多些。灯盏棚筹资多来自赞助，有的几百，上千块也是有的。搭建灯盏棚只用很少的钱，过灯节，钱花得最多的地方是放焰火。

焰火开始了。

放焰火，先是一支支气火，"吱"的一声叫着一冲而上，"叭"的一声在高空中炸响。这吱吱的气火，闪电般在空中一下一下炸亮着。筒子火点燃了，火光如喷，一下比一下高，铁树开花一般，映得天空一片光亮，映得夜晚如同白昼一般。那灯笼的光掩在这焰火光下了，灯盏棚的光亮掩在这焰火之下了，月亮和星星被焰火比得弱下去。

一树的花开过，又一树的焰光放出来，蓝的黄的紫的光，直冲而上，这些色彩到空中变成蝴蝶变成蜻蜓。村里各灯盏棚比赛看谁家焰火好谁家焰火放得多。村人们是焰火的主人，又是焰火的观众，他们在欢喜的争论中裁判哪家灯盏棚的焰火最好最旺。

元宵节过了，搭起的灯盏棚拆掉了。那巷头原有的灯盏棚的格子空下来，那放灯盏的墙头留着被灯盏烟熏过的痕迹，在等待和昭示来年再添新的灯盏。

乡下元宵节，灯盏棚每年也还凑份子，也还送灯盏，只是乡村的元宵节不像往日热闹。在乡下，偶遇灯盏棚，望见那带顶的棚，望见棚里头一格一格灯盏熏过的印迹，童年一下回到眼底，仿佛看见曾经热闹的元宵节日，仿佛看见那辉煌的灯盏棚下一地欢喜的娃娃们。

元宵节

春节期间，天地众神每天都接受礼拜，直到初五过了，初七初八过了，直到要过正月十五。

正月十五元宵节是过年又一个热闹高潮，新年里的大人小孩又都兴奋起来。临近正月十五，院子里的"天地众神"，也格外被重视起来。

大人们为了正月十五元宵节，扎拐子，表快板，糊花灯，栽秋千……正月十四晚上，响鞭放炮，在院子的方桌上烧香，在桌上供三碗细面。正月十五晚上，一样响鞭放炮，院里的"天地众神"神像前供三碗菜、三个枣麻姑。枣麻姑是面捏，跟元宵节蒸银子罐、枣麻姑，蒸麦秸垛、梭子，蒸布袋、巧姑姑，蒸捉鼠的猫蒸护院的狗一样。蒸出来的麦秸垛布袋是男人男孩子吃，织布梭子归女人吃，巧姑姑是姑娘吃，银子罐枣麻姑是供品。银子罐供在财神爷跟前，供在灶锅爷跟前。枣麻姑供奉天地众神。枣麻姑上面三个提绊，每个提绊里插一颗红枣。正月十六晚上，一样有噼噼啪啪的鞭炮声，"天地众神"神像跟前供三碗油茶。油茶里有芝麻豆子麻花豆腐菠菜，比街市上的油茶丰富好吃。

正月十五的巷子，家家门口挂花灯。那花灯圆的、菱形的、八角的，上面贴着红红的剪纸。那剪纸是各样儿的人物花朵。家人怀

抱小孩子游十五，送灯、散豆子。秋千架下，一片红火。人们在这个十五十六月儿圆的晚上，在秋千上荡一荡，荡掉一年里身体里的病魔。

正月十七日，孩子们开学了。吃过早饭，背着书包走过院子，看见院子供桌上摆的天地众神，在太阳光下，不像夜晚那样神秘，颜色也被每日里的太阳照得清浅些，香炉里的香灰冒上来，周围有燃掉下来的点点香灰。过了正月十七十八，过了正月十九，天气还是冷，有风呼呼地刮起，刮得院子里的天地众神小小地响着。天地众神站在各自的地方，玉皇大帝还是一副似笑不笑、那眉里眼里还是一副要说话不说话的样子。

有一天，小孩子放学回来，院子里供"天地众神"的桌子搬了，只留着一抹黑，那是供桌下面放的那块炭留下的墨迹。

补天地

灶台少不了盖炉火的器具，这器具是铁制的圆形，中央隆起，四周渐次低平，这就是鏊。

鏊一年四季不离灶台。做饭时，有锅安在炉火上，鏊立起来靠住炉墙；饭熟了，从炉中提锅出来，赶紧搬下鏊，盖上炉火。

炉火拐弯抹角，在炕下运行，这是冬天，土炕一天都暖暖的。

夏季，屋里不生炉火，做饭在屋外的饭厦。鏊安静地盖在屋里的炉灶上。

鏊用得年久了，油黑发亮。

冬天比夏天似乎更有趣些，屋外纷纷飘雪，一家人围着半开着的红彤彤的炉火，足够人回味的了。那红彤彤炉火上半盖着的鏊上是几片热腾腾的馍片、几片香喷喷的红薯，一家人你拾一片，他拾一片，一点点地吃着。

这是鏊的妙处。

正月月尽，红火热闹的正月末的一天，新衣服还没舍得换呢。对于小孩子，似乎只有这身新棉衣赖着不脱，才多少留住些喜庆。一正月，敲锣鼓，响鞭炮，惊天动地。天是老百姓的天，地是老百姓的地；老百姓闹腾过了，少不了看天破了没？看地裂了没？人语天应，老百姓决定在这正月末的一天——补天补地。

一个瓷盆里，有搅好的稀面糊。这稀面糊里和着绿绿的叶子。这绿绿的叶子是地里的花花菜。那"油勺勺"、"面条儿"，一棵棵用小铲子从麦田地里挖回来，洗净，刀切，搅在面糊里，然后放盐，放调料。

鏊热了，油刷抹过，用勺子从瓷盆里舀一勺面糊，从鏊中央，往上倒，"嗞嗞嗞"，一阵热闹，面糊自行地一周围流动，女人用筷头这里一拨，那里一拨，倒在鏊上的稀糊儿凝成黄色的片儿，用小铲随手一翻，"嗞"的一声，瞬间工夫，正反两面黄亮亮的，一股清香飘散开来。

这薄而热的油煎软饼，就是人们的午饭了。女人一勺一勺地舀，一勺一张，每一张都折成扇形。这每一张，自行流出来，张张不同，或像一个没尾巴的鸡，或者一头跑起来的马。

煎饼越来越亮，越来越薄，像一张密密麻麻地写满小字的纸，从鏊上一页页揭下来，揭下来。

瓷盆里的面糊不觉下去多半盆，很快的，剩一两勺，剩一勺半勺。女人将面盆斜倾，这剩的面糊一滴一滴往鏊上点，每下去一滴，像跑的小绵羊，像拍着翅膀的红眼睛鸽，像猫儿狗儿，像牛蹄儿，像小燕子……它们一个个跑了一鏊。

这个时候，锅台边围了大大小小的孩子们。他们一个个伸长脖子，张开手。女人滴完了，顺手拾起几个，一个孩子的额头上摁一个，孩子们先先后后都烧得"呀"一声，但都随即笑开了，你看看我，我看看你，随即又争着去看镜子，从镜子里看自己的

怪模样。

女人将盛在竹箩里的这些"点点煎饼"，交给大孩子。孩子们一哄而出，面向房屋，他们将手伸进竹箩，抓一个，奋力往屋子上扔，"点点煎饼"腾空而上，飞上瓦片，飞上屋脊，他们又朝庭院里通向门外的"猫窗"口跑，猫下腰朝猫窗眼里扔，朝院里任一个水路眼里扔……

过年，没有老师的督促、家长的责备，孩子们无忧无虑。唉，潮湿的新鲜的泥土地上那软软的红炮花哟，有滋有味的家乡年！

这本书稿原名《村庄》，现在以《乡村的声音》付梓。

书里写了乡村曾经拥有的小学校、代销店、饲养院、麦场，写了乡村的犁耧耙耱及家用器具，写了乡村的树、田野及庄稼地里的果实，写了乡村来了耍猴、盲人说书、放电影，写了乡村的叫卖声……文笔所至，字字相连的文字或者幻化成一幅幅绘画；声音的模仿，让读者听到乡村古来的声音。这本书也能是一个乡村的小传。

社会的进步，让大家处于新阅读时代。本书图文并茂，书中所配照片均由台阳明提供。这些照片一样是多年积累，出版在即，又补充一些。乡村器具散落在乡村的角落，布满灰尘，缺棱少角，早已失去了农人每天抚摸的光滑。将这些曾在乡村风光过的器具的模样留在书本里，虽付出艰辛，对于拍摄者和作者来说也是一件欣慰的事情。

这部书稿的出版受到山西省运城市委宣传部的重视和扶持，更得中国言实出版社王蕙子女士的热心推荐，在此，一并感谢！在这里，还要对本书出版给予关心和支持的朋友以及对书稿付出艰辛劳动的编辑老师，表示真诚的谢意！

作者

2023 年 12 月 8 日